IWAN

Storis
Geraint Iwan

Carreg
Gwalch

Argraffiad cyntaf: 2026

ISBN: 978-1-84527-976-9

CYNGOR LLYFRAU CYMRU

Cyhoeddwyd gyda chymorth Cyngor Llyfrau Cymru

Llun cefn y clawr: Dafydd Hughes
Dylunio clawr: Cyngor Llyfrau Cymru

Cyhoeddwyd gan Wasg Carreg Gwalch,
12 Iard yr Orsaf, Llanrwst, Dyffryn Conwy, Cymru LL26 0EH.
Ffôn: 01492 642031
e-bost: llyfrau@carreg-gwalch.cymru
lle ar y we: www.carreg-gwalch.cymru

Argraffwyd a chyhoeddwyd yng Nghymru

I Gwenda Mary:

Heddiw yw'r yfory
y poenaist amdano ddoe,
ac mae popeth yn iawn.

1. California

Caeodd y tap a chodi'i ben i edrych arno'i hun yn y drych. Roedd golwg wedi blino arno. Rhedodd ei law drwy ei wallt a'i wthio i'r dde wrth sythu ei gefn, gan ddal i edrych ar ei adlewyrchiad. Trodd, a chamu allan o'r ystafell molchi. Gafaelodd yn y tei du oddi ar y gwely, a dechrau ei wisgo. Cerddodd at y ffenest a chraffu'n ofalus drwy un o'r bylchau bychan yn y bleinds. Clymodd cwlwm y tei yn dynn a'i dynnu i fyny am ei wddw.

Edrychodd ar ei oriawr. 9:15.

Yna edrychodd yn ôl allan ar y maes parcio. Ochneidiodd. Trodd rownd ac estyn am siaced ei siwt oddi ar gefn y gadair.

Edrychodd ar y cloc ar y wal. 9:16.

Llithrodd ei ddwy droed i mewn i'w esgidiau, ac eisteddodd ar y gwely i gau'i griau. Safodd a cherdded draw at y cwpwrdd, ac estyn am y briffcês. Ar ôl tynnu'r cês i lawr yn ofalus iawn, rhoddodd o i orwedd ar y gwely. Cliciodd y ddau glo metal bychan bob ochr iddo, a chodi caead y briffcês i'w agor. Syllodd ar y cynnwys.

Edrychodd ar ei oriawr. 9:18.

Cerddodd yn ôl at y ffenest, a defnyddio'i fys i agor y bwlch yn y bleinds ychydig yn fwy. Edrychodd o un ochr y maes parcio i'r llall unwaith eto. Doedd dim golwg ohono. Doedd dim golwg o neb. Gallai weld rhywun yn sefyll y tu allan i'r caffi, yn y pen draw ar y chwith, ond rhyw hen ddynes oedd honno, a doedd o ddim yn ei hadnabod hi.

Edrychodd ar y cloc ar y wal. 9:18.

Daliodd i edrych ar y cloc ar y wal, a newidiodd yr amser i 9:19.

Gadawodd i'r bleind ddisgyn yn ôl i'w le. Cerddodd yn ôl at y briffcês, edrychodd ar y cynnwys unwaith eto, ac yna'i gau. Gwnaeth yn siŵr dair gwaith fod y ddau glo wedi clicio i'w lle. Gafaelodd ynddo, a cherdded am y drws. Wrth roi ei fys ar y golau i'w ddiffodd, cymerodd un golwg arall o gwmpas yr ystafell, i wneud yn siŵr nad oedd wedi gadael dim byd. Doedd o ddim eisiau i neb wybod iddo fod yno. Pan oedd yn hapus fod popeth yn ei bocedi, diffoddodd y golau.

Cymerodd olwg arall ar ei oriawr. 9:20.

Agorodd y drws, a llifodd pelydrau cryf yr haul rhwng ei goesau a dros ei ysgwyddau i mewn i dywyllwch yr ystafell. Camodd allan, a chau'r drws ar ei ôl.

Teimlai wres yr haul yn taro'i dalcen wrth iddo gerdded ar draws y maes parcio. Syllodd o'i gwmpas wrth gerdded. Roedd hi'n hollol ddistaw. Perffaith iddo fo. Neb i syllu na busnesu nac amharu arno. Cerddodd yn syth at y ciosg a safai y tu allan i'r caffi ar ei ochr chwith.

Edrychodd ar ei oriawr. 9:23.

Agorodd y drws a chamu i mewn. Rhoddodd y briffcês ar y llawr rhwng ei goesau, gwthiodd ei law i mewn i boced ochr dde ei drowsus a thynnu ohoni ddau ddarn ugain ceiniog. Gafaelodd yn un ohonynt a gadael iddo lithro i mewn i'r twll talu, gan roi'r darn arall yn ôl yn ei boced. Cododd y ffôn efo'i law chwith a deialodd y rhif o'i gof efo'i law dde. Canodd y ffôn.

Canodd y ffôn.

Canodd y ffôn. Ond wnaeth neb ateb. Ochneidiodd unwaith eto. Clywodd bîp y peiriant ateb yn canu, a dechreuodd siarad.

'Dwi yma. Ond does 'na neb wedi troi fyny i fy nôl i. Mae 'na rwbath wedi mynd o'i le. Felly dwi am fynd efo Plan B.'

Edrychodd ar ei oriawr. 9:25.

'Dwi'n deud eto: dwi yma. Ond does 'na neb wedi troi fyny i fy nôl i. Mae 'na rwbath wedi mynd o'i le. Dwi am fynd efo Plan B.'

Rhoddodd y ffôn i lawr. Ochneidiodd. Plygodd i afael yn y briffcês a chamodd allan o'r ciosg.

Edrychodd ar ei oriawr. 9:25.

Roedd ganddo bum munud nes roedd y bỳs i fod i adael. Cerddodd i ben draw'r maes parcio, at y ffordd fawr, a throi i'r dde at y safle bysys. Roedd yn poeni chydig: gan ei bod hi mor braf byddai'r bỳs, mwy na thebyg, yn llawn. Pawb eisiau mynd i lawr i'r dref i wneud eu siopa. Doedd o ddim yn licio bod yng nghanol cymaint o bobol – roedd hi'n amhosib wedyn i allu cadw golwg ar bawb, i chwilio am gliwiau – ond gan nad oedd neb wedi dod i'w nôl o, doedd ganddo ddim llawer o ddewis.

Edrychodd ar ei oriawr. 9:28.

Edrychodd i lawr y ffordd i'r dde, gan mai o'r cyfeiriad hwnnw roedd y bỳs i fod i ddod. Doedd dim golwg ohono. Sylweddolodd nad oedd ceir ar y ffordd chwaith, oedd yn beth od, a dweud y gwir, o ystyried ei bod hi mor braf. Ond mwy na thebyg fod pawb un ai i lawr yn y dref eisoes, neu yn aros adref heddiw i fwynhau'r heulwen. Diwrnod efo'r teulu yn yr ardd.

Edrychodd ar ei oriawr. 9:30.

Cododd ei ben i edrych i lawr y ffordd unwaith eto, ond cafodd ei sylw ei dynnu i ffwrdd am eiliad... roedd yn siŵr iddo weld symudiad y tu ôl i'r gwrych yn y cae ar ochr arall y ffordd. Syllodd yn fanwl. Doedd dim defaid na cheffylau – nac anifeiliaid eraill o unrhyw fath – yn y cae, felly beth oedd newydd symud?

Rhedodd ias oer i lawr ei gefn. Ai person roedd o newydd ei weld?

Edrychodd ar ei oriawr. 9:32.

Trodd ei ben yn sydyn. Doedd neb i'w weld yn unlle. Neb i'w weld yn edrych arno. Edrychodd yn sydyn yn ôl i gyfeiriad ei ystafell, yna i gyfeiriad y caffi. Ni welodd neb.

Edrychodd ar ei oriawr. 9:32.

Edrychodd ar y gwrych eto. Doedd dim symudiad yno rŵan.

Edrychodd ar ei oriawr. 9:32.

Gwasgodd ei fysedd yn dynnach am handlen y briffcês.

Edrychodd ar ei oriawr. 9:33.

Trodd ei ben i chwilio am y bỳs eto, ond roedd y ffordd yn wag o hyd. Ochneidiodd.

‘’Dio ddim yn dod. Sa neb yn dod,’ sibrydodd.

Edrychodd o’i gwmpas yn sydyn. Doedd neb yno, felly trodd ar ei sawdl a cherdded yn syth yn ôl i gyfeiriad drws ei ystafell. Trodd yr allwedd yn y clo, camodd i mewn a chau’r drws ar ei ôl.

* * *

Caeodd y tap. Edrychodd i lawr ar y dŵr yn chwyrlïo i lawr twll y plwg. Roedd yn teimlo wedi blino, yn gorfforol ac yn feddyliol. Gallai deimlo cyhyrau ei goesau’n brifo, ond allai o ddim meddwl pam. Henaint, debyg. Cododd ei ben i edrych arno’i hun yn y drych a rhedodd ei law drwy ei wallt i’w wthio i’r dde cyn troi a chamu allan o’r ystafell molchi. Gafaelodd yn y tei du oddi ar gefn y gadair, a dechreuodd ei wisgo. Cerddodd at y ffenest a defnyddio un o’i fysedd i wthio’r bleinds oddi wrth ei gilydd fymryn, cyn craffu’n ofalus drwy’r bwlch bach. Clymodd gwlwm y tei yn dynn a’i dynnu i fyny am ei wddw.

Edrychodd ar ei oriawr. 9:11.

Ochneidiodd wrth edrych allan eto. Doedd neb yn aros amdano yn y maes parcio tu allan. Trodd rownd ac estyn am siaced ei siwt a oedd yn gorwedd ar y gwely.

Edrychodd ar y cloc ar y wal. 9:12.

Cerddodd draw at ddrws y stafell molchi i nôl ei esgidiau, cyn cerdded yn ôl at y gwely, eistedd i lawr, llithro’i draed i mewn iddynt a chau y criau. Safodd, a cherdded draw at y cwpwrdd. Estynnodd y briffcês yn ofalus iawn i lawr oddi ar ei dop a’i roi i orwedd ar y gwely. Cliciodd y ddau glo metal bychan bob ochr iddo, ac agor caead y briffcês. Edrychodd ar y cynnwys.

Edrychodd ar ei oriawr. 9:13.

Cerddodd yn ôl at y ffenest a defnyddio'i fys i agor y bwlch yn y bleinds unwaith eto, ychydig mwy y tro hwn, ond dim digon i rywun allu ei weld o'r tu allan. Edrychodd o un ochr i'r maes parcio i'r llall unwaith eto. Doedd dim golwg o neb. Gallai weld rhywun yn cerdded allan o'r caffi ar y chwith, ond merch ifanc oedd hi, a doedd o ddim yn ei hadnabod.

Edrychodd ar y cloc ar y wal. 9:15.

Wrth iddo ddal i syllu ar y cloc ar y wal, newidiodd yr amser i 9:16.

Gadawodd i'r bleind ddisgyn yn ôl i'w le. Cerddodd yn ôl at y briffcês, ac ar ôl cymryd un edrychiad arall ar y cynnwys, fe'i caeodd. Gwnaeth yn siŵr dair gwaith fod y ddau glo wedi clicio i'w lle. Gafaelodd yn y cês, a cherdded at y drws. Wrth roi ei fys ar y golau i'w ddiffodd, cymerodd olwg arall o gwmpas yr ystafell, i wneud yn siŵr nad oedd wedi gadael dim byd ar ôl. Doedd o ddim eisiau i neb wybod iddo fod yno. Pan oedd yn hapus fod popeth yn ei bocedi, trodd y golau i ffwrdd.

Cymerodd un golwg arall ar ei oriawr. 9:18.

Agorodd y drws, a theimlo gwynt ysgafn, oer, yn taro'i fochau. Doedd dim angen i'w lygaid addasu llawer gan fod y cymylau y tu allan mor llwydaidd â'r tu mewn i'w ystafell. Camodd allan i'r glaw ysgafn, a chau'r drws ar ei ôl.

Teimlai'r diferion ysgafn yn taro'i dalcen wrth iddo gerdded ar draws y maes parcio. Syllodd o'i gwmpas wrth gerdded: roedd ambell gar wedi'u parcio yma ac acw, ond doedd neb yn eistedd ynddynt. Roedd pobol yn cerdded ar hyd y pafin neu ar draws y maes parcio, ond doedd neb i'w weld yn cymryd sylw ohono. Cerddodd yn syth am y ciosg ffôn y tu allan i'r caffi ar y llaw chwith.

Edrychodd ar ei oriawr. 9:21.

Agorodd y drws a chamu i mewn. Rhoddodd y briffcês ar y llawr rhwng ei goesau, stwffiodd ei law i mewn i boced dde ei drowsus a thynnu darn ugain ceiniog ohoni. Gadawodd i'r arian lithro i mewn i'r twll talu. Cododd y ffôn efo'i law chwith a deialodd y rhif o'i gof efo'i law dde. Canodd y ffôn.

Canodd y ffôn.

Canodd y ffôn.

Ochneidiodd wrth glywed bîp y peiriant ateb.

'Dwi yma. Ond does 'na neb wedi troi fyny i fy nôl i. Mae 'na rwbath wedi mynd o'i le, felly dwi am fynd efo Plan B.'

Edrychodd ar ei oriawr. 9:22.

'Dwi'n deud eto: dwi yma. Ond does 'na neb wedi troi fyny i fy nôl i. Mae 'na rwbath wedi mynd o'i le. Dwi am fynd efo Plan B.'

Ar ôl gorffen siarad, arhosodd am eiliad cyn rhoi'r ffôn i lawr gyda chlep. Syllodd allan drwy wydr y ciosg. Roedd rhywun yn sefyll yn y safle bysys. Rhwbiodd y gwydr efo braich ei siaced. Edrychodd o gwmpas y maes parcio i weld a oedd rhywun yn ei wylio. Eto, roedd ambell berson yn cerdded o gwmpas, ond neb yn cymryd dim sylw ohono. Edrychodd unwaith eto i gyfeiriad y safle bysys.

Cododd y briffcês oedd ar lawr rhwng ei goesau. Agorodd ddrws y ciosg yn araf, heb dynnu ei lygaid oddi ar y dyn yn y safle bysys. Gwibiodd ei lygaid o gwmpas y maes parcio.

Dechreuodd gamu tuag at y dyn yn araf.

Ai hwn oedd Plan B? Doedd o ddim yn gallu gweld wyneb y dyn yn iawn gan fod ei gefn tuag ato. Gallai ddweud ei fod yn ddyn Du, bod ei wallt yn gwta iawn a'i fod yn gwisgo siaced hir lwyd wrth sefyll yn y glaw.

Roedd rhywbeth yn gyfarwydd amdano, ond ni allai roi ei fys ar beth. Mae'n rhaid mai dyma oedd Plan B, ond allai o ddim deall pam mai rhywun nad oedd yn ei adnabod fyddai'n dod i'w nôl o. Penderfynodd fod yn rhaid iddo fynd i safle'r bysys beth bynnag, oherwydd doedd neb wedi dod i'r maes parcio i'w nôl. Y dyn yma oedd ei Plan B... hynny, neu fynd ar y bỳs.

Cyrhaeddodd safle'r bysys. Roedd yn benderfynol o beidio â siarad gyntaf, rhag ofn iddo ddatgelu rhywbeth ar ddamwain.

Safodd yno'n edrych draw at y cae yr ochr arall i'r ffordd, gan deimlo'r glaw ysgafn ar ei fochau.

Gallai weld drwy gornel ei lygad fod y dyn wedi troi i edrych arno ddwy waith, ond ddywedodd o ddim gair. Trodd ei ben i edrych i'r dde, i weld a oedd y bŷs yn dod, ac yr union eiliad honno trodd y dyn ei ben tuag ato unwaith eto, a dal ei lygaid. Amneidiodd ei ben am i fyny.

'Su' ma'i?' meddai'r dyn.

Nodiodd ei ben i gadarnhau ei fod yn dweud helô yn ôl wrtho.

'Ma' isio mynadd efo'r tywydd 'ma, does?' meddai'r dyn.

Nodiodd unwaith eto i gadarnhau ei fod yn cytuno.

Edrychodd arno drwy gornel ei lygad eto, a chael y teimlad unwaith yn rhagor ei fod yn adnabod y dyn o rywle, ond allai o ddim meddwl o ble. Roedd ganddo fo friffcês hefyd, un tebyg iawn i'w gês o'i hun. Ond allai o ddim gweld a oedd...

'Mae o'n hwyr.'

Saethodd ei lygaid i fyny yn sydyn oddi ar y briffcês gan ddal llygaid y dyn, oedd yn syllu'n syth arno. Roedd o'n gwisgo sbectol ar ei drwyn, y ffrâm lwyd a'r gwydr yn drwchus.

'Ym... be?'

Nodiodd y dyn i gyfeiriad y ffordd i'r dde.

'Y bŷs... mae o'n hwyr.'

Edrychodd ar ei oriawr. 9:39.

Cododd ei ben mewn penbleth. Ble aeth yr amser?

Edrychodd ar ei oriawr. 9:39.

'Do, 'dan ni'n bendant wedi'i fethu o. Duw, dim ots, mi fydd 'na un arall mewn rhyw ugain munud. Be am i ni gael panad yn y caffi tra byddwn ni'n disgwyl, ia?' Dechreuodd y dyn dieithr gerdded am y caffi.

Heb gael cyfle i brosesu'r cyfan yn iawn, dechreuodd gerdded ar ei ôl, gan ddal i edrych ar ei oriawr.

Erbyn iddo ddod ato'i hun, sylweddolodd ei fod yn dilyn y dyn tuag at y caffi. Doedd o ddim yn siŵr pam ei fod yn ei ddilyn, nac yn hollol siŵr a oedd o yn ei adnabod. Wyddai o ddim chwaith ai'r dyn hwn oedd wedi dod i'w nôl o, ond parhaodd i'w ddilyn.

Canodd cloch drws y caffi wrth iddynt gerdded i mewn. Sylweddolodd yn syth fod tri chwpwl yn eistedd wrth fyrddau gwahanol. Tynnodd y dyn ei gôt wlyb a'i rhoi ar gefn cadair ger y wal ar ochr chwith yr ystafell, o dan ddrych enfawr, cyn eistedd yn y gadair. Eisteddodd yntau gyferbyn, ei gôt yn dal amdano a'r briffcês ar ei lin.

'Ia, neith panad ein cnesu ni. Te ta coffi dach chi'n 'i yfed?' gofynnodd y dyn.

Syllodd ar y cwpwl a eisteddai ddim yn bell o'r cownter. Sylwodd ar gefn blonegog y dyn â gwallt gwyn, oedd agosaf ato, ac ar y ferch ifanc â gwallt cochlyd oedd yn ei wynebu. Roedd llais y dyn yn cario. Roedd o bron yn gweiddi...

'Bore da, a be fasach chi'n licio?'

Rhoddodd naid fach gan nad oedd yn disgwyl y cwestiwn. Roedd y weinyddes wedi ymddangos yn gyflym. Safai yno mewn crys coch â bathodyn enw arno, yn dal papurau a beiro. Anwybyddodd hi, a syllu'n syth i mewn i lygaid y dyn drwy'r sbectol drwchus lwyd.

Trodd y dyn at y weinyddes.

'Ym, dim ond dwy banad o de, os gwelwch yn dda.' Gwenodd arni, ac i ffwrdd â hi at y cownter.

Disgynnodd fforc ar lawr, ac yna trawodd un o'r llwyau wal y caffi. Roedd y dyn blonegog yn flin erbyn hyn, a chododd ei lais yn uwch. Ond dim ond eistedd yno'n gwenu'n ddel arno wnaeth y gochan.

Clywodd lais merch y tu ôl iddo yn gweiddi. Trodd ei ben, a gweld cwpwl anghyffredin yn eistedd wrth y drws. Roedd ganddi hi wallt hir llwydaidd blêr, ac roedd hi'n galw enw rhyw ddyn drosodd a throsodd. Roedd y dyn gyferbyn â hi yn llawer iau, a doedd gweiddi'r ddynes ddim i'w weld yn amharu arno o gwbwl. Parhaodd i siarad efo hi fel petai dim byd yn bod.

Trodd ei sylw yn ôl at y dyn oedd yn eistedd ar yr un bwrdd â fo, y dyn Du efo'r sbectol lwyd drwchus. Roedd o'n parablu siarad efo fo, ond ni wyddai am beth gan nad oedd o wedi bod yn talu sylw. Edrychodd i gyfeiriad y cownter ac roedd yn siŵr iddo weld y weinyddes yn y crys coch yn edrych arno cyn mynd i'r cefn. Edrychodd y tu ôl i'r cownter, tuag at y gegin... roedd y cogydd yn edrych arno.

Yn sydyn, sylweddolodd beth oedd yn digwydd.

Neidiodd ar ei draed yn sydyn. Wrth i'w friffcês daro'r bwrdd, rowliodd y cyllyll a'r ffyrc a'r napcyns i bob cyfeiriad. Cododd ei ben – roedd y gochan yn edrych arno. Roedd y ferch crys coch yn edrych arno. Roedd dau gogydd wedi ymddangos y tu ôl i'r cownter, ac yn syllu arno. Roedd y dyn Du oedd o'i flaen yn gwenu'n hollol naturiol arno, yn gofyn iddo eistedd i lawr, tra oedd yr hen ddyn yn dal i weiddi.

Roedden nhw'n gwybod. Roedd o'n siŵr o'r peth!

Gafaelodd yn dynn yn ei friffcês a throdd i redeg am y drws. Clywodd ambell un yn galw ar ei ôl ond wnaeth o ddim troi i edrych. Roedden nhw'n gwybod. Roedden nhw'n gwybod.

Rhedodd ar draws y maes parcio a syrthio i mewn i'w ystafell. Caeodd y drws mor galed ag y gallai ar ei ôl, a glanio ar ei bengliniau ar y llawr. Taflodd y briffcês i gyfeiriad yr ystafell molchi a neidio tuag at y bwrdd mawr wrth ymyl y teledu, er mwyn ei lusgo ar draws y drws.

Dechreuodd gropian at y ffenest er mwyn ceisio edrych allan drwy'r bleinds i weld a oedd unrhyw un yn ei ddilyn. Ni allai weld neb. Eisteddodd a'i gefn yn erbyn y wal, gan sylweddoli ei fod allan o wynt. Sylweddolodd hefyd pa mor ofnus yr oedd o. Pwmpiai ei galon yn drwm yn ei frest, a rhuthrai ei waed yn uchel drwy ei ben.

Ceisiodd ganolbwyntio ar seflydlogi ei anadl, ac ochneidiodd. Wrth edrych i dywyllwch ei ystafell, sibrydodd iddo'i hun.

''Dio ddim yn dod. Does 'na neb yn dod.'

* * *

Caeodd y tap a chododd ei ben i edrych arno'i hun yn y drych. Roedd golwg wedi blino arno. Rhedodd ei law drwy ei wallt i'w wthio i'r dde wrth sythu ei gefn, yn dal i edrych ar ei adlewyrchiad. Trodd a chamu allan o'r ystafell molchi. Gafaelodd yn y tei du oddi ar y gwely, a dechreuodd ei wisgo. Cerddodd at y ffenest a chraffu'n ofalus drwy un o'r bylchau bychan yn y bleinds. Rhaffodd cwlwm y tei yn dynn a'i dynnu i fyny am ei wddw.

Edrychodd ar ei oriawr. 9:15.

Yna, edrychodd yn ôl allan ar y maes parcio. Ochneidiodd. Trodd rownd ac estyn am siaced ei siwt oddi ar gefn y gadair.

Edrychodd ar y cloc ar y wal. 9:16.

Llithrodd ei ddwy droed i mewn i'w esgidiau ac eistedd ar y gwely i gau'r criau. Yna safodd, a cherdded draw at y cwpwrdd. Estynnodd y briffcês i lawr yn ofalus iawn a'i osod ar y gwely. Cliciodd y ddau glo metal bychan bob ochr iddo er mwyn agor y briffcês. Edrychodd ar y cynnwys.

Edrychodd ar ei oriawr. 9:18.

Cerddodd yn ôl at y ffenest a defnyddio'i fys i agor y bwlch yn y bleinds ychydig yn fwy. Edrychodd o un ochr i'r maes parcio i'r llall unwaith eto. Doedd dim golwg ohono. Doedd dim golwg o neb. Gallai weld rhywun yn sefyll y tu allan i'r caffi draw ar y chwith, ond rhyw hen ddynes oedd hi, a doedd o ddim yn ei hadnabod hi.

Edrychodd ar y cloc ar y wal. 9:18.

Parhaodd i edrych ar y cloc ar y wal, a newidiodd yr amser i 9:19.

Gadawodd i'r bleind ddisgyn yn ôl i'w le. Cerddodd yn ôl at y briffcês. Cymerodd un cip arall ar y cynnwys, a chau'r caead. Gwnaeth yn siŵr dair gwaith fod y ddau glo wedi clicio i'w lle. Gafaelodd yn y cês, a cherdded at y drws. Wrth roi ei fys ar swits y golau i'w ddiffodd, edrychodd unwaith eto o amgylch yr ystafell, er mwyn gwneud yn siŵr nad oedd wedi gadael dim byd ar ôl.

Doedd o ddim eisiau i neb wybod iddo fod yno. Pan oedd yn hapus fod popeth yn ei bocedi, diffoddodd y golau.

Cymerodd olwg arall ar ei oriawr. 9:20.

Agorodd y drws, a llifodd golau cryf yr haul drwy ei goesau a dros ei ysgwyddau i mewn i dywyllwch yr ystafell. Camodd allan, a chau'r drws ar ei ôl.

Teimlai wres yr haul yn taro'i dalcen wrth iddo gerdded ar draws y maes parcio. Syllodd o'i gwmpas wrth gerdded. Roedd hi'n hollol ddistaw. Perffaith iddo fo. Neb i syllu na busnesu nac amharu arno. Cerddodd yn syth at y ciosg a safai y tu allan i'r caffi.

Edrychodd ar ei oriawr. 9:23.

Agorodd y drws a chamu i mewn. Rhoddodd y briffcês ar lawr rhwng ei goesau, a stwffiodd ei law i mewn i boced dde ei drowsus, ond doedd dim arian yno. Cododd y ffôn efo'i law chwith a'i roi wrth ei glust i glywed a oedd yn gweithio. Clywodd y tôn. Gwthiodd ychydig o'r botymau i weld a fyddai'r ffôn yn gweithio heb arian, ond dim ond tôn undonog a ddaeth yn ôl i'w glust.

Yn sydyn, gollyngodd y ffôn o'i law. Wrth siglo ar y cortyn metal, hitiodd hwnnw ei goes, ond ni theimlodd dim. Roedd o erbyn hyn yn syllu drwy ffenest y ciosg ffôn.

Yn sefyll yr ochr arall i'r maes parcio roedd merch. Merch mewn côt goch hir, a gwallt melyn hir, syth, yn llifo i lawr ymhell heibio ei hysgwyddau. Na, doedd dim siawns mai hi oedd hi.

Roedd cryndod yn ei fraich wrth iddo godi'i law yn araf i wthio yn erbyn y drws i'w agor. Camodd allan, heb dynnu'i lygaid oddi ar y ferch benfelen.

Na, doedd dim posib mai hi oedd hi. Pam ei hanfon hi i'w nôl o? Doedd hi ddim yn gwybod dim am hyn.

Wrth iddo groesi'r maes parcio, gydag un droed yn llusgo y tu ôl i'r llall, sleifiodd yr enw heibio'i wefusau yn ddistawach na'r gwynt.

'Megan?'

Ni chlywodd hi, ac ni chododd ei phen.

Roedd yn hollol siŵr mai Megan oedd hi, yn hollol siŵr. Cododd ei lais.

'Megan!'

Erbyn hyn roedd o'n symud yn gyflymach tuag ati. Allai o ddim credu'r peth. Ond pan gododd hi ei phen, stopiodd yn ei unfan. Roedd ei hwyneb yn anghyfarwydd. Mor anghyfarwydd fel na allai ei gweld yn iawn. Nid Megan oedd hi. Doedd Megan ddim yno.

Cymerodd y ferch gam tuag ato.

'Mr Richards,' meddai, 'peidiwch â phanicio... mi fydd yn rhaid i chi ddod efo fi.'

Dechreuodd ei ddwylo grynu unwaith eto. Dechreuodd ei glustiau lenwi â sŵn gwaed yn pwmpio. Teimlodd waelodion ei draed yn poethi. Trodd, a dechrau rhedeg tuag at y safle bysys.

Roedd hi'n gwybod.

Roedd hi'n gwybod.

Wrth iddo agosáu at y safle bysys gwelodd fod dau ohonyn nhw eisoes yn sefyll yno, eu breichiau allan yn trio'i atal rhag rhedeg i lawr y ffordd.

'Mr Richards, peidiwch â rhedeg,' meddai un, ond doedd o ddim yn gwrando. Trodd yn syth i redeg y ffordd arall, ond yn sefyll yno roedd y dyn Du efo'r sbectol drwchus lwyd.

'Mr Richards, peidiwch â phanicio. Cymerwch eich gwynt, a dewch efo fi i'r caffi i ni gael siarad.'

Y caffi! Roedd o wedi gweld drws cefn yn y caffi!

Symudodd mor gyflym ag y gallai ar draws y maes parcio at y drws. Gallai weld bod mwy ohonynt wedi dod allan o ddrysau eraill ac allan o'u ceir, ac yn agosáu ato. Gwthiodd ddrws y caffi ar agor mor galed nes y bu bron i'r gwydr ynddo chwalu'n deilchion. Safai'r weinyddes efo'r crys coch yng nghanol yr ystafell efo'i beiro a'i darnau o bapur, a golwg o syndod ar ei hwyneb. Gwthiodd heibio iddi, gan achosi iddi daro yn erbyn un o'r byrddau. Gwelai ddrws yr allanfa dân wrth ymyl drws y gegin, a chan godi'i goes i gicio'r bar metal oedd ar ei draws, hedfanodd drwyddo.

Glaniodd ar ei wyneb ar lawr. Ond nid palmant concrit, neu wair fel yr oedd wedi'i ddisgwyl, oedd o, ond llawr caled, oer, coridor. Cafodd ei ddallu gan olau llachar a ddeuai o'r to. Dechreuodd sgrialu ar ei bengliniau mor gyflym ag y gallai, cyn codi ar ei draed a dechrau rhedeg. Gallai glywed gweiddi a sgrechian y tu ôl iddo. Llanwodd ei drwyn ag oglau cryf oedd yn llosgi ei ffroenau. Wrth i'w lygaid ddechrau dod i arfer â'r golau, teimlodd gorff rhywun yn ei daclo'n drwm i'r llawr. Yna teimlodd ail a thrydydd person yn neidio ar ei ben a'i ddal yn llonydd.

Ceisiodd weiddi, ond doedd dim allai o ei wneud. Doedd o ddim hyd yn oed yn gwybod ar bwy i weiddi.

Clywodd lais y dyn Du yn dod yn nes.

'Mae bob dim yn iawn. Mae o ar y llawr rŵan. Tydi o ddim yn mynd i nunlle. Ewch yn ôl i'ch ystafelloedd!'

Gwelodd ben-glin y dyn Du yn cyffwrdd y llawr wrth ei ben.

'Dwi'n sori am hyn, Mr Richards.'

Yna, teimlodd nodwydd yn cael ei gwthio i'r cnawd y tu ôl i'w glust. Yn sydyn iawn, dechreuodd deimlo'n gysglyd, a chaeodd ei lygaid.

* * *

Agorodd Alun ddrws y swyddfa a cherdded i mewn. Gosododd y ffeiliau roedd o'n eu cario ar y ddesg yng nghanol yr ystafell a throi i agor un o'r droriau yn y cabinet mawr coch yn y gornel, gan ddechrau byseddu drwy'r ffeiliau i chwilio am un yn benodol.

Clywodd gnoc ar y drws, a chyn iddo gael cyfle i ymateb roedd y person ar y tu allan wedi ei agor a chamu i mewn.

'Helô? Alun?'

'A, James, dewch i mewn!'

Camodd James i mewn i'r stafell, ei siwt lwyd golau yn dynn am ei ysgwyddau llydan.

Edrychodd Alun ar y cloc. 9:04.

'Sori os dwi'n gynnar... ydw i'n tarfu arnoch chi?' Estynnodd James ei law allan wrth siarad, a chamodd Alun ato i'w hysgwyd. Roedd James ddwywaith ei faint, bron, a'i law yn gorchuddio llaw Alun.

'Na, dim o gwbwl! Wrthi'n chwilio am rai o'r ffeiliau i'w paratoi i chi oeddwn i rŵan.'

'Mi wn i mai hanner awr 'di naw ddudsoch chi, ond munud dach chi'n deffro mewn lle diarth, ma' hi'n anodd mynd yn ôl i gysgu, tydi?'

'Dwi'n gobeithio fod bob dim yn iawn efo'ch llety chi?'

'Oedd tad, oedd tad!' Oedodd am ennyd. 'Wel, Alun, be fedra i ddeud? Ma' hyn i gyd wedi creu dipyn o gynnwrf yn ddiweddar, tydi?'

'Ha! Wel, ydi,' meddai Alun. Roedd ei fochau wedi cochi i fod bron yr un lliw â'i wallt, a rhoddodd ei ddwylo yn ei bocedi mewn rhyw embaras bodlon. ''Dan ni wedi bod yn lwcus, a deud y gwir. Mae'r tîm sydd gynnon ni wedi bod yn wych – cymaint o staff blaengar, a phawb wedi cydio yn y syniad yn syth.'

'Rŵan, Alun... do, mi wnaethon ni'n siŵr fod y staff gorau ar gael i chi i sefydlu hyn i gyd, ond chwarae teg, chi a Lewis ddaeth â'r cwbwl at ei gilydd. I chi mae'r diolch!'

'Ac i chithau wrth gwrs, James, a gweddill y pwyllgor.'

'Waledi yn unig 'dan ni, mewn gwirionedd. Reit, 'dan ni'n barod i ddechrau? Dwi wedi bod yn edrych ymlaen i weld ffrwyth eich llafur ers i mi glywed yr adroddiadau gwych sydd wedi bod yn ein cyrraedd ni yn y pencadlys.'

'O, ia... wel, wrth gwrs. Ym, dilynwch fi! Mae'r gweddill eisoes yn yr ystafell gyfarfod dwi'n meddwl.' Tynnodd y ffeiliau roedd o wedi bod yn chwilio amdanynt allan o'r cabinet.

Edrychodd Alun yn sydyn ar y cloc wrth adael. 9:08.

Cerddodd y ddau i lawr y coridor drwy sŵn byrlymus y sgwrsio a'r prysurdeb a ddeuai o'r ystafelloedd cyfagos. Ar ôl troi corneli di-ri, daeth y ddau i wynebu pâr o ddrysau mawr a agorai ar ystafell gyfarfod lle roedd grŵp o ferched a dynion yn eistedd, yn disgwyl amdanynt.

Wrth i James gamu i mewn, ei ffrâm fawr yn llenwi agoriad y drws, rhedodd ei law drwy ei wallt gwyn i'w frwsio'n ôl. Disgleiriai ei fodrwyau aur swmpus wrth iddynt ddal y golau.

'Wel, diolch i chi i gyd am ddod,' meddai'n uchel.

Dros y munudau nesaf cododd rhai o'r bobol o'u seddi o amgylch y bwrdd i ysgwyd llaw James, a chododd eraill eu dwylo arno o'r ochr arall i'r ystafell i'w gydnabod. Yn y cyfamser, cerddodd Alun yn ddistaw i flaen yr ystafell, gan osod ei ffeiliau ar y bwrdd a pharatoi ei hun i siarad.

'Reit, os wneith pawb eistedd i lawr...' galwodd James, 'dwi'n gwybod ein bod ni i gyd yn edrych ymlaen i glywed manylion y prosiect gwych sydd ganddon ni yn y fan hyn. Felly wna i mo'ch cadw chi eiliad yn hirach. Dyma fo i esbonio popeth i chi: Dr Alun Watkins.'

'Diolch,' atebodd Alun, gan amneidio'i ben i gyfeiriad y dyn mawr. 'Ga i yn gyntaf ddiolch yn fawr, yn bersonol, i Dr James Hadfield yn fan hyn. Fo oedd y cyntaf i gysylltu efo ni i ddechrau hyn i gyd. Ond hefyd, wrth gwrs, ga i ddiolch i chi. Dwi'n gwybod ei bod hi wedi bod yn chydig o... wel, risg, i chi i fuddsoddi yn y syniad yma.' Cymerodd seibiant i adael i'r chwerthin ddistewi. 'Ond dwi'n gobeithio y gwelwch chi heddiw eich bod wedi gwneud dewis doeth wrth fuddsoddi.'

Gafaelodd yn un o'r llyfrynnau oedd wedi'u gosod ar y bwrdd.

'Os wnewch chi daro golwg ar y llyfryn yma sydd o'ch blaen, mi welwch chi ei fod yn esbonio'n union be sydd ganddon ni ym mhentref Tal-y-bont. Mae yma siop, lle torri gwallt, caffi a becws. Mae yma neuadd bentref fawr lle mae dau neu dri digwyddiad yn cael eu cynnal yn ddyddiol i'r trigolion sy'n byw yma, yn ogystal â thri pharc gwahanol i gerdded ynddynt er mwyn cael ymarfer corff.'

'Faint ydi cost byw yn y pentref?' gofynnodd un o'r rhai a eisteddai o amgylch y bwrdd.

'Mae'r prisiau'n dibynnu'n hollol ar yr unigolyn, am resymau amlwg,' atebodd Alun, 'ond mae'r teuluoedd sy'n dod aton ni'n gwybod be sydd ar gael, a hyd yma does neb wedi cwyno'n ormodol am y pris.'

'Felly, y trigolion eu hunain...' Wrth i'r ddynes ofyn ei chwestiwn, agorodd drws y swyddfa.

'A,' meddai Alun, 'ar y gair.'

Cododd ei fraich a'i law agored i dynnu sylw pawb at y drws. 'Ga i eich cyflwyno i Dr Lewis Stevens. Dr Stevens ydi'r un ddechreuodd y prosiect yma efo fi. Tra dwi'n rhedeg seilwaith y pentref, mae o'n delio efo'r trigolion eu hunain. Lewis, fysat ti'n hoffi esbonio chydig am dy waith?'

Roedd llygaid pawb erbyn hyn wedi'u troi at y drws. Yno, roedd dyn Du gweddol ifanc yn cau'r drws ar ei ôl. Tynnodd ei sbectol lwyd drwchus oddi ar ei drwyn, gan rwbio'r lensys yn erbyn ei grys i'w glanhau cyn ei gwisgo drachefn.

'Bore da. Diolch i chi i gyd am ddod. Fel mae Dr Watkins newydd esbonio, fi sy'n gweithio efo'r trigolion o ddydd i ddydd yma yn Nhal-y-bont. Mae ganddon ni ddau ddeg saith o gleifion ar hyn o bryd. Doedden ni ddim am dderbyn mwy nag ugain yn wreiddiol, ond gan fod y prosiect wedi bod mor llwyddiannus yn ei chwe mis cyntaf, roedden ni'n hyderus y gallen ni dderbyn mwy. Mae'r cleifion i gyd yn unigolion sy'n byw ag anhwylderau meddyliol gwahanol: cyflwr bipolar, sgitsoffrenia, dementia, Alzheimer's... ac maen nhw i gyd yn diodde'n ddwys iawn â'r cyflyrau. Mae hyn yn golygu nad ydi'u teuluoedd yn gallu dygymod â gofalu amdanyn nhw, a tydi'r gwasanaethau gofal cyffredin chwaith ddim wedi'u hyfforddi'n ddigonol i edrych ar eu holau. Yn wahanol i ni yma yn Nhal-y-bont.'

'Fel y gwyddoch chi,' camodd Alun i mewn, 'ddwy flynedd yn ôl, daeth Dr Hadfield, Dr Stevens a minnau i gytundeb ariannol i ddechrau adeiladu Tal-y-bont: ysbyty agored ar ffurf pentref.'

'Felly, mae'r trigolion – neu'r cleifion – i gyd yn meddwl eu bod nhw... yn byw yma?' gofynnodd dynes mewn siwt werdd o gornel yr ystafell.

'Ydyn, mewn ffordd,' atebodd Lewis. 'Gadewch i mi ddangos i chi.'

Cerddodd draw at y cyfrifiadur yn y gornel, ac ar ôl gwthio un neu ddau o fotymau, ymddangosodd lluniau gwahanol ar y nifer o sgriniau teledu oedd o amgylch yr ystafell.

'Mae camerâu ym mhobman yn y pentref. Fel y gwelwch chi, mae'r cleifion i gyd yn mynd o gwmpas eu pethau fel petaen nhw'n byw yma, a tydi'r rhan fwyaf ohonyn nhw ddim yn ymwybodol eu bod mewn ysbyty neu'n cael gofal. Rydan ni wedi dod i gredu, yn dilyn ymchwil cynhwysfawr, fod aros mewn ysbyty "cyffredin" yn achosi i feddwl cleifion ddirywio'n llawer cynt, pan maen nhw'n gwybod eu bod yn sâl a'u bod yn cael gofal. Fel hyn, maen nhw'n cael llawer mwy o dawelwch meddwl. Maen nhw'n medru mynd i siopa, mynd am baned neu gael sgwrs fel y mynnan nhw.'

'Ac yn well na hynny,' meddai Alun, yn camu i mewn i'r sgwrs eto, 'os edrychwch chi ar y sgriniau, mae pawb arall yn y pentref – y bobol sy'n cerdded ar y stryd, staff y siopau a gweithwyr y caffi – i gyd yn ddoctoriaid neu'n nyrsys profiadol. Maen nhw i gyd yn gwybod enwau a hanes meddygol pob un o'r cleifion, felly os oes unrhyw un yn cael trafferth, yn mynd ar goll neu angen cymorth meddygol, mae rhywun wastad o fewn ychydig gamau iddyn nhw i helpu.'

Edrychodd Alun i fyny ar y cloc. 9:18.

'A, dyma esiampl berffaith i chi!' Cerddodd yn ôl at y cyfrifiadur, gwasgodd fotwm, a newidiodd y brif sgrin i ddangos llun o faes parcio. Agorodd drws un o'r adeiladau wrth ymyl y maes parcio, a chamodd dyn mewn siwt allan.

'Dyma Mr Kevin Richards. Mae Kevin wedi bod efo ni ers bron i flwyddyn erbyn hyn. Cafodd ddiagnosis o Alzheimer's cynnar bedair blynedd yn ôl pan oedd o ond yn ddau ddeg naw mlwydd oed. Ar ôl tair blynedd roedd ei feddwl fel un hen ddyn, ac roedd o wedi dirywio cymaint fel nad oedd ei wraig, Megan, yn gallu delio â'r sefyllfa. Penderfynodd Megan ddod â Kevin yma er mwyn iddo gael mwy o ryddid a llai o straen ym mlynyddoedd olaf ei fywyd.'

Roedd llygaid pawb wedi'u hoelio ar y sgrin, yn gwylio'r dyn yn cerdded i mewn i'r ciosg ffôn.

'Ydi o'n medru ffonio allan?' gofynnodd rhywun.

'Na. Mae'r ffôn yna wedi'i gysylltu â pheiriant ateb yn fy swyddfa i. Bydd llawer o'r cleifion yn ei ddefnyddio'n ddyddiol – rhai yn gadael negeseuon arno i aelodau o'u teuluoedd, rhai yn myfyrio'n uchel, ac eraill yn siarad nonsens llwyr. Mae o'n ffordd dda iawn i ni allu cadw cofnod o gyflwr meddyliol y cleifion, ond mae o'n medru bod yn gysur i rai o'r teuluoedd hefyd, gan ein bod ni wastad yn anfon unrhyw negeseuon neis neu deimladwy ymlaen atyn nhw.'

'A Kevin, sut negeseuon mae o'n eu gadael?'

'Mi fedra i chwarae recordiad i chi rŵan....'

Estynnodd Alun am y cyfrifiadur unwaith eto, a phwyso botwm arno. Daeth llais Kevin allan drwy un o'r seinyddion ar y wal.

'Dwi yma. Ond does 'na neb wedi troi fyny i nôl i. Mae 'na rwbath wedi mynd o'i le. Felly dwi am fynd efo Plan B.'

Sythodd un o'r dynion yn ei sedd cyn gofyn, 'A be yn union ydi Plan B?'

'Does ganddon ni ddim syniad,' meddai Lewis yn onest. 'Mae cyflwr Kevin yn un unigryw iawn. Mae o'n byw ar hyn o bryd mewn be 'dan ni'n ei alw yn Lŵp Alzheimer's. Mae'n rhan naturiol ac anffodus o'r cyflwr, lle mae claf yn ailadrodd brawddegau, cwestiynau a hyd yn oed yr un gweithredodd drosodd a throsodd. Fel arfer, mae hyn yn digwydd am gyfnod o ychydig funudau yn unig, ond mae Kevin yn wahanol iawn. Mae o i'w weld mewn lŵp o oddeutu hanner awr, sy'n digwydd bron bob bore o'r amser mae o'n codi.'

'Ers faint mae o yn y lŵp 'ma?'

'Ers iddo fo gyrraedd. Mi fysa be mae o'n mynd drwyddo, a'r negeseuon, yn medru bod yn gysylltiedig â'i fywyd blaenorol, yn gysylltiedig â rhyw ffilm mae o wedi ei gwylio, neu efallai yn ffuglen llwyr. Does dim ffordd o wybod ar hyn o bryd, yn anffodus.'

'A be sydd yn y briffcês?'

'Dim byd o werth,' atebodd Alun. 'Ambell ddalen o bapur, potel ddŵr ac ati. Dros amser rydan ni wedi dod i ddysgu ei fod yn hoffi gwisgo siwt, ac mae'n mynnu cario'r briffcês tra mae o yn y lŵp. Am weddill y dydd a'r nos mae o'n ymddwyn fel pawb arall yn y pentref.'

Ar y sgrin, cerddodd Kevin o'r ciosg ffôn i gyfeiriad y safle bysys.

'A does 'na ddim bysys yn pasio, dwi'n cymryd?' gofynnodd un arall o'r criw cegrwth.

'Na,' atebodd Lewis. 'Does 'run pentref nac adeilad arall o fewn deng milltir i ni yma. Os ydi rhywun yn ceisio dianc mewn rhyw funud o banig neu pan mae eu cyflwr yn gwaethygu, mae digon o staff wastad ar gael i reoli'r sefyllfa ac i wneud yn siŵr eu bod yn dod yn ôl i'r pentref yn saff.'

Cododd James Hadfield ar ei draed.

'Reit, dyna ddigon o siarad am rŵan. Dwi'n siŵr ein bod ni i gyd yn eiddgar i fynd i lawr i'r pentref ei hun i weld y cyfan ar waith. Dyna pam rydan ni yma, wrth gwrs! Dr Stevens, be am i chi ddangos y ffordd...'

Cerddodd Lewis allan, gyda James a'r lleill yn ei ddilyn fel cywion hwyiaid hapus, gan adael y sgrin yn yr ystafell gyfarfod yn dangos llun enfawr o Kevin yn disgwyl am ei fŷs.

* * *

Edrychodd ar ei oriawr. 9:33.

Gwasgodd ei fysedd yn dynnach o amgylch handlen y briffcês.

Edrychodd ar ei oriawr. 9:34.

Trodd ei ben i edrych i lawr y ffordd, i chwilio am y bỳs, ond roedd y ffordd yn wag.

Ochneidiodd, a sibrwd yn dawel.

''Dio ddim yn dod. Sa neb yn dod.'

2. Pepsi Cola

Ysgydwodd y cerbyd yn araf o un ochr i'r llall wrth i'r trên wibio ar hyd y cledrau, drwy'r caeau a'r pentrefi. Doedd y symudiad cyson yn gwneud dim lles i'r cur oedd wedi dechrau bowndian yn ei ben yn yr awr ddiwethaf. Hwn oedd y trydydd cur pen yr wythnos yma.

Casglodd Wiliam y bocs brechdanau a'r paced crisps gwag oddi ar y bwrdd a'u rhoi mewn bag plastig. Cymerodd lymaid olaf o'r can John Smiths er mwyn ei wagio, a rhoi hwnnw hefyd yn y bag. Gwyddai wrth edrych drwy'r ffenest y byddai'r trên yn cyrraedd y dref mewn chydig funudau, felly cododd er mwyn gwisgo'i gôt. Nodiodd 'hwyl fawr' ar gwpwl o ffans eraill Wrecsam a wnâi'r un daith â fo bob penwythnos, er nad oedden nhw erioed wedi siarad efo'i gilydd. Roedd o'n meddwl am hynny yn aml: deng mlynedd o ddal yr un trên bob yn ail ddydd Sadwrn, deng mlynedd o yfed yn yr un dafarn ac eistedd yn yr un seti yn y Cae Ras, ond doedd o erioed wedi siarad go iawn efo dim un ohonyn nhw. Ond fel'na roedd o wedi licio petha erioed. Ar ôl cau ei gôt, cerddodd at y drws.

Rhoddodd y bag plastig yn y bin ar y platfform a cherdded drwy'r maes parcio i gyfeiriad y stryd fawr. Roedd yn falch ei fod wedi dewis ei gôt drwchus heddiw gan ei bod wedi oeri wrth iddi nosi. Cyrhaeddodd ddrws ochr y Crown a gwthio'i hun i mewn. Roedd Sandra y tu ôl i'r bar yn gwybod yn iawn be oedd o isio: rhoddodd hi'r peint o John Smiths i lawr ar y bar iddo fo a rhoddodd yntau'r arian cywir iddi hi heb i 'run o'r ddau ddeud gair wrth ei gilydd. Gafaelodd yn y peint a mynd i eistedd yn ei gornel dywyll arferol, lle roedd y dartbord yn arfer bod, ymhell oddi wrth bawb arall a'u sŵn.

Rhwbiodd ei dalcen wrth i'r boen yn ei ben waethygu. Doedd ganddyn nhw ddim parasetamol tu ôl i'r bar – roedd o wedi gofyn hynny nos Iau – ond mi oedd ganddyn nhw wisgi Penderyn, oedd cystal os nad gwell ym marn Wiliam. Archebodd un efo'i ail beint.

Pan oedd o hanner ffordd drwy ei bedwerydd peint, a newydd orffen ei drydydd Penderyn, teimlai'n gynnes braf. Roedd ei feddwl wedi teithio ymhell o'r dafarn a'i gornel dywyll. Yn sydyn, clywodd lais yn dod o'r ochr dde iddo, neu ella o'r tu ôl iddo.

'Genesis? Blydi hel, pwy uffar sy'n chwara Genesis mewn pyb ar nos Sadwrn?'

Daeth meddwl Wil yn ôl i'r dafarn, a sylweddolodd fod Genesis ymlaen ar y jiwcbocs. Roedd o'n cytuno'n llwyr efo'r llais – doedd o ddim yn ffan o Genesis o gwbwl, ond doedd o ddim yn ffan o fân-siarad chwaith, yn enwedig ar ôl sawl Penderyn, felly penderfynodd wenu'n fanesol a nodio'i ben gwpwl o weithiau i gytuno efo pwy bynnag oedd yn siarad efo fo, cyn cymryd swig arall o'i beint.

'Seriously, Phil Collins ydi'r person mwya over-rated EVER!'

Gorffennodd Wil ei beint, a nodio a gwenu i gytuno efo'r person eto gan fod be ddwedodd o'n hollol wir, a chodi i nôl rownd arall gan wneud yn siŵr nad oedd o'n sbio ar neb o'i gwmpas rhag ofn bod hynny'n arwydd 'i fod o isio sgwrs.

Wrth iddo weithio'i ffordd drwy ei bumed peint, clywodd y llais eto.

'So be nei di ar ôl mynd adra heno? Gwatshad teli, ne Netflix? Ta syth i dy wely?'

Ysgydwodd Wil ei ben. 'Na, boi DVDs dwi. Ti'n gwbod be ti'n gael wedyn, ac ma'n haws dewis.'

'Call iawn,' meddai'r llais.

Cymerodd Wil un llymaid olaf o'r Penderyn bach oedd wrth

ei ymyl a chodi i wisgo'i gôt. Cafodd chydig o drafferth gan fod y ddiod i weld wedi effeithio ar ei bengliniau.

'Wooow! Ha ha, rhywun 'di cal chydig gormod, ella?'

'Naaa... na, jest digon. Jest digon,' meddai Wil wrth iddo godi'i law i ddeud nos da ac anelu at y drws.

Roedd o'n gwau'n hapus braf o un ochr y pafin i'r llall wrth gerdded adra, yr hylif cynnes yn treiddio drwy ei wythiennau.

'So, pa DVD nei di watshad heno, ta?'

'O, *Die Hard 3*. Welish i 1 a 2 ddechra'r wsnos, so gorffan y set heno.'

'Class.'

Cyrhaeddodd y ddau ddrws ffrynt Wil, a chododd Wil ei law unwaith eto i ddeud nos da cyn rhoi ei law yn ei boced, tynnu'i oriad allan, ei roi yn y clo a mynd i mewn, gan gau'r drws y tu ôl iddo.

Eisteddodd i fyny yn ei wely y bore wedyn a rhoi ei ben yn ei ddwylo, cyn gorfod anadlu'n ddwfn iawn ddwywaith i drio stopio'i ben rhag troi. Er bod Penderyn yn wych am gael gwared o gur pen, roedd o hyd yn oed yn well am greu un arall. Yn anhygoel o araf, trodd i ochr y gwely a chydio yn y gwydr llawn dŵr. Downiodd y cwbwl mewn un llwnc. Yna, yn araf – roedd bob dim yn gorfod digwydd yn araf – gwthiodd ei hun allan o'r gwely a baglu'i ffordd i'r stafell molchi.

Safodd yno'n piso, heb rîli edrych na phoeni i weld oedd o'n anelu'n gywir. Teimlai ei geg yn afiach ac yn sych er iddo yfed y dŵr, felly yn syth ar ôl gorffen piso, a heb hyd yn oed fflysho, trodd at y sinc ac estyn ei frwsh dannedd. Rhoddodd lwmp anferth o bast arno er mwyn cael y blas aruthrol o hyll o'i geg, a dechreuodd frwsio.

Safodd yno am rai munudau yn brwsio pob congl o'i geg mor araf ag y medrai, yn fwy i gael y blas mint i bob man yn ei geg nag i llnau ei ddannedd. Yna, cododd ei ben i edrych arno'i hyn yn y drych: prin roedd ei lygaid ar agor, roedd ei fochau a'i dalcen yn goch ac yn boeth i gyd a'i drwyn yn teimlo fel petai ar fin cracio mewn poen.

‘Ffoc, ti ’di mynd i edrach yn hen!’

Neidiodd Wiliam a throi rownd mewn sioc, gan ddal y brwsh o’i flaen fel rhyw fath o arf, ond er mawr syndod iddo, doedd neb yno.

‘Helô?’ meddai, wrth edrych tu ôl i’r cyrten o gwmpas y bàth. ‘Helô?’ meddai eto wrth gamu allan yn bwyllog ar y landin.

‘Be, ti’n meddwl bo ’na rywun arall yma?’

Neidiodd unwaith eto. Roedd y llais fel petai’n dod o’r tu ôl iddo fo, neu jest ar y dde iddo.

‘Pwy sy ’na? Lle wyt ti?’

Bu ychydig eiliadau o ddistawrwydd.

‘Yyyy, wel, ma’ hyn yn awkward... Ti’n siarad efo fi, dwyt?’

Trodd Wil rownd yn gyflym unwaith eto, ond allai o ddim gweld neb.

‘Lle wyt ti?’

‘Yn pen chdi! O, ffor ffyc sêcs... ’dan ni ’di bod drwy hyn neithiwr!’

Yn araf bach sylweddolodd Wil fod hynny yn wir. Roedd ganddo frith gof o sgwrs debyg neithiwr... roedd rhywun yn y tŷ efo fo, rhywun yn y stafell fyw efo fo, yn gwylio’r teledu efo fo, ond eto, doedd ’na neb yno.

‘Seriously? Ti’m yn cofio? Athon ni drwy hyn i gyd... dwi yn pen chdi, fama dwi’n byw. Odda chdi’n hollol iawn am y peth ddoe! Jîsys craist, udish i bo chdi’n yfad gormod o’r Penderyn ’na do, cont!’

Camodd Wil yn ôl i mewn i’r stafell molchi, a gollwng y brwsh dannedd i’r sinc. Eisteddodd ar y pan er mwyn cael chydig eiliadau i feddwl. Fedrai hyn ddim bod yn wir, fedrai o ddim... ond eto, roedd o’n dechrau cofio chydig o sgwrs y noson cynt – sut roedden nhw wedi ailddechrau siarad am pa mor shit ydi Genesis, ac wedi sgwrsio am dros hanner awr am pa mor wych oedd castio Jeremy Irons i actio brawd Alan Rickman yn *Die Hard 3*, gan fod y ddau yn grêt fel Saeson yn actio Jyrmans sy’n goro smalio trio siarad efo acenion Merica.

'Ti'n cofio... briliant o ddewis o actorion... a nathon ni gytuno na dim jest Genesis sy'n shit, odd Phil Collins yn shit ar ben 'i hun 'fyd...'

'Jest cau dy geg! JEST CAU DY FFYCIN GEG!' gwaeddodd Wil.

'Jeeeez Louise ti'n ffocin flin yn boreua, dwyt?'

Dechreuodd Wiliam deimlo'i anadl yn cyflymu a'i frest yn tynhau.

'Ei, calm down ŵan, ma' hartan yn mynd i ffwcio'r ddau ohonan ni fyny!'

Anwybyddodd Wil y llais, gan ddefnyddio'i holl egni i godi ar ei draed. Brysiodd yn ôl i'w stafell wely. Taflodd yr un dillad â'r noson cynt yn ôl amdano a hyrddio'i hun i lawr y grisiau. Gafaelodd yn ei oriadau a'i gôt a straffaglodd i roi ei esgidiau am ei draed cyn gwibio allan drwy'r drws. Chwalodd y gwynt oer a'r glaw mân yn erbyn ei wyneb, ond wnaeth o ddim sylwi.

Roedd yn hanner rhedeg, hanner baglu tuag at y safle bysys – roedd yn rhaid iddo fynd i'r ysbyty, roedd yn rhaid iddo fo. Gwyddai yng nghefn ei feddwl ei bod hi'n ddydd Sul ac y bysa fo yno am oriau lawer, ond roedd rwbath yn amlwg o'i le. Roedd o'n amlwg yn sâl. Ma' raid 'i fod o.

'Tiwmor...? FFYCIN TIWMOR W'T TI?' gwaeddodd Wiliam dros y lle wrth fartsio allan o brif ddrysau'r ysbyty ac ar draws y maes parcio tuag at y safle bysys.

'Calm down, mêt, sdim isho dechra galw enwa...'

'Dyna ma'r doctor 'na newydd ddeud w't ti... Blydi hel! O, mam bach, ma' hi 'di canu arna fi. Dwi'n siarad efo tiwmor ar fy mrên fy hun! O, mam bach.'

'Ei, ty'd laen, os ti'n rîli meddwl am y peth, mae o reit cŵl, dydi! Ti'n siarad efo dy diwmor dy hun! Fedri di fynd ar teli efo shit fel'ma! Sa Jeremy Kyle yn lapio shit fel'ma fyny, cooont.'

'Ma' hwnnw'n cancelled.'

'O, yndi... wel, un o'r rhai American 'na ta, 'run mor desbret â'i gilydd! Mêt, fedrwn ni fod yn enwog!'

'Plis, jest cau dy geg.'

'Na, go iawn ŵan, serious. Meddwl am y peth, yli cash sa ni'n neud!'

'Fedra i ddim gwario'r pres – fydda i di *marw*... achos ma' gynno fi *tiwmor*... AR Y BRÊN!'

Edrychodd pawb yn y safle bysys yn syn wrth iddynt weld dyn chwyslyd yn rhuthro tuag atyn nhw, yn gweiddi ar neb yn benodol.

'O, ia. Shit, nesh i'm meddwl am hynna.'

'Be ti'n feddwl, nes di'm meddwl am hynna? Chdi *ydi'r* tiwmor!'

'Mêt, sdim isho bod yn flin efo fi, na? Dim bai fi dio, actually – bai chdi, achos chdi nath technically creu fi.'

Stopiodd Wil yn ei unfan a sibrwd drwy ei ddannedd, 'Paid... Jest ffycin paid.'

Bu'r ddau yn ddistaw nes i'r bŷs gyrraedd. Gadawodd y rhan fwyaf o'r bobol i Wil fynd ar y bŷs o'u blaenau, a phenderfynodd eraill mai disgwyl am y bŷs nesa fysa orau.

Wrth i'r bŷs ddreifio drwy bentrefi bychan eisteddodd Wiliam yn ddistaw. Roedd y Tiwmor yn gwybod y byddai'n well iddo yntau gadw'n dawel am sbel hefyd – doedd Wil ddim i'w weld yn cymryd y newyddion am ei fodolaeth yn rhy dda.

Camodd Wil oddi ar y bŷs a cherdded yn syth i'r Crown.

'Ti wir yn meddwl na alcohol 'di'r peth calla i chdi ŵan?' gofynnodd y Tiwmor. 'Ma' gynno chdi diwmor, sdi...'

'Ffyc. Off.'

Edrychodd un neu ddau o'r locals draw arno wrth iddo regi.

'Na, go iawn, Wil, dwi'm isho i chdi fynd yn fwy sâl, na... ti'n gorfod edrach ar ôl y ddau ohonan ni ŵan!'

Archebodd Wiliam beint a mynd i eistedd yn ei gornel arferol.

'Hefyd, stopia weiddi bob dim yn uchal, ti'n neud i'r ddau ohonan ni edrach fatha proper pricks.'

'Be ti'n feddwl?' atebodd Wiliam.

'Dwi yn pen chdi, dydw. Dwi'n clwad be ti'n mynd i ddeud yn pen chdi cyn iddo fo ddod allan, y cont gwirion.'

Meddyliodd Wiliam am eiliad ac ysgydwodd ei ben yn araf.

'Dwi'n cal cyngor gan fy nhiwmor fy hun. Ma' hyn yn boncyrs.'

'Aye, gwbod, ond dwisho pwysleisio eto, ia, ma' hyn yn reit ôsym.'

Gorffennodd Wil ei beint cyntaf yn sydyn ar y diawl, a mynd i nôl un arall.

'Ocê ta. Cymryd bo fi ddim jest yn mental, a bod hyn yn digwydd go iawn... o lle ddois di?'

'Dwi yma rioed, sdi... wel, kind of. Jest rhan o brên chdi dwi, ia. Dim rhan bwysig, ond dwi'n cofio rhan fwya o bob dim sy 'di digwydd i chdi. Ond nath 'na rwbath gicio fi mlaen rwsut ryw dri mis yn ôl. O'n i'n gallu teimlo fy hun yn cal fy ngwthio allan, a wedyn... wel, dyma fi, ia.'

'Felly doedd brên fi, hyd yn oed, ddim isho chdi yna.'

'Dyna chdi ffor ffocin negatif o feddwl! Ond ia, ma' hynna'n wir. Eniwe, mae o'n well i'r ddau ohonan ni fel hyn, sdi. Dos i roi Run DMC ar y jiwcbocs.'

'Be ti'n feddwl, "mae o'n well i'r ddau ohonan ni"? Nacdi, 'dio ddim! 'Dio'm yn dda i fi o gwbwl!'

'Yndiiii. 'Di tiwmors byth mor ddrwg â ma' nhw'n ddeud. Go on, Run DMC, jiwcbocs.'

'34%. Dyna ddudodd y doctor 'na: 34% chance of survival after surgery! A wedyn, hyd yn oed os dwi'n syrfeifio hynna ma' 'na jans i chdi ddod yn ôl mewn pum mlynadd!'

'Dim fi fydd o, na? Fyddan nhw 'di sgwpio fi allan ohona chdi, a gadal fi i farw ar ryw ffocin bwrdd metal yn y 'sbyty 'na... gadal fi 'tha ryw bajar ar ochor lôn. "It's Tricky" gan Run DMC sa'r boi – bangar o diwn.'

'*Fi* yn gadal *chdi* yn farw? Ti off dy ffycin ben? Ti mond yn bodoli i ladd fi!'

'Harsh... go on, "It's Tricky", Run DMC.'

''Dio'm yn harsh o gwbwl! Ti newydd esbonio bod brên fi ddim isho chdi, a dwi ddim isho chdi chwaith!'

'O. Ocê... ond ti'n gwbo be *wyt* ti isho? Run D...'

'PAM? Pam bo chdi'n gofyn am y gân 'na bob munud? Be ffwc sgin Run DMC i neud efo dim o hyn?'

'ACHOS TI'N FFOCIN LYFIO NHW!'

Oedodd Wiliam am eiliad. Roedd o wedi cael chydig o sioc, a deud y gwir. Doedd o erioed wedi clywed ei lais ei hun yn ei ben mor uchel ac mor gas o'r blaen. Ar ôl yr hyn oedd yn teimlo fel munudau maith, cymerodd swig o'i beint. Cario mlaen yn galed ac yn frwnt wnaeth y Tiwmor.

'Wyt, ti'n lyfio Run DMC. A Public Enemy, a Eric B a Rakim... dyna'r cwbwl ti'n ffocin chwara yn tŷ. Ma' raid i fi ddeud, do'n i'm yn ffan – dwi'n fwy o foi AC/DC fy hun – ond ma' gwrando arna chdi'n canu efo nhw, yn siarad am 'u hanas nhw, yn joio nhw, 'di gneud iddyn nhw dyfu arna fi. Ond be ti'n neud? Ista yn y pyb 'ma bob nos yn gwrando ar ffocin Phil Collins a Paul Simon a'r shit arall ma' pobol yn roi mlaen yma.... Ocê, ma' Bryn Fôn on yn amal, sy'n class, ond pam nei di ddim codi a rhoi be ti isho mlaen? Dwi'n gwbod pam, achos ti'n pussy. Hollol cachwr. Ti ofn i bobol feddwl bo chdi'n sad. Poeni be neith pobol feddwl ohona chdi. A dim jest efo'r jiwcbocs. Be am y Sandra 'na sy'n fflyrtio efo chdi bob nos Sadwrn? Pam ffwc ti'm yn neud dim am hynna? 'Dan ni'n unig 'tha ffwc, a ti'm yn fodlon neud dim am y peth. Ti'n absolwt ffocin pussy. Be am gwaith shit chdi yn Cyngor? 'Dan ni'n bored shitless yna bob dydd, yn crio ar ffor i mewn yna weithia. Ond nei di'm newid hynna chwaith: eto, cachwr go iawn, ofn neud dim byd i wella dy sefyllfa dy hun. Ia, fi ydi'r cansar yn y berthynas yma, scientifically, ond ma'r ddau ohonan ni'n gwbod yn iawn na dim dyna 'di'r gwir.'

Disgynnodd tawelwch rhwng y ddau. Gorffennodd Wil ei beint a mynd i nôl un arall efo wisgi dwbwl ar yr ochr. Gorffennodd y ddau ddiod ac ordro eto. Ac eto. Ac eto. Chafodd 'run gair arall ei ddeud gan 'run o'r ddau am weddill y noson.

Cerddodd Wil adra yn y glaw, ond wnaeth o ddim codi coler

ei gôt y tro yma. Llifodd y dŵr oer i lawr ei gefn wrth iddo gerdded yn igam ogam yng nghanol y lôn. Straffaglodd i mewn drwy ei ddrws ffrynt, ac ar ôl gafael mewn potel fawr o fodca a gwydr peint, disgynnodd i mewn i'w gadair yn ei gôt wlyb a thywallt, ac yfed. Tywallt ac yfed. Tywallt ac yfed.

Ryw dro, cododd i roi CD yn yr Hi-Fi. Waldiodd y bît yn erbyn ei glustiau wrth iddo yfed ac yfed. Doedd o ddim yn clywed y caneuon. Doedd o ddim yn poeni.

Ddwyawr yn ddiweddarach roedd o'n dal i eistedd yno, y dagrau yn gwlychu'i wyneb a'i wddw'n llosgi ar ôl crio cymaint.

Yn araf ac yn boenus, syrthiodd i gysgu.

'Sori am neithiwr.'

'Ma'n iawn.'

'Na, go iawn, o'n i out of order, o'n i jest... o, dwm'bo.'

Cariodd Wiliam ymlaen i frwsio'i ddannedd.

'Go iawn, anghofia amdano fo.' Poerodd lond ceg o ddŵr ac ewyn i'r sinc cyn sychu'i wyneb a cherdded yn ôl i'w lofft. Roedd o wedi anfon e-bost i'r gwaith i egluro nad oedd o am ddod i mewn heddiw – cafodd ateb yn ôl yn gofyn am esboniad ond chafon nhw 'run. Doedd o ddim wedi methu diwrnod yn y basdad lle ers dros saith mlynedd, felly roedd o'n teimlo'i fod o'n haeddu peidio gorfod esbonio. A beth bynnag, roedd o'n casáu'r blydi lle, ond triodd beidio meddwl gormod am hynny rhag ofn i'r Tiwmor ddechra meddwl mai fo oedd yn iawn.

Er, fo *oedd* yn iawn. Roedd o'n iawn am bob dim.

'Wrth gwrs bo fi'n iawn am bob ffocin dim. Fi 'di chdi.'

'Ffyc sêcs, ti literally yn clywad bob dim dwi'n feddwl, dwyt?'

'Yndw siŵr! Dwi yn brên chdi, yr idiot! Be bynnag sy'n croesi'r meddwl 'na ar unrhyw adag, dwi'n 'i glwad o'n glir... y pyrfyrt!'

Gwenodd Wiliam. Roedd hyn yn boncyrs.

Cerddodd allan o'r tŷ ac i fyny am y brif ffordd. Treuliodd y diwrnod hwnnw, y diwrnod cyntaf i ffwrdd o'i waith mewn saith mlynedd, yn gwneud bob dim roedd o'n arfer breuddwydio am ei wneud tra oedd yn eistedd wrth ei ddesg yn y Cyngor. Aeth i le'r bwcis i ddechra i roi ambell fet lawr, yna draw i'r caffi am y brecwast lleia iachus iddo'i gael erioed, yna am beint neu ddau er mwyn gwylio canlyniadau'r rasys ceffylau cyntaf. Ar ôl cinio aeth rownd yr amgueddfa forwrol roedd o wedi'i phasio bob diwrnod ond erioed wedi bod ynddi. Yna draw i'r Bingo, gan 'i fod o 'di clywed mai dim ond £1.70 oedd peint yno, cyn mynd yn ôl i'r bwcis i osod mwy o fetiau ar gyfer rasys ola'r pnawn ac yn syth i'r Crown i wylio canlyniadau'r rheiny.

Dysgodd nifer o bethau y diwrnod hwnnw, yn bennaf nad oedd y Tiwmor yn medru dewis bet call dros ei grogi, a bod petha morwrol yn shit. Hefyd, sylwodd ryw dro yng nghanol y dydd fod angen iddo ddechrau breuddwydio am bethau mwy tra oedd o'n eistedd wrth ei ddesg. Ond mam bach, mi oedd o wedi mwynhau ei hun, ac am y tro cyntaf ers sbel, roedd o'n teimlo'n rhydd.

Eisteddodd, y noson honno, yn ei gornel yn y Crown yn gwrando ar gerddoriaeth yr oedd o'i hun wedi'i dewis, yn yfed Penderyn Legend yn lle'r Penderyn arferol ac yn sgwrsio bob hyn a hyn efo rhai o'r locals eraill nad oedd o erioed wedi siarad efo nhw o'r blaen. Canodd, chwarddodd a dawnsiodd ei ffordd drwy oriau annwyl y noson cyn iddo gael ei orfodi, mewn ffordd neis, i fynd adra.

'Reit, dos drwy'r holl beth eto ŵan.'

'Dwi ddim angen mynd drwyddo fo eto – dwi'n dallt.'

'Profa hynny i fi, ta.'

'Na. Gwranda, ti'n mynd i neud fi'n nyrfys.'

'Ti'n mynd i fod yn nyrfys eniwe – ti rioed 'di gofyn i hogan fynd allan efo chdi o' blaen, so y mwya ti'n gofio o be dwi 'di ddeu'tha chdi, y gora, a'r hawsa fydd hi i chdi wedyn, ia!'

'Na. Dwi ddim yn mynd drwyddo fo eto. Jest gad o fod ŵan.'

Cerddodd Wil i lawr Stryd y Capel a throi am y bont. Nodiodd ei ben ar ambell un wrth basio a thynnu'i wefusau'n dynn fel ffordd o ddeud helô heb fod yn rhy gyfeillgar. Roedd o'n gwthio'i ddwylo'n ddwfn i'w bocedi, ac roedd ei gamau'n gyflym ac yn drwm.

'Slofa lawr chydig, mêt, a rilacsia! Ti am gal strôc ne hartan cyn cyrradd ar y rêt yma.'

'Chdi sy 'di bod yn chwalu 'mhen i drw'r bora. O'n i'n iawn neithiwr, ond ti 'di mwydro fi eto bora 'ma, do.'

'Ocê, digon teg, na i fod yn ddistaw ŵan... ddeuda i ddim gair arall tan ma'r holl beth drosodd.'

'As if.'

'Wir yr. Cross your heart and hope you die.'

'Pric.'

Erbyn iddo gyrraedd ochr arall y bont gallai weld yr arwydd Guinness yn hongian tu allan i'r Crown ar waelod y ffordd. Sylweddolodd ei fod o'n dechrau mynd yn fyr ei wynt, ac er ei bod hi'n oer roedd o'n chwysu. Doedd o ddim am droi i fyny allan o wynt ac yn chwyslyd, felly arafodd ac anadlu'n ddwfn. Llaciodd ei ddyrnau a thynnu'i ddwylo o'l bocedi, ac erbyn iddo gyrraedd drws cornel y Crown teimlai chydig yn well ac yn rhyfeddol o ddigynnwrf. Gwthiodd ei law yn erbyn y drws a chamu i mewn.

Roedd hi wastad yn ddistawach yno amser cinio, oedd yn beth da iddo heddiw. Gwibiodd ei lygaid o gwmpas y bar yn sydyn – roedd ei benderfyniad i ddod yno'n gynt wedi bod yn un da. Cerddodd at y bar wrth ddechrau agor zip ei gôt.

'Haia del, yr usual?' meddai Sandra wrtho wrth afael am y pwmp John Smiths.

'Ym, ia... wel ia, a naci.'

'Y?' atebodd Sandra.

'Ia am y John Smiths plis... ond, ym, dwi 'di bwcio bwrdd yma 'fyd.'

'O, reit.' Dechreuodd Sandra dynnu ei beint. 'Dodd dim isho i chdi fwcio fo 'sdi, ma' bwrdd chdi'n rhydd adag yma bob dydd.'

'Na. Ym. Wedi, ym, 'di bwcio bwrdd i ddau dwi. Nesh i ffonio neithiwr.'

Edrychodd Sandra draw ar y bwrdd yn y gornel.

'O, chdi odd hwnna? Kate nath gymryd y bwcing gin ti, a ddeudodd hi na drwadd yn y lownj odda chdi isho fo. Sa dau ohonach chi'n ffitio ar y bwrdd 'na yn y gornal yn fanna yn iawn, os ti isho?'

'Ia. Na. 'Di meddwl cal bwrdd drwadd o'n i... un o'r rheina wrth y ffenast, ella?'

Gosododd Sandra ei beint o'i flaen ac edrych arno braidd yn syn.

'Fydd hi'n boring drwadd yn fancw i chi, bydd. Sa neb yna, sdi – fama ma' pawb.'

'Deu'thi am feindio'i ffocin busnas!' gwaeddodd llais y Tiwmor yn ei ben.

'Weeel, ma' 'na fiw neis yna, does,' meddai Wil, gan afael yn ei beint a chymryd swig mawr ohono.

Fel roedd Sandra ar fin agor ei cheg eto, gwelodd Wil y geiniog yn disgyn.

'O! O, ia siŵr. Ia, dos di drwadd, cymra unrhyw un o'r byrdda 'na... ma' nhw i gyd ar gael!'

Nodiodd Wiliam ei ben a cherdded draw i'r lolfa. Dewisodd fwrdd wrth y ffenest ac eistedd yn y gadair oedd â'r olygfa waethaf o'r ddwy. Fel roedd o'n gorffen ei beint dechreuodd ystyried sut uffar roedd y Tiwmor wedi medru ei argyhoeddi i lawrlwytho Tinder, ac ar ben hynny, sut roedd o wedi medru ei berswadio i gyfarfod rhywun go iawn arno fo! Ond chafodd o ddim llawer o amser i feddwl, gan iddo glywed drws y gornel yn agor a llais dynes yn gofyn i Sandra am y bwcing oedd wedi'i wneud yn enw Wiliam.

'Ti dal yn gwisgo dy gôt, y pleb!' meddai'r Tiwmor o nunlla. Neidiodd Wiliam ar ei draed a thynnu'i gôt mor gyflym ag y gallai, a'i gosod ar gefn y gadair fel yr agorodd drws y lolfa. Trodd rownd, gan gymryd dau gam ymlaen ac estyn ei law allan.

'Helô Mared, pnawn da. Neil Wiliam Arthur dwi, neis i gwrdd â chi.'

'Jîsys. Ffocin. Craist,' meddai'r Tiwmor.

Y noson honno, eisteddodd Wil a'r Tiwmor yn y gegin efo dwy botel o win, yn trin a thrafod sut roedd petha wedi mynd dros ginio efo Mared. Roedden nhw isio trafod y peth yn syth, yn amlwg, ond gan fod Wil wedi gorfod mynd yn ôl i'w waith y pnawn hwnnw i fynychu dipyn go lew o gyfarfodydd, penderfynodd y ddau y byddai'n well disgwyl nes iddyn nhw gyrraedd adra gyda'r nos. Yn wreiddiol, doedd y Tiwmor ddim yn hapus am hyn o gwbwl, ond eglurodd Wil y byddai aros chydig oriau yn rhoi mwy o amser iddo ystyried y dêt yn iawn, ac yn golygu y byddai'r drafodaeth yn un llawer mwy manwl. Roedd hynny i'w weld wedi plesio'r Tiwmor.

Erbyn hyn roedden nhw chwarter ffordd drwy'r ail botel win, ac wedi gwneud job dda iawn o drin a thrafod y dêt... yn eu barn nhw. A be oedd yn fwy o syndod byth i'r ddau oedd eu bod nhw'n cytuno ar nifer fawr o bethau.

Yn gyntaf, roedd y ddau yn bendant yn cytuno na ddylai Wil fod wedi cyflwyno'i hun efo'i enw llawn. Roedd hwnnw'n rookie move, yn ôl y Tiwmor, ond eto, gan mai hwn oedd y dêt cyntaf iddo fynd arno ers bron i chwarter canrif (roedd y ddau yn cytuno bod y diwrnod lle gwnaeth o a Ceri Ty'n Clawdd gerdded oddi wrth weddill y trip Lefel A Cymraeg yn Sain Ffagan i fynd i weld y Tai Crwn Celtaidd efo'i gilydd yn *bendant* yn cyfri fel dêt) roedd hi'n iawn gwneud ambell gamgymeriad. A diolch i Dduw, er bod Mared wedi edrych chydig yn syn i ddechra, mi anghofiodd hi am y peth yn eitha sydyn.

Roedd y pynciau a drafodwyd wedi bod yn rhai da – roedd y ddau yn hoff o ffilmiau o'r 80au, ac mi gawson nhw sgwrs ddifyr iawn am pa wledydd o gwmpas y byd oedd yn gwerthu'r nifer fwya o goed Dolig yn flynyddol, er nad oedd Wil na'r Tiwmor yn siŵr iawn sut gyrhaeddon nhw'r pwnc hwnnw. Roedd Wil, yn ôl y Tiwmor, wedi handlo sefyllfa'r plant yn 'smashing', pan ddwedodd Mared fod ganddi ddau o blant er nad oedd hi wedi nodi hynny ar ei phroffil Tinder. Barn y Tiwmor oedd y dylai pethau felly gael eu nodi o'r dechrau, ond doedd dim ots gan Wil. Serch hynny, cytunodd y ddau ei fod o wedi bod yn wirion i gynnig y dylen nhw i gyd fynd fel teulu i chwarae Crazy Golf efo'i gilydd rywbryd, gan mai dim ond cyfarfod am y tro cyntaf oedden nhw.... a bod un o'r plant yn ei ugeiniau hwyr. (Ar ôl sgwrs faith, cytunodd y ddau hefyd fod y ffaith i Wil anwybyddu'r Tiwmor yn llwyr pan ddywedodd 'gofynna iddi ydi o dal o gwmpas ac os ydi o'n nytar' pan soniodd Mared am ei chyn-ŵr, yn beth da.) Ond yn y diwedd dim ond dau beth oedd yn bwysig: yn gyntaf, roedd y ddau wrth eu boddau efo Mared. Roedd Wil wedi gwirioni ei bod hi mor glyfar (ac, yn bwysicach, efallai, mor ddoniol) a bod y ddau wedi chwerthin drwy'r awr; ac roedd y Tiwmor wrth ei fodd ei bod hi'n 'hollol allan o league' Wil.

Yn ail, ac yn bwysicach byth, oedd y ffaith ei bod hi wedi cytuno i'w gweld nhw eto.

Yfodd y ddau ffrind weddill y gwin yng nghwmni'i gilydd wrth wrando ar y radio. Roedd heddiw wedi bod yn ddiwrnod da.

Llifodd y llefrith allan o'r botel ac i mewn i'r bowlen. Gosododd Wil y top gwyrdd yn ôl arni a'i rhoi yn ôl yn y ffrij. Estynnodd lwy o'r drôr, yna trodd i eistedd wrth y bwrdd. Roedd distawrwydd llethol yn llenwi'r stafell: 'run o'r ddau yn deud dim byd, a dim ond sŵn crensian y corn fflêcs yn atsain yn eu pen.

'Wel... ti am ddeud rwbath?' gofynnodd y Tiwmor.

Parhaodd Wiliam i gnoi, a deud dim.

'Fydd raid i ni siarad am y peth rywbryd.'

Bwytaodd Wiliam weddill ei frecwast mewn distawrwydd. Wedi iddo orffen, rhoddodd y bowlen a'r llwy yn y sinc, gafael yn ei gôt oddi ar gefn y gadair a cherdded drwy'r drws.

Ar fwrdd y gegin roedd llythyr. Roedd ei enw llawn a'i gyfeiriad ar y top, ac ar y gornel arall roedd manylion Ysbyty Salem, yr ysbyty newydd sbon oedd wedi cael ei hadeiladu gerllaw.

Yng nghanol y llythyr roedd y frawddeg: 'Dear Mr Arthur, the date for your operation has been scheduled...'

Hedfanodd yr wythnos ganlynol. Roedd pen Wil yn niwlog, oedd yn ei atal rhag mwynhau unrhyw beth yn iawn. Roedd y Tiwmor yn cynnig pethau iddyn nhw eu gwneud efo'i gilydd bron bob nos – y rhan fwyaf ohonyn nhw'n ymwneud ag alcohol a gamblo, gan mai dyna roedd y ddau yn ei fwynhau. Un noson, tra oedden nhw'n eistedd ar stôl wrth ymyl y fruit machine yn y Crown, dechreuodd y Tiwmor siarad.

'Reit, dwi 'di cau 'ngheg tan rŵan, achos ti 'di bod mewn bitsh o fŵd drw'r wsnos, ond ma' 'na ddau beth dwi isho'u trafod... naci, dau beth dwi isho ddeud...'

'O, god, na,' atebodd Wil. 'Jest gwranda, dwi ddim 'di penderfynu eto, a...'

'Na. Fel ddudish i, dim sgwrs dwi isho, so gwranda di. I ddechra, paid â malu cachu efo dy "dwi ddim 'di penderfynu eto" – do, ti wedi, achos dwi'n gallu clywad bob dim ti'n feddwl, cofia! Nes di benderfynu yr eiliad welis di'r geiria 'na ar y llythyr dechra'r wsnos.'

'Wel, dim yr eiliad yna...'

'Actually, ti'n iawn. Mi oedd o eiliad ne ddwy cyn i chdi agor y llythyr, ond ma' hynna'n neud sens. Fel'na ma' meddylia pobol yn gweithio, ia. Mae o fatha fflipio coin, yndi – ti 'di penderfynu cyn iddo fo landio.'

'Be ti'n feddwl, "fatha fflipio coin"? Tydi dewis wyt ti'n mynd i ladd dy hun ta dy fêt gora ddim byd tebyg i fflipio blydi coin!'

'Na, na, dim dyna dwi'n feddwl. Os oes gin ti ddau beth i ddewis rhyngddyn nhw, fatha dewis Chinese neu Indian fel take-away, os ti isho neud y dewis yn subconsciously, y ffordd ora i neud o ydi drwy fflipio coin. Ti'n deud heads am Indian, tails am Chinese, a wedyn ti'n fflipio fo ... ond y gwir ydi, ti 'di penderfynu pa un ti isho erbyn i chdi ddal o. Ma' 'na wbath yn pen chdi yn gneud i chdi ddewis. Ella na mond 51% i 49% o wahaniaeth ydi o, fydd brên chdi'n gobeithio pan ti'n agor dy law fydd o'n un ai Indian ne Chinese. So sdim rhaid i chdi agor dy law achos ti 'di penderfynu'n barod. Dyna ddigwyddodd i chdi efo'r llythyr 'na. Eiliad cyn i chdi agor o, nes di ddewis, a nesh i glwad o'n glir – ti am fynd amdani efo'r op, dim otsh be... a dyna 'di'r peth cynta dwi isho ddeud: dwi'n iawn efo'r peth.'

Eisteddodd Wil am eiliad, yn meddwl.

'Ym... nagwyt, ti ddim yn iawn am y peth o gwbwl. Ti 'di deu'tha fi lot o weithia bo chdi ddim yn iawn am y peth.'

'Wel, dwi 'di bod yn meddwl. Os ti ddim yn neud o a dwi'n troi allan i fod yn mental o gry – ac ma' hynny'n ddigon posib achos ma'r ddau ohonan ni'n gwbod pa mor ôsym dwi – yna fydd y ddau ohonan ni'n dedars cyn hir eniwe, byddan. Ond hyd yn oed os dwi ddim mor lethal â hynny a ti ddim yn cal yr op, yna ti dal am farw yn slo, ac yn y diwadd fyddi di probably yn rhy sâl i fynd â fi i'r pyb a gadal i fi gamblo pres chdi i gyd, a sa hynna jest yn shit i bawb.'

'Os ydi hwn i fod yn ryw fath o pep-talk ne inspirational speech ne rwbath, ga i jest deud bo chdi'n neud job uffernol o shit ohoni.'

'Hooold on. Os ti'n mynd am yr op ac mae o'n mynd yn rong, sa ni'n dau yn gallu bod yn dedars yn syth! Ond os 'dio'n mynd yn ocê... ma'n shit i fi, ond wedyn gei di gario mlaen i fyw, cei? Ma' hynna'n 50% win rate i ni – a ti'n gwbod sut 'dan ni'n licio gamblo. Cal yr op sy'n neud sens, ia. Dim lol. Chdi yn cario mlaen, mynd ar dêts, cyfarfod pobol newydd, byw bywyd dros y ddau ohonan ni. Ia, deffinet. Gna fo.'

Cymerodd Wil lymaid o'i beint ac eistedd mewn distawrwydd, a goleuadau di-baid y fruit machine yn fflachio ar ei wyneb.

‘Waw. Waw, diolch,’ meddai. ‘’Dio dal ddim yn benderfyniad hawdd, cofia, ond ma’ hynna’n golygu lot i fi.’

‘Ooo, ffyc.’

‘Be sy?’

‘O’n i’n meddwl sa hynna ’di gweithio ’fyd.’

‘Meddwl sa be ’di gweithio?’

‘Reverse psychology, ia. Ti’n edrach tha’r math o berson sa hynny’n gweithio arna chdi.’

‘Blydi hel! Ti...? Jîsys!’

‘Calm down, calm down! Weindio chdi fyny ydw i siŵr! Go iawn, dwi *yn* dallt.’

Dechreuodd y Tiwmor chwerthin yn uchel, ond nid chwerthin cas na chwerthin milain oedd o, ond chwerthiniad ffrind yn tynnu coes. Dechreuodd Wil chwerthin hefyd.

‘A hefyd, fatha dyn gamblo, ma’n bendant yn syniad da i chdi gal yr op yn y sbyty newydd ’na. Loads o bobol yn deud bo nhw’n shit hot ar neud operations a ballu!’

‘Ia, ond ma’ ’na lot o straeon rhyfadd am y lle, does? Odd rheina wrth y toilets nos Sul yn bendant bo nhw’n neud experiments ar bobol yna, ti’n cofio?’

‘O, mêt... i ddechra, cwilydd arna chdi am wrando ar nytars a’u conspiracy theories! Ac yn ail, os fysa nhw actually yn neud ryw Robocop-type-shit ar rywun, ti’n meddwl sa nhw’n dewis chdi?’

Chwarddodd y ddau eto.

‘Ma’ hyn yn nyts. Dwi ofn gofyn be ’di’r ail beth ti isho siarad amdano fo rŵan...’

‘Gawn ni alw fi’n rwbath gwahanol i “Tiwmor”?’

‘Y?’

‘Wel, bob tro ti’n siarad amdana fi yn dy ben, ti’n galw fi’n “Tiwmor” ne “y Tiwmor”. Gawn ni alw fi’n rwbath arall?’

‘Wel, i fod yn deg, dyna wyt ti.’

‘Ia, dwi’n dallt hynny, ond ma’ gin pawb arall enw. Be am i fi gal un?’

'Fatha be 'lly? Terry y Tiwmor?'

'Dwi'n licio'r thing double T 'na lot fawr, ond o'n i'n meddwl wbath mwy fel... Clint.'

'Clint?'

Chwarddodd Wil am funud cyfan. Trodd pawb yn y bar i edrych ar y dyn oedd yn eistedd wrth y fruit machine yn bloeddio chwerthin ar ei ben ei hun, cyn troi'n ôl at eu peintiau.

'Be sy'n bod ar Clint?' gofynnodd y Tiwmor.

'Dwi *ddim* yn galw chdi'n Clint.'

'Ond ma' Clint yn cŵl siŵr!'

'Na, ma'r actor Clint Eastwood yn cŵl, ond ma' hynny jest achos sut ma'n edrych ac achos y cymeriada mae o 'di actio mewn ffilmia, ond 'di "Clint" ar ben 'i hun jest *ddim* yn cŵl.'

'Go ooon, galwa fi'n Clint!'

'Na'naf!' meddai Wiliam, gan ddechrau chwerthin eto. 'Eniwe, sa rhoi enw i chdi yn neud hyn i gyd yn rhy... ti'n gwbod... rhy bersonol.'

'Mêt, dwi'n byw ac yn siarad yn ganol pen chdi. Fedri di ddim cal lot mwy personol na hynna!'

Chwarddodd y ddau eto.

'Reit,' meddai Wil o'r diwedd, 'stopia falu cachu ŵan – ma' hi bron yn last orders.'

Cododd oddi ar ei stôl a cherdded at y bar wrth yfed y diferion olaf o'i wydr. Gofynnodd i Sandra am un arall, heb sylwi ei bod hi wedi oedi am eiliad cyn ail-lenwi'i wydr, fel petai'n trio penderfynu oedd o wedi cael digon yn barod.

'Ei, nes di ddeud gynna mai fi odd best mêt chdi,' meddai'r Tiwmor wrth iddynt sefyll yno'n disgwyl am y peint.

'Do. Wel, fel ti 'di atgoffa fi fwy nag unwaith, sgynno fi ddim ffrindia erill! Ond ia, hyd yn oed tasa gynno fi lwyth o ffrindia erill, chdi fysa'r mêt gora.'

'Class.'

Yn ystod yr wythnosau cyn y llawdriniaeth gwnaeth Wil a'r Tiwmor bopeth roedd y doctor wedi'i argymell er mwyn paratoi. Yn anffodus roedd hynny'n cynnwys peidio ag yfed alcohol, ond bu i'r ddau ddarganfod nad oedden nhw angen alcohol i gael hwyl – roedd cwmni cyson ei gilydd yn ddigon. Cerddodd y ddau gannoedd o filltiroedd er mwyn bod mor ffit â phosib ar gyfer y diwrnod mawr. Roedden nhw'n archebu'r bwydydd iachaf ym mwytai a chaffis y dref bob amser cinio, cyn mynd adra bob nos i goginio prydau amrywiol, maethlon. Roedd y ddau wedyn yn setlo i lawr i wylio pob DVD roedd Wil wedi'u prynu dros y blynyddoedd, a gwrando ar bob CD yn y tŷ, gan rannu atgofion a straeon wrth wylio a gwrando.

Roedd Wil wedi penderfynu peidio deud wrth Mared am y Tiwmor, yn dilyn cyngor gan y Tiwmor ei hun. Aeth â hi allan sawl gwaith wedyn am ddrinc amser cinio, gan esbonio iddi ei fod yn gorfod mynd i ffwrdd efo'i waith am chydig wythnosau. Chwarae teg, arhosodd y Tiwmor yn ddistaw yn ystod pob dêt, a wnaeth o ddim mynnu cael post-mortem ar eu holau chwaith.

Ar fore'r llawdriniaeth, camodd Wiliam ar y bŷs fyddai'n mynd â fo i'r ysbyty. Eisteddodd yn dawel yr holl ffordd yno, yn gwylio'r glaw yn taro'r ffenest ac yn troi'n afonydd bychan ar y gwydr.

Cerddodd drwy ddrysau enfawr agored yr ysbyty ac i'r brif dderbynfa, lle cafodd gyfarwyddiadau pellach. I lawr i'r chwith, fyny yn y lifft, i'r dde, i'r dde eto. Ar ôl cyrraedd yr uned, cafodd ei roi mewn ystafell er mwyn newid i ddillad ysgafn glas yr ysbyty. Dros yr awr nesaf daeth nifer o nyrsys gwahanol draw i wneud yn siŵr ei fod yn iawn ac i ofyn llu o gwestiynau meddygol iddo. Daeth un nyrs i mewn jest i wneud yn siŵr ei fod o wedi bod yn pi-pi cyn iddo fynd i mewn i'r theatr. Wedyn, daeth y llawfeddyg ei hun i esbonio beth oedd am ddigwydd.

Yna, ar ôl awr yn eistedd ar ei ben ei hun mewn distawrwydd, daeth nyrs ifanc at ei ddrws.

'We're ready for you, Mr Arthur.'

Camodd allan o'r ystafell – roedd nyrs arall yn disgwyl amdano efo gwely ar olwynion i fynd â fo i'r theatr. Eisteddodd ar y gwely, a gorwedd yn ôl. Dechreuodd yr olwynion droi.

'Wait! STOP!'

Cododd i eistedd, ac yn eitha trwsgl, hyrddiodd ei hun dros ochr y troli a glanio ar y llawr.

'Mr Arthur, is everything alright?' gwaeddodd y nyrs gyntaf arno.

'Wait, please, wait! I, I... Listen...'

'Mr Arthur, what's wrong? Are you feeling sick?'

'No. I can't ... I just... just listen...'

'Mr Arthur, you need to get back on the bed.'

'Mr Arthur, give me your arm.'

'Be FFWC ti'n neud?' meddai'r Tiwmor yn ei ben.

'Do you need the bathroom, Mr Arthur?'

'YES! The bathroom! I need the bathroom, yes,' meddai, er mwyn cael gadael y coridor mor gyflym ag y gallai.

Edrychodd ar fraich un o'r nyrsys yn pwyntio at ddrws y tu ôl iddo, a gwthiodd ei ffordd drwy'r drws a'i gloi ar ei ôl. Eisteddodd i lawr ar ban oer y toiled a rhoi ei ben yn ei ddwylo.

'Holy shit, yli drama queen w't ti!'

'Fedra i'm neud o! Fedra i jest ddim mynd drwadd efo'r peth!' meddai Wil, wrth deimlo'i hun yn dechrau crynu.

'Medri siŵr, 'dan ni 'di bod drwy hyn. Yli, dim bwlshit, ti'n gwbod cystal â fi mai dyma 'di'r peth iawn. Dyma ma'r ddau ohonan ni isho.'

'Raid i fi neud yn siŵr,' meddai Wil, gan estyn lawr i dynnu ceiniog allan o'i hosan dde. 'Raid i fi neud yn siŵr,' meddai eto.

'Wil, ti ddim, sdi, jest...'

'Heads, dwi'n cal yr op. Tails, dwi'n cerddad allan o'r sbyty 'ma y munud yma.'

'Wil...'

'Heads, dwi'n neud o, tails, dwi'n mynd o'ma,' meddai Wiliam eto.

Ar hynny rhoddodd y geiniog ar ei fawd a fflicio'r darn arian i'r awyr. Arhosodd yno fel petai mewn slo-mo, cyn glanio yn ei law. Caeodd ei ddwrn amdani.

Cyn iddo hyd yn oed agor ei law, dechreuodd ei ddagrau lifo.

'Dwi'n sori. Dwi mor sori.'

'Wil, sdim isho i chdi fod. Fel dwi 'di deud ganwaith, hyn ma'r ddau ohonan ni isho. Sbia pa mor bell ti 'di cyrraedd dros y misoedd dwytha 'ma. Dyna pam ma' raid i chdi fyw i'r ddau ohonan ni.'

Eisteddodd Wil ar y pan yn syllu ar ei law gaeedig, ac yna mewn un symudiad sydyn, gwthiodd y geiniog rhwng ei goesau i lawr i'r toiled cyn iddo weld pa ochr oedd wedi glanio uchaf.

'Ei, paid â poeni. Ro i ryw igian, ella dau ddeg pum mlynadd i chdi, a dwi'n gaddo ddo i'n ôl i fwydro'r shit allan ohona chdi... a dwi deffinet am ladd chdi tro nesa!'

Chwarddodd y ddau efo'i gilydd, a blasodd Wiliam ei ddagrau ei hun yn ei geg.

'Reit, sortia dy wynab allan, ne fyddi di'n embarasio'r ddau ohonan ni o flaen y nyrs ddel 'na allan yn fanna.'

Sychodd Wiliam ei lygaid a'i fochau, a phan oedd yn barod, camodd allan o'r toiled.

'Are you OK, Mr Arthur?'

'Yes... yes, I'm OK.'

Camodd yn ôl ar y gwely er mwyn i'r nyrsys ei dywys i ffwrdd.

Ychydig funudau'n ddiweddarach roedd yn gorwedd yn y theatr efo sŵn y peiriannau a phrysurdeb mawr o'i gwmpas. Rhoddwyd mwgwd am ei wyneb, a gofynnodd rhywun iddo ddechrau cyfri i lawr o ddeg. Dechreuodd gyfri'n uchel.

'Diolch i chdi, am bob dim.'

'Drycha ar ôl dy hun, Wil. Caru chdi.'

'Caru chdi, Clint.'

3. MKU

Llusgodd y ddau eu traed yn ddiog drwy'r dail cringoch. Roedd Gwion wedi gorfod addasu cryn dipyn ar ei gamau hirion dros yr oriau diwethaf i gyd-fynd â chamau bychan ei chwaer. Edrychodd yn ei flaen a gweld bryn yn codi yn erbyn cefndir o awyr lwyd.

'Jest mynd dros hwnna. Dyna'r unig beth 'dan ni angen neud.'

'O, naaaa. Dwi 'di blino. Nes di ddeud fysan ni 'di stopio cyn nos heddiw.'

'Gwranda, Tara, 'dio'm yn bell. Awran arall ar y mwya, gaddo. Sa well i ni fynd chydig bach pellach, jest rhag ofn.'

'Ond nes di ddeud bo ni 'di mynd yn ddigon pell yn barod. A fydd 'na neb tu ôl i ni rŵan.'

Roedd hi'n dweud y gwir – mi oedd o wedi dweud hynny.

'OK ta, be am i ni jest ffeindio rwla saff lawr yn fama?'

Arweiniodd Gwion ei chwaer fach drwy'r coed tal i lawr at yr afon. Roedden nhw wedi bod yn dilyn yr afon i fyny'r cwm ers rhai oriau, ond roedd Gwion wedi gwneud yn siŵr nad oedden nhw'n mynd yn rhy agos at y dŵr, rhag ofn iddyn nhw ddod ar draws rhywun arall. Er, doedd fawr o siawns o hynny o ystyried nad oedden nhw wedi gweld 'run bod dynol ers dros fis.

Ar ôl cerdded i fyny'r afon am ychydig funudau daeth o hyd i lecyn eitha gwastad wrth ymyl craig, ac o dan ddwy goeden fawr nad oedden nhw eto wedi colli'u dail. Gwyddai o brofiad, erbyn hyn, fod y graig mewn lleoliad da i fod yn gysgod rhag unrhyw wynt mawr yn ystod y nos, ac yn rhywfaint o loches petai'n bwrw glaw. Ond roedd yr awyr i weld yn glir heno, felly ddylai hynny ddim bod yn broblem.

Gosododd Gwion y babell yn reit sydyn – roedd o wedi hen arfer erbyn hyn – a neidiodd Tara i mewn iddi'n syth a setlo i lawr i gysgu. Cerddodd Gwion o gwmpas y babell i wneud yn siŵr nad oedd y tyllau a'r rhwygiadau roedd o wedi gorfod eu trwsio â thâp du wedi mynd yn waeth, a chasglodd gymaint o ddail mân ag y medrai er mwyn eu hel yn dwmpathau yn erbyn ochrau'r babell. Byddai hynny'n cuddio rhyw chydig arni, petai rhywun yn pasio heibio.

Estynnodd ei fag, a dechrau tynnu mân bethau ohono. Ei gyllell boced a'i gwmpawd, tuniau bwyd a map. Gosododd bopeth ar y llawr, yna estynnodd yn ôl i mewn i'r bag i dynnu'r flanced fawr drwchus o'i waelod. Rhoddodd bopeth arall yn ôl yn y bag a'i wthio i mewn i'r babell. Wrth iddo yntau gropian i mewn gallai weld bod ei chwaer fach eisoes wedi syrthio i gysgu. Doedd 'run o'r ddau wedi tynnu'u dillad i gysgu ers wythnosau, dim hyd yn oed eu hesgidiau, gan ei bod hi wedi troi'n ofnadwy o oer yn ystod y nos. Gorweddodd Gwion wrth ymyl Tara a thaflu'r flanced dros y ddau.

Fel y gwnâi bob nos, ceisiodd wrando am unrhyw symudiad y tu allan i'r babell, rhag ofn bod rhywun yn disgwyl iddyn nhw fynd i gysgu cyn agosáu, ond ni allai glywed smic. Roedd sŵn yr afon yn help i guddio'u sŵn nhw rhag unrhyw un arall, ond roedd o hefyd yn ei gwneud hi'n ofnadwy o anodd i Gwion glywed unrhyw synau amheus. Ceisiodd ymladd ei flinder, ond o fewn ychydig funudau, diolch i'r holl oriau o gerdded y diwrnod hwnnw, roedd yntau hefyd yn cysgu.

Cerddodd ar hyd y landin tuag at ddrws y stafell wely. Er bod ei lygaid ar gau, gallai deimlo gwres mawr yn erbyn ei fochau a'i dalcen. Gwyddai ei fod yn agosáu ato wrth i'r gwres gynyddu, ond ni feiddiai agor ei lygaid.

Cododd ei ddwy fraich i fyny o'i flaen a rhoi ei ddwylo yn erbyn y drws mawr pren. Gallai deimlo swigod poeth y paent arno'n codi yn erbyn ei gledrau, a gallai deimlo'r mwg yn chwythu allan o dan waelod y drws yn erbyn ei draed noeth.

Dechreuodd glywed y lluniau ar y wal bob ochr i'r drws yn dawnsio yn eu fframiau... ac yna clywodd y sgrechian. Gwasgodd ei lygaid yn dynnach ynghau – doedd o wir ddim isio'u hagor. Doedd o ddim isio gweld hyn eto. Ond cyn iddo orfod gwneud penderfyniad, clywodd lais ei fam wrth ei ochr.

'Ma'n iawn.'

Agorodd ei lygaid a gwelodd ei hwyneb. Roedd cochni'r tân o'u cwmpas yn ei goleuo fel angel yng nghanol y mwg du. Yn syth, dechreuodd deimlo'n well.

'Nawn ni 'i agor o efo'n gilydd.'

Gafaelodd y ddau yn yr handlen boeth, ond cyn iddo ei throi, edrychodd arni hi.

'Dwi'n methu chdi gymaint, Mam.'

Agorodd y drws, a gorchuddiwyd y ddau yn y fflamau.

Agorodd ei lygaid i weld top y babell yn ysgwyd yn ysgafn yn y gwynt. Gwibiodd ei lygaid yn syth draw i chwilio am ei chwaer, a oedd yn eistedd i fyny, yn effro. Rhwbiodd ei lygaid a chododd yntau i eistedd. Roedd hi'n edrych drwy hen lyfr lluniau o'r teulu yn dawel – er bod ochrau'r llyfr a'r tudalennau wedi'u llosgi roedd y lluniau i gyd, heblaw ambell un oedd ag ôl mwg arnyn nhw, yn gyfan ac yn glir.

Pan welodd Tara fod ei brawd yn effro, dechreuodd adrodd enwau pawb oedd yn y lluniau, a dweud ble yn union roedd pob llun wedi'i dynnu. Doedd hi erioed wedi cyfarfod hanner y bobol yn y lluniau, ac roedd dros hanner y llefydd roedd hi'n eu henwi wedi'u dymchwel i'r llawr, ond roedd o'n licio'r ffaith fod y lluniau'n ei helpu hi i gofio'r hen ddyddiau, ac i gofio eu bod unwaith yn rhan o deulu mwy na dim ond y ddau ohonyn nhw.

Edrychodd Gwion ar wallt budur, llychlyd ei chwaer wrth iddi edrych drwy'r lluniau. Allai o ddim credu ei fod yn y fath sefyllfa.

Doedd o, o bawb, ddim ffit i fod yn edrych ar ôl rhywun fel Tara, ond doedd ganddo ddim dewis arall. Ar ôl popeth oedd wedi digwydd, ar ôl popeth roedd y byd wedi'i roi iddyn nhw, dyma oedd yr unig ateb.

Rhedodd ei law drwy ei gwallt.

'Ti'n gwbod be... fydd raid i ni molchi'n iawn heddiw.'

Trodd Tara ei phen ato'n syth.

'O, naa! Na! Bob mis ddudis di...'

'Ia, ac ma' hi 'di bod yn fis... na, hold on... ma' hi 'di bod yn bump wsnos! O, rhaid i ni gal bàth heddiw.'

'O, cym on, na! Ma' hi lot rhy oer.'

'Ocê, na i ddîl efo chdi. Ddisgwyliwn ni tan fory, pan fyddan ni'n nes at ganol y goedwig, a gawn ni neud ganol pnawn, ond rydan ni *deffinet* yn molchi fory.'

Trodd Tara ei phen yn ôl at y llyfr, a gallai Gwion ddweud ei bod hi'n teimlo iddi gael buddugoliaeth fechan. Ac roedd o'n falch o hynny.

Agorodd zip y drws yn araf bach a gwthio'i ben allan. Doedd y tywydd ddim yn rhy ddrwg: roedd hi'n oer, efo chydig o niwl ysgafn, ond o leia doedd hi ddim wedi dechrau bwrw glaw nac eira. Camodd allan yn ofalus a distaw, ac ar ôl cerdded o gwmpas y babell yn araf ac ar ei gwrcwd, roedd yn hapus eu bod ar eu pennau eu hunain.

Suddodd ei law i mewn i'w fag a thynnu tun o diwna a thun o lysiau ohono.

'Am bo ni mewn lle diarth, a dim lot o goed i'n cuddio ni, gawn ni fwyd oer rŵan – ond dwi'n gaddo cynnau tân i ni gael rwbath cynnes i'w fyta heno, iawn?'

Nodiodd Tara ei phen wrth gropian allan o'r babell er mwyn eistedd wrth ymyl ei brawd ar foncyff cyfagos. Doedd ganddyn nhw ddim teclyn agor tuniau, ond roedd o'n hen law erbyn hyn ar ddefnyddio cerrig i agor y rhai oedd heb gylch tynnu arnyn nhw. Defnyddiodd y ddau eu bysedd i fwyta'r llysiau a'r tiwna, gan basio'r tuniau yn ôl ac ymlaen rhyngddyn nhw, a gadawodd Gwion i Tara yfed y dŵr o waelod y tun llysiau ar ôl iddyn nhw orffen. Roedd o wedi stopio edrych ar y dyddiad ar y tuniau ers tro. Doedd dim ots erbyn hyn – doedd ganddyn nhw ddim llawer o ddewis ond eu bwyta.

Cerddodd draw at yr afon a llenwi'r ddau dun efo dŵr. Rhoddodd yr un tiwna bach i'w chwaer a chymryd yr un mwy iddo'i hun, ac yfodd y ddau y cwbwl cyn mynd ati i bacio bob dim eto er mwyn symud yn eu blaenau.

Y noson honno, eisteddodd Gwion o flaen y tân bychan roedd o wedi'i gynnau i gynhesu eu swper. Dim ond bîns a darnau o gracyrs oedd y pryd, ond roedd Tara wastad yn mynd i'w gwely'n hapusach ar ôl cael rhywbeth poeth yn ei bol. Gwenodd wrth edrych ar ei thraed bach yn pipian allan o dan y flanced yn y babell. Doedd hi byth yn teimlo'n gyfforddus wrth y tân, wrth gwrs – doedd hi ddim yn hoffi edrych arno, hyd yn oed, erbyn hyn – ond pan wyddai fod ei brawd yn edrych ar ei hôl, byddai'n ymlacio rhywfaint.

Roedd o wedi gwneud yn siŵr fod y tân wedi'i gynnau mewn lle saff – roedd hwn yn llecyn distaw ar ochr y mynydd oedd yn cael ei guddio gan y goedwig ar un llaw a chlogwyn ar y llall, ac roedd awyr y nos yn cuddio'r mwg. Edrychodd i lawr y mynydd a draw at y cwm yr oedden nhw newydd gerdded drwyddo, yn chwilio am unrhyw arlliw o fwg, unrhyw arwydd o danau eraill, yn y coedwigoedd islaw. Doedd o ddim wedi gweld tân y tu ôl iddyn nhw ers ryw wythnos bellach, ond am ryw reswm credai eu bod yn nes nag erioed. Roedd yr ofn hwnnw wedi bod yn cynyddu bob dydd, wrth iddo deimlo'u presenoldeb yn cau amdanyn nhw, ac wrth i'r ddau ohonyn nhw deithio'n arafach ac arafach.

Ceisiodd berswadio'i hun ei fod yn dychmygu pethau gan ei fod wedi blino. Roedd ei fam yn arfer dweud ei fod o wastad yn gorfeddwl a gor-boeni pan oedd o wedi blino, felly diffoddodd y tân a chau ei gôt i'r top cyn llusgo'i hun i mewn i'r babell at ei chwaer.

Syllodd unwaith eto ar y swigod ar y drws. Ffrwydrai'r paent heibio'i wyneb ac roedd y mwg yn llifo allan oddi tano. Y tro hwn doedd o ddim yn gweld y waliau na'r lluniau: y tro hwn, dim ond y drws oedd yno. Dim ond y drws.

Camodd ymlaen ac estyn ei law am yr handlen. Er syndod iddo, wnaeth o ddim teimlo'r gwres fel y gwnaeth o'r blaen. Sylweddolodd pa mor od oedd hi ei bod hi'n hollol ddistaw, ond wrth iddo wthio'r handlen i lawr, clywodd y sgrechian.

O'r tu ôl i'r drws daeth sgrech enfawr, fyddarol. Sgrech merch oedd hi. Roedd hi'n fwy na sgrech arferol – roedd hi'n sgrech o ofn a phoen pur. Gwthiodd y drws yn agored.

Cafodd ei daro'n ôl am eiliad gan wres yr ystafell. Cododd ei law i nadu'r golau llachar rhag ei ddallu. Wrth i'w lygaid addasu dim ond lliwiau oren a melyn roedd o'n gallu'u gweld, ond yna gwelodd y tân o'i flaen, yn symud fel enaid byw, yn crafangu a thyfu i fyny'r waliau gan drochi popeth yn yr ystafell. Gallai glywed y sgrechian hyd yn oed yn uwch erbyn hyn. Gwyddai fod rhai o'r symudiadau yn y ffwrnais o'i flaen yn bobol, ond allai o ddim eu gweld.

Camodd yn ôl.

Roedd o'n gwybod yn iawn nad oedd dim y gallai ei wneud. Dim. Syllodd eto i mewn i'r endid llachar o'i flaen cyn troi am y grisiau a dechrau rhedeg.

Roedd yn rhaid iddo ffoi.

Ar ôl deffro a phacio'u stwff, dechreuodd y ddau gerdded i lawr ochr arall y mynydd. Roedden nhw wedi bod yn anelu am yr ardal hon ers dros fis, er bod y daith wedi bod yn eitha peryglus, ac erbyn hyn roedden nhw mewn dyffryn enfawr oedd â digonedd o lecynnau saff i godi'r babell. Roedd Gwion yn siŵr y byddai'n gallu gweld unrhyw danau hyd at filltir i ffwrdd i bob cyfeiriad. Gollyngodd ei fag cefn trwm ger glan yr afon, a lledodd gwên brin ar draws ei wyneb.

'Pam ti'n chwerthin? 'Dan ni 'di cyrraedd? I fama oeddan ni'n trio dod?'

'Ia,' meddai, wrth i'r wên droi yn fwy direidus, 'a fama hefyd 'dan ni'n cal bàth!'

Newidiodd wyneb Tara wrth i'w brawd redeg tuag ati, ei chodi i'r awyr a smalio'i thaflu i mewn i'r afon.

'Na! Paid â meiddio!' gwaeddodd, a rhoddodd Gwion hi i lawr. Heb ddweud gair, dechreuodd dynnu ei ddillad i gyd a'u gollwng wrth ei fag, cyn cerdded yn syth i mewn i'r afon. Gwyddai mai'r unig ffordd o gael Tara i'r dŵr i molchi oedd drwy fynd ei hun gyntaf, a smalio bod y profiad yn un braf.

Teimlodd yr oerni yn gafael am ei goesau yn syth, ac am eiliad cipiwyd ei wynt yn llwyr. Gallai deimlo dannedd yr oerni'n brathu ei gnawd, a dechreuodd ei gyhyrau ysgwyd. Ond roedd angen iddyn nhw wneud hyn, ac roedden nhw wedi medru diodde'r oerfel o'r blaen. Cymerodd anadl ddofn a chodi llond ei ddwylo o ddŵr i molchi ei gorff.

Trodd at ei chwaer fach, yn barod i drio'i pherswadio nad oedd y dŵr mor oer â hynny, ond gwelodd ei bod hi eisoes wedi tynnu'i dillad ac yn cerdded i mewn i'r afon ar ei ôl. Gwenodd, ond rhewodd y wên wrth iddo edrych ar ei chorff. Roedd y misoedd o gerdded, y misoedd o ddiffyg bwyd call a'r tywydd aruthrol o oer wedi cael effaith syfrdanol ar ei chorff ifanc. Wrth iddi sefyll o'i flaen yn molchi gallai weld cyhyrau ei choesau yn lapio o gwmpas yr esgyrn, yn borffor drwy'r croen llwyd. Roedd esgyrn ei phengliniau yn wyn llachar wrth i'r dŵr rhewllyd redeg drosti, a gallai gyfri pob un o'i hasennau. Edrychai ei breichiau fel priciau tân.

Trodd ei phen ato'n sydyn.

'Ydi hynna'n ddigon?'

‘Ma’ hynna’n ddigon.’

Rhedodd y ddau allan o’r afon.

‘Golcha dy ddillad yn sydyn ’fyd! Jest fel wnaethon ni tro dwytha – trocha nhw’n iawn a’u hysgwyd nhw dan y dŵr.’

Ufuddhaodd Tara heb gwyno. Roedd hi’n rhy oer i gwyno.

Ar eu ffordd i’r afon roedd y ddau wedi bod yn hel priciau er mwyn creu tân sydyn, ac erbyn iddi ddod yn ôl i’r gwersyll roedd Gwion wedi’i gynnau. Lapiodd ei chwaer rynllyd yn y flanced drwchus, a’i rhoi i eistedd o’i flaen. Gan ei bod mor oer wnaeth hi ddim cwyno am fod mor agos at y fflamau, dim ond syllu yn syth iddyn nhw.

Ar ôl golchi’i ddillad ei hun, gosododd y cwbwl o flaen y tân i sychu a swatio wrth ymyl Tara i gynhesu. Doedd o ddim wedi codi’r babell eto – gwyddai mai ond ychydig funudau gymerai hynny, felly gadawodd iddi hi gysgu am sbel yn ei freichiau, i’r ddau gael mwynhau’r gwres gwan am gyn hired â phosib cyn i’r tân ddiffodd.

Edrychodd i fyny ar yr awyr. Roedd lliw rhyfedd arno, a gallai weld y cymylau llwyd yn glir er ei bod hi’n dywyll. Chwyrlïai’r gwynt drwy ganghennau uchaf y coed noeth. Dechreuodd feddwl am ddeffro Tara a chodi’r babell, ond yn sydyn clywodd sŵn brigyn yn cracio y tu ôl iddo, i’r chwith. Daliodd ei wynt.

Arhosodd yn hollol llonydd am tua phum eiliad, yn gwrando’n astud, ac yna clywodd y sŵn eto. Brigau’n torri yn y pellter, a llais. Cododd ar ei draed, gan ollwng ei chwaer i’r llawr, a sathru ar y tân i’w ddiffodd. Gallai deimlo’i draed yn llosgi ond doedd dim dewis arall. Roedd Tara wedi deffro erbyn hyn, a gafaelodd Gwion yn ei chôt a’i thaflu tuag ati. Heb ofyn dim, dechreuodd Tara ei gwisgo. Taflodd yntau grys T amdano, yna gafaelodd yn esgidiau ei chwaer a’r flanced drwchus. Dechreuodd y ddau gerdded mor gyflym ag y gallen nhw i fyny’r afon.

Ceisiodd Tara ofyn be oedd yn digwydd, ond wnaeth Gwion ddim ateb, dim ond ei lapio hi yn y flanced a’i chodi yn ei freichiau.

Yn y tywyllwch roedd hi'n anodd gwybod i ba gyfeiriad roedden nhw'n mynd, felly stopiodd am eiliad i wrando. Manteisiodd ar y cyfle i roi esgidiau Tara iddi, a gwisgodd y ferch nhw heb ddweud gair. Gallai glywed mwy o leisiau erbyn hyn, ond roedd hi'n anodd dweud yn union o ble roedden nhw'n dod, felly cydiodd yn llaw ei chwaer a'i thywys at lan yr afon. Gan ei chodi ar ei ysgwyddau, camodd Gwion i mewn i'r dŵr a cherdded mor gyflym ag y gallai drwy'r llif. Gan nad oedd y dŵr yn dod yn uwch na'i fol llwyddodd i'w chadw'n sych, ond roedd ei gorff o erbyn hyn yn rhewi. Gallai deimlo Tara'n ysgwyd yn ei freichiau ond allai o ddim dweud ai oerni ynteu ofn oedd yn gyfrifol am hynny.

Pan gyrhaeddodd ochr arall yr afon, cododd ei chwaer i fyny ar y lan cyn llusgo'i hun allan o'r dŵr. Dechreuodd y ddau redeg unwaith eto, ond allai Gwion ddim teimlo hanner isaf ei gorff, ac roedd pob anadl yn teimlo fel cyllell yn ymosod ar ei ysgyfaint. Disgynnodd i'r llawr, a theimlodd freichiau ei chwaer yn ei wthio â'i holl nerth i mewn i'r llystyfiant. Heb ddweud dim, dringodd Tara ar ei ôl a rhoi'r flanced dros y ddau ohonyn nhw.

Gorweddodd y ddau yn dawel, heb symud modfedd. Gallai Gwion glywed y lleisiau a'r sŵn cerdded yn agosáu. Lapiodd ei freichiau am gorff bychan, crynedig ei chwaer a gwthio'i phen i mewn i'w frest.

Ceisiodd Tara siarad, ond mwythodd Gwion ei phen.

'Paid â poeni, paid â bod ofn. Paid â poeni, paid â bod ofn,' sibrydodd, dro ar ôl tro.

Roedd hi i weld yn ymateb, a dechreuodd y cryndod gilio.

Erbyn hyn roedd o'n syrthio i mewn ac allan o gwsg. Bob tro roedd o'n deffro, gafaelodd yn dynn ynddi. Roedd yn siŵr, ar un adeg, bod y traed a'r lleisiau reit uwch eu pennau.

Meddyliodd am ei chwaer, am ei deulu. Meddyliodd am yr oerni. Meddyliodd am gynhesrwydd. Syrthiodd i gysgu.

Roedd yr adeilad i gyd ar dân. Adeilad arall. Y trydydd? Pedwerydd?

Doedd o ddim yn siŵr. Safai yno yn y ffordd, dros ganllath i ffwrdd, yn edrych ar yr olygfa. Llyfai'r fflamau i fyny o do y tŷ i'r awyr ddu fel nadroedd yn dianc o gawell. Gwibiai pobol, anifeiliaid a cheir ar hyd y ffordd, i gyd ar dân. Gallai deimlo'r gwres yn ei daro, ond yn fwy na dim, gallai deimlo'r sŵn yn treiddio drwyddo. Safodd pob blewyn ar ei gorff i fyny wrth i'r sgrechian, yr udo, y clecian a'r ffrwydro uno.

Ac yna, distawrwydd.

Distawrwydd llwyr, heblaw sŵn yr afon yn rhedeg wrth ei glust.

Agorodd ei lygaid i dywyllwch, ond teimlai rywbeth ar ei wyneb. Cododd ei law yn araf i dynnu'r flanced i lawr. Roedd yr eira wedi cyrraedd. Cododd ar ei bengliniau ac edrych dros yr afon. Gwelodd y plu yn disgyn yn araf drwy'r coed, fel lludw.

Arhosodd yno, yn hollol dawel a llonydd, i edrych ar yr olygfa.

Yna, yn sydyn, trodd i edrych i lawr. Doedd ei chwaer ddim yno. Gwibiodd ei lygaid i bob cyfeiriad ond doedd dim golwg ohoni yn unman. Ceisiodd neidio ar ei draed, ond methodd. Roedd ei goesau'n rhy oer, a'i draed yn teimlo fel petaen nhw'n llosgi.

Y babell. Mae'n rhaid ei bod hi wedi trio mynd yn ôl at lle adawon nhw'r babell a'r bagiau. Gwrthododd y posibilrwydd ei bod hi wedi cael ei chymryd. Rhaid ei bod hi wrth y babell. Heb feddwl ddwywaith, neidiodd yn ôl i'r afon. Cerddodd drwy'r boen amrwd mor gyflym ag y gallai, a thynnu'i hun i fyny'r lan er mwyn rhedeg yn ôl yr un ffordd ag y daeth. Gwelodd ei fag o bell, ond doedd dim golwg o neb yn agos iddo. Erbyn iddo gyrraedd gallai weld nad oedd neb wedi cymryd dim na chwilota drwy eu heiddo chwaith. Doedd hi ddim yn ymddangos fel bod Tara wedi dychwelyd yno.

Disgynnodd ar un ben-glin, a chydio yn ei fag. Taflodd bopeth ohono er mwyn dod o hyd i'w gyllell boced. Agorodd hi, ac ar ôl codi ar ei draed, rhoddodd ei gôt dros ei ysgwyddau a dechrau cerdded i mewn i'r coed.

Cyflymodd ei gamau drwy'r brigau a'r dail er ei fod yn droednoeth, yr adrenalin yn cuddio'r boen. Yna, gwnaeth rywbeth nad oedd wedi ei wneud ers amser maith. Gweiddi.

'TARA!'

Dychrynodd ei hun efo'r sŵn.

'TARA!'

Torrodd ei lais ar draws y tawelwch fel cyllell drwy gnawd.

'TARA! TAAARAAA!'

Erbyn hyn doedd o ddim yn siŵr i ba gyfeiriad roedd o'n rhedeg, a dechreuodd droelli yn ei unfan. Yna, clywodd sŵn yn y pellter.

Ar ôl rhedeg ryw hanner can llath daeth ar draws grŵp o bebyll. Roedd pobol yn sefyll y tu allan i ambell un, yn syllu'n syn arno, ac eraill yn ymddangos fesul un.

Roedd hi'n amlwg nad oedd y rhain yn deall be oedd yn mynd ymlaen. Doedden nhw ddim yma i chwilio amdano fo a Tara. Dim ond gwersylla oedden nhw.

'Blydi hel! Ti'n iawn, mêt?' meddai un yn syth. 'Golwg arna chdi!'

'Holy shit, John, ffonia am ambiwlans iddo fo!'

'Na!' gwaeddodd Gwion yn syth. 'Na, dwi ddim isio help, dwi'n iawn! Peidiwch â ffonio neb, plis! Dwi jest yn chwilio am fy chwaer.'

'Ydi dy chwaer di allan yn fama 'fyd? Ydi hi angen help?' gofynnodd y cyntaf eto.

'Na! 'Dan ni'n iawn. Gwrandwch, camgymeriad ydi hyn i gyd! Plis, plis, jest anghofiwch bo chi 'di 'ngweld i, a cerwch o'ma!'

'Mêt, go iawn rŵan, ti ddim yn edrach yn iach. Plis gad i ni helpu chdi!'

'Na, wir, dwi'n iawn. Plis, plis, jest cerwch o'ma... dach chi'm yn dallt...'

Dechreuodd un o'r merched gamu tuag ato, ac yn reddfol, tynnodd ei gyllell o boced ei gôt a'i dal i fyny.

'Plis... dach chi'm yn dallt... jest paciwch i fyny, a cerwch o'ma, a peidiwch â deud wrth neb bo chi 'di 'ngweld i... Plis!'

Safodd y bobol yn stond, ddim yn siŵr be i'w feddwl, a chadwodd pawb eu dwylo i fyny i ddangos nad oedden nhw'n fygythiad i neb. Dechreuodd Gwion gamu'n ôl, ond clywodd ddail yn crensian y tu ôl iddo. Trodd yn sydyn: yno'n sefyll roedd ei chwaer.

'Ydyn nhw 'di dod i fynd â fi'n ôl?' gofynnodd Tara'n ddistaw.

'Na! Nacdyn, dydyn nhw ddim. Mond campio ma' nhw, fel... fel ni.'

'So pam ti'n dal cyllall atyn nhw?'

Gollyngodd Gwion y gyllell fel petai hi'n llosgi'i law.

'Sbia, sbia, dwi ddim yn... plis, paid â poeni, paid â bod ofn...'

Dechreuodd un neu ddau o'r grŵp gamu ymlaen.

'Gwranda, tydan ni ddim yma i frifo chdi, sdi, ty'd draw i...'

Trodd Gwion atyn nhw.

'NA! Dach chi'm yn dallt. Plis... cerwch... cerwch o'ma.'

Cyn iddo orffen ei frawddeg gwelodd wynebau'r chwech dieithr yn newid o flaen ei lygaid. Dechreuodd pob un ymddangos fel petaen nhw'n cael trafferth i anadlu, a dechreuodd y gwythiennau yn eu gyddfau chwyddo allan yn erbyn y croen, yn las i gyd. Trodd Gwion yn syth at ei chwaer. Roedd hi'n syllu ar y bobol, ei llygaid yn glaer wyn.

'Tara, sbia arna fi... Tara, plis...' Dechreuodd dagrau ddisgyn i lawr ei fochau. Roedd yn gwybod nad oedd pwynt iddo geisio'i thawelu – roedd hi wedi dychryn gormod. Ceisiodd gerdded tuag ati, ond rhwng ei goesau gwan o a'i phŵer hi, roedd yn amhosib iddo fynd ati i'w stopio.

'Plis, blodyn. Plis. Does dim isio i ti ddychryn, does dim isio i ti fod ofn.'

Teimlodd don nerthol yn neidio allan o gorff Tara, wrth iddi sgrechian. Disgynnodd Gwion ar ei ochr. Roedd o'n wynebu'r chwe dieithryn, oedd erbyn hyn yn crynu mewn poen. Roedd eu holl wythiennau yn bolio allan drwy eu crwyn, a'u llygaid wedi troi'n glaer wyn. Wrth i sgrechian Tara gynyddu dechreuodd cyrff y chwech galedu, nes roedd eu breichiau a'u coesau wedi'u hymestyn allan fel sêr. Llifodd dagrau i lawr ei wyneb wrth wylio'r hyn oedd yn digwydd o'i flaen. Gwyddai nad oedd modd eu hachub bellach.

Mewn un symudiad hawdd, caeodd ei chwaer fach ei llaw a ffrwydrodd pob corff, pob pabell a phob coeden gyfagos yn belen o dân. Llanwyd y nos gan sgrech aruthrol chwech o eneidiau am hanner eiliad yn unig... yna bu distawrwydd.

Gorweddodd Gwion yn ei unfan am rai munudau, yn chwilio am yr egni i godi. Erbyn iddo lwyddo i wneud hynny roedd ei chwaer ar ei phengliniau, yn crio. Aeth draw ati, gan dynnu ei gôt a'i lapio hi ynddi cyn ei chodi a'i chario'n ôl at eu bagiau. Cymerodd rai oriau iddynt bacio popeth ac i ailwisgo, yna cychwynnodd y ddau yn ddyfnach i mewn i'r dyffryn.

Camodd Gwion i dywyllwch y goedwig. Gwrandawodd yn astud i wneud yn siŵr nad oedd neb yno, ac edrychodd yn sydyn draw i gyfeiriad y babell er mwyn gwneud yn siŵr nad oedd Tara wedi deffro a'i ddilyn.

Gwthiodd ei law i boced fewnol, gudd ei gôt, a thynnu ffôn symudol ohoni. Rhoddodd y batri yn ôl ynddo, ac wedi i'r sgrin oleuo, ffoniodd un o'r unig ddau rif oedd yn y cof.

'Helô?' meddai'r llais ar yr ochr arall bron yn syth. 'Gwion, chdi sy 'na?'

'Ia,' sibrydodd Gwion.

'Ydi bob dim yn iawn?'

'Mae o 'di digwydd eto.'

Bu distawrwydd am sbel go lew.

'Faint o bobol tro yma? Ac yn lle?'

'Pump, ella chwech. A dach chi'n gwbod na fedra i ddeud lle ydan ni.'

'Be ddigwyddodd? Dwi ddim 'di clywad am ddigwyddiad ers dros fis!'

'Damwain... O'n i'n meddwl, tasan ni'n cal amsar i ni'n hunain, odd' wrth pawb, sa fo ddim yn digwydd eto. Ella sa hi'n dawelach. O, dwi'm yn gwbod. Ond odd hyn.... yn gynt. Yn waeth nag arfar. Er 'i bod hi'n edrach yn uffernol, rwsut ma' hi i weld... yn gryfach.'

'Wnaethon ni drafod y bysa hyn yn medru digwydd, yn do. Dim mynd yn gryfach ma' hi – 'i meddwl hi sy'n mynd yn fwy ansefydlog. Fedri di ddim beio dy hun am hyn, cofia, ond Gwion... ma' raid i chdi ddod â hi i mewn, sdi. Mi fedrwn ni 'i helpu hi yn fama. Ei dysgu hi sut i'w reoli fo?'

'Na, Dr Stevens, no wê. Fydd y cops yn dod i wbod, a neith hi'm gweld gola dydd eto!'

Ceisiodd Lewis ateb yn gyflym rhag ofn i Gwion roi'r ffôn i lawr.

'Ond ti'n gwbod na fysan ni'n ffonio'r heddlu! Ti 'di bod yma, a Tara hefyd, a 'dan ni erioed 'di ffonio'r heddlu o'r blaen, naddo? Tydan ni ddim fel ysbytai normal yn fama. Ti'n gwbod y medrwn ni helpu!'

Bu distawrwydd am hir, yna clywodd Lewis sŵn crio yn dod drwy'r ffôn.

'OK... OK.'

'Gwion, dwi'n addo i chdi eto, wna i ddim ffonio'r heddlu. Mi ddo i draw i'ch nôl chi fy hun. Neb arall, dim ond fi. Ma' Tara yn fy nabod i, tydi. Fydd hi'n iawn efo fi.'

Cytunodd Gwion drwy ei ddagrau.

'Lle ma' hi rŵan?' gofynnodd Lewis Stevens.

'Ma' hi'n cysgu, yn y dent. Dwi 'di dod i'r goedwig i siarad efo chi.'

'Reit, ti'n cofio lle ddudis i fysa'n lle da i ni gyfarfod, tasa petha'n mynd yn ddrwg arnoch chi?'

'Yndw.'

'Faint gymrith hi i chi gyrraedd fanno, ti'n meddwl?'

Clywodd y doctor sŵn Gwion yn sychu'i drwyn a'i geg, ac yn cymryd anadl ddofn er mwyn ateb yn gall.

'Ym, ryw ddau, ella tri diwrnod ar y mwya.'

'Grêt. Reit, cychwynna yno bore fory. Esbonia yn ara deg iddi yn ystod y daith be fydd yn digwydd. Cofia esbonio mai dim ond fi fydd yno, a does dim rhaid iddi fod ofn. Mi wna i'n siŵr bod 'na le hollol saff i chi yn fama, yn bell oddi wrth pawb arall am chydig ddyddia, iddi hi gael teimlo'n gartrefol ac ymlacio. OK?'

'Iawn,' atebodd Gwion. Roedd o'n teimlo fel petai wedi gadael ei chwaer i lawr, ond hefyd fel petai baich anferth wedi'i godi oddi ar ei ysgwyddau. 'Na i ffonio Mam rŵan i ddeud wrthi.'

'Na, paid â phoeni am hynny – mi ffonia i hi fory. Roith hynny amser i mi drefnu bob dim yma cyn esbonio'n iawn iddi be ydi'r cynllun. Fydd hi'n teimlo'n well am yr holl beth o gael gwybod y manylion i gyd.'

'Iawn. A diolch am hyn.'

'Paid â diolch i mi eto... mi fydd raid i ti berswadio Tara fod hyn yn syniad da! A chofia dynnu'r batri 'na allan o dy ffôn ar ôl yr alwad 'ma.'

Tynnodd Gwion y batri allan o gefn y ffôn a'i osod yn ôl yn ei boced. Cerddodd yn ôl at y babell, at Tara.

* * *

Camodd Dr Alun Watkins i mewn i'r swyddfa.

'Wyt ti am ffonio'r fam?'

Gwenodd Dr Lewis Stevens. 'Dim ffiars o beryg!' Cerddodd at y drws a gweiddi allan i'r coridor. 'Gerwyn! Sion! Carys! Dewch yma.'

Cerddodd y tri i mewn i'r swyddfa'n syth.

'Reit, Sion, cysyllta efo Mr James Hadfield, i ddeud wrtho 'mod i wedi dod o hyd iddi. Gofynna iddo fo, neu ei swyddogion, ddod draw yma cyn gynted â phosib. Gerwyn, gwna'n siŵr fod pob gwyddonydd a doctor sydd ganddon ni yn rhoi popeth arall on hold, ac yn dechrau paratoi i ddelio efo hyn am yr wythnosau nesa. Carys, trefna fod ein hadain filwrol yn barod i ddod efo fi ymhen tridiau i'w chasglu hi. Ma' nhw wedi cael eu briffio'n barod ar be i'w ddisgwyl, ac wedi paratoi ffordd o'i chymryd hi i lawr.'

'Be yn union 'dan ni am neud efo hi felly?' gofynnodd Gerwyn.

Safodd Lewis yn dawel am eiliad, a lledodd gwên anferth ar draws ei wyneb.

'Miliynau. Dyna be 'dan ni'n mynd i'w wneud efo hi. Miliynau.'

4. Artemis

Rhoddodd y binocwlars i lawr a thynnu beiro allan o boced ei siaced er mwyn nodi'r amser yn ei llyfr: 12:56 am. Gan fod golau'r stafell wely wedi'i ddiffodd ers dros hanner awr, ac nad oedd unrhyw olau i'w weld rhwng y bylchau yn y bleinds i awgrymu ei fod ar ei ffôn, cymerodd ei fod o'n cysgu erbyn hyn. Rhoddodd ei beiro yn ôl yn ei phoced a chau ei llyfr, a rhoi'r llyfr a'r binocwlars yn ei bag.

Roedd o wedi bod yn mynd i gysgu'n hwyrach nag arfer yr wythnos yma, ystyriodd – fel arfer roedd o yn ei wely erbyn un ar ddeg. Oedd, roedd o wastad yn aros i fyny'n hwyr ar ôl prynu gêm newydd ar gyfer yr Xbox, ond doedd o ddim wedi gwneud hynny yr wythnos yma. Rhoddodd y bag ar ei chefn, ac yn araf ac yn ddistaw dechreuodd ddringo i lawr o'r goeden. Doedd o'n bendant ddim yn siarad efo hogan arall... mi fysa hi'n gwybod am hynny. Ella'i fod o jest yn poeni am rwbath, ond doedd dim byd mawr i weld yn ei galendr o chwaith, heblaw y cyfarfod efo'i fòs y bore wedyn, ond roedd hi'n hollol siŵr mai cyfarfod positif fyddai hwnnw, gan ei fod o wedi bod yn disgwyl am bromoshion ers misoedd, yn haeddiannol hefyd. Glaniodd ar y gwair, codi'i hwd dros ei phen a dechrau cerdded drwy'r parc tywyll. Mi fyddai o wedi blino yn y cyfarfod ma' siŵr, meddyliodd, gan ei bod mor hwyr arno'n mynd i gysgu. Ond nid bod ots – byddai adrenalin ei lwyddiant yn ei gadw i fynd drwy'r pnawn, ac wrth iddo ddathlu ar ôl ei waith wedyn. Roedd gwybod ei fod o'n mynd i gael diwrnod da drannoeth yn gwneud iddi deimlo'n well... yn enwedig o gofio ei bod hi'n mynd i orfod ei ladd o nos fory.

Anaml mae rhywun yn deffro efo gwên. Nid deffro a theimlo'n hapus chydig eiliadau wedyn, am ei bod hi'n fore braf neu eu bod nhw ddim yn diodda efo hangofyr, ond deffro yn gwenu go iawn. Ond dyna wnaeth hi heddiw. Roedd hi wedi bod yn disgwyl am y diwrnod hwn ers *cymaint* o amser. Doedd o ddim yn haeddu marw, dim o gwbwl – os rwbath mi oedd o'n haeddu byw bywyd hapus a braf, a dyna pam roedd hi'n ei garu o gymaint. Doedd o ddim fel y lleill. Roedd 'na ryw elfen o greulondeb, neu elfen or-hyderus, yn y lleill... doedd ambell un ddim yn licio cŵn... ond roedd Rhys yn wahanol. Roedd Rhys wrth ei fodd efo cŵn, ac yn berson neis ym mhob ffordd. Ond roedd hi wedi dod i'r pwynt lle roedd hyn i gyd yn mynd yn ormod – doedd hi ddim yn cael amser iddi'i hun bellach, ac roedd y sefyllfa'n effeithio ar ei bywyd personol a'i gwaith. Cododd o'i gwely, y wên yn dal ar ei hwyneb, a mynd i gael cawod a pharatoi i fynd i'w gwaith.

Dywedodd tri pherson wrthi yn ystod y dydd ei bod hi'n edrych yn hapus neu mewn hwyliau da, ac roedd clywed hynny yn ei gwneud hi'n hapusach byth. Roedd hi wedi sylwi ers blynyddoedd fod hwyliau da yn gwneud ei gwaith hi fel ffotograffydd gymaint yn haws, yn enwedig yn ystod diwrnod o photoshoots fel heddiw. Os oedd hi'n gwenu ac yn sgipio o gwmpas yna roedd y bobol roedd hi'n tynnu lluniau ohonyn nhw yn ymlacio hefyd, gan ei gwneud hi'n gymaint haws cael lluniau naturiol. Yn ddiweddar doedd hi ddim wedi bod yn hapus, felly roedd pawb yn ei lluniau hi'n ymddangos yn stiff ac anhapus hefyd... a'r rheswm am hynny oedd bod Rhys wedi bod i ffwrdd ar dri gwyliau gwahanol dros y pedwar mis diwetha. Tri! Roedd o'n un ofnadwy o wael am rannu lluniau ar y cyfryngau cymdeithasol pan fyddai o'n mynd i ffwrdd. Doedd dim ots am hynny pan oedd o'n mynd i weld gemau pêl-droed Cymru gan fod miloedd o gefnogwyr eraill yn rhannu bron bob munud o'u teithiau ar-lein, felly roedd yn hawdd iddi ddilyn ei symudiadau drwy luniau a negeseuon pobol eraill, ond pan oedd o'n mynd ar wyliau efo'i ffrindiau agos neu efo'i deulu, doedd dim byd o gwbwl ar Facebook nac Instagram. A doedd dim byd yn ei gwylltio hi'n fwy na hynny. I wneud pethau'n waeth, mi wnaeth o ddechrau tecstio hogan oedd yn gweithio yn Starbucks chydig wythnosau'n ôl. Jest lwcus bod ganddi hi gariad, a'i bod hi ddim yn hwran.

Amser cinio, aeth dros y ffordd i'r caffi i nôl brechdan. Eisteddodd wrth y ffenest ar ôl archebu ei bwyd, ac estyn ei laptop o'i bag. Aeth yn syth i wefan Find my Phone a rhoi gwybodaeth Rhys yn y bocs chwilio – roedd o yn y Crown, un ai yn dathlu ar ôl cyfarfod da, neu'n yfed amser cinio ar ôl cyfarfod drwg. Agorodd WhatsApp: doedd dim rhaid iddi roi gwybodaeth Rhys y tro yma gan ei bod hi eisoes wedi'i logio i mewn i'w gyfrif. Edrychodd drwy ei negeseuon, ond allai hi ddim gweld unrhyw beth oedd yn awgrymu sut aeth y cyfarfod. Doedd hynny ddim yn syndod, a deud y gwir, gan nad oedd o'n un am decstio lot.

Cyrhaeddodd ei chinio, ac ar ôl iddi ddiolch amdano a gofyn am sos coch, edrychodd drwy ei gyfrif e-bost gwaith. Dyna lle gwelodd hi'r hyn roedd hi'n chwilio amdano: neges e-bost i Richard yn ei swyddfa yn dweud ei fod o wedi cael y promoshion! Gwenodd – roedd o *yn* cael diwrnod da felly. Caeodd ei laptop, a dechreuodd feddwl am ei chynlluniau ar gyfer y noson honno. Cyrhaeddodd y sos coch.

Doedd hi erioed wedi bod yn ffan o Coldplay, rîli. Doedd hi ddim yn siŵr pam 'u bod nhw ar playlist ei ffôn hi, ond ar ôl deud hynny roedd gwrando arnyn nhw yn bendant yn setlo'i nerfau hi. Roedd hi wastad yn mynd yn nerfus cyn gwneud hyn, yn union fel roedd oedd hi'n teimlo wrth sefyll ar ochr y llwyfan cyn gorfod mynd i adrodd yn Steddfod yr Urdd ers talwm. Dim nerfus drwg, yn hollol... os rwbath mi oedd 'na elfen o fwynhad iddo fo, ond roedd yr ysfa i redeg i ffwrdd ac anghofio am yr holl beth yn gryf hefyd. Fysa hi ddim wedi meiddio gwneud hynny, wrth gwrs – dim o'r Steddfod beth bynnag, mi fysa Mrs Llewelyn wedi hanner ei lladd hi – ond fysa hi ddim wir yn rhedeg i ffwrdd o fama chwaith gan ei bod hi'n gwybod y byddai bob dim yn iawn o fewn yr awr neu ddwy nesa.

Edrychodd ar ei ffôn. Roedd hi wedi un ar ddeg y nos erbyn hyn a doedd 'na ddim golwg o Rhys, oedd chydig yn rhyfedd, roedd yn rhaid iddi hi gyfaddef. Doedd o ddim yn yfwr mawr ac roedd o wedi cael ei ddrinc cynta amser cinio. Doedd o byth yn yfed ganol wythnos fel arfer gan ei fod o wastad yn ei waith bob bore'n brydlon, ac mi fysa fo'n bendant am fod yn brydlon fory, a fynta newydd gael ei bromoshion heddiw. Estynnodd ei ffôn er mwyn edrych eto ar yr ap Find my Phone. Roedd hi'n gwybod ei fod o wedi gadael y pyb dros awr yn ôl, ac mi ddylia fo fod wedi cyrraedd adra erbyn hyn. Gwasgodd y botwm i ddiweddaru'r ap: dangosai'r dotyn bach glas ei fod wrth yr afon, ryw bedwar can metr i ffwrdd. Doedd o ddim i'w weld yn symud... be ar wyneb y ddaear oedd o'n neud yn fanno? Nid heibio'r afon y bysa fo wedi cerdded adra o'r pyb dwytha 'na. Wnaeth o stopio i gael pisiad? Neidiodd syniad i'w phen hi... mi oedd o wedi bachu rhyw hogan, ac roeddan nhw wrthi'n shagio wrth yr afon. Roedd dynes arall efo'i Rhys hi!

Fel cath yn cael ei gollwng i mewn i fàth, neidiodd i lawr o'r goeden gan daro pob cangen ar y ffordd i lawr. Er iddi rwygo darnau o'i chnawd yn erbyn y pren, ac er iddi droi ei throed wrth lanio, doedd dim byd am ei hatal hi rhag cyrraedd yr afon mor gyflym â phosib. A'i bag yn swingio'n drwm ar ei chefn, rhedodd nerth ei thraed drwy'r parc. Roedd hi wedi dod i nabod yr ardal fel cefn ei llaw dros y ddwy flynedd ddwytha, yn enwedig yn y tywyllwch, felly gwyddai y byddai'n cyrraedd yr afon yn llawer cynt drwy fynd i lawr y lôn fach oedd rhwng tai rhif 48 a 50 nag wrth aros ar y lôn fawr.

Wrth iddi ddod yn nes at yr afon, arafodd. Chydig oddi wrth y bont roedd hi'n medru gweld goleuadau glas yn fflachio. Cerddodd yn ei blaen yn arafach, rhag tynnu sylw ati'i hun: roedd dau gar plismon yno, a chriw o ryw bump o bobol yn sefyll gerllaw. Aeth yn syth at y bobol.

'Be sy 'di digwydd?' gofynnodd.

Trodd un o'r merched ati, yn amlwg wedi meddwi.

'Boi 'di marw, apparently. Hwnna yn fanna nath ffeindio fo...

deud bod o 'di cal 'i fwrdro.' Pwyntiodd y ferch at ddyn a oedd yn eistedd ar wal yr afon efo'i ben yn ei ddwylo. Roedd plismon yn siarad efo fo, a'i law ar ei ysgwydd.

Dros y munudau nesaf cyrhaeddodd dau gar plismon arall a dau ambiwlans, ac er i'r heddlu geisio cadw pobol yn ddigon pell a gorchymyn i bawb symud oddi yno, llwyddodd hi i swatio wrth wal un o'r tai heb i neb sylwi arni. Roedd hi'n dipyn o arbenigwr ar hynny erbyn hyn. Bron i bedair awr yn ddiweddarach, gwelodd y dynion ambiwlans yn symud y corff – gallai ddweud, ar ôl gweld gwadnau ei sgidiau yn unig, mai Rhys oedd o. Dechreuodd gerdded am adra, yn gofyn yr un cwestiwn iddi'i hun drosodd a throsodd... pa fath o berson afiach fysa'n lladd rhywun fel Rhys?

Bedwar diwrnod yn ddiweddarach roedd hi'n eistedd ar lawr ei stafell fyw yn yfed coffi ac yn edrych ar yr holl wybodaeth oedd wedi'i wasgaru ar hyd y llawr. Roedd rhywun wedi lladd Rhys, ei Rhys hi, a doedd dim uffar o beryg eu bod nhw'n mynd i gael get-awê efo hynny. Aeth i'r gegin i nôl mwy o goffi er mwyn ei chadw'n effro – roedd ganddi chydig mwy o oriau o waith i'w wneud.

Er mwyn cyrraedd ei thegell a'r pot coffi roedd yn rhaid iddi ddringo dros ei soffa, ei theledu, ei bwrdd bwyd a'r bedair lamp oedd fel arfer yn y stafell fyw. Y munud y cyrhaeddodd hi adra ar y noson pan laddwyd Rhys, roedd hi wedi gwagio'r holl ddodrefn o'i stafell fyw er mwyn gwneud lle i ddod â'r holl ffeiliau a'r llyfrau llawn gwybodaeth am Rhys i lawr o'r atig a'r stafell wely sbâr. Wrth iddi gerdded yn ôl i'r stafell fyw efo'i phaned edrychodd unwaith eto ar ei champwaith. O'r hyn roedd hi wedi'i ddysgu ar y newyddion doedd hwn ddim yn ymosodiad ar hap. Doedd yr heddlu ddim wedi rhannu unrhyw fideos na lluniau o gamerâu CCTV yn dangos Rhys cyn iddo gael ei lofruddio, na lluniau o 'unigolion y buasen nhw'n hoffi siarad gyda nhw'. Gwyddai nad oedd dim byd yn ei gofnodion meddygol i awgrymu problemau iechyd meddwl, a doedd hi ddim yn ymwybodol o unrhyw reswm pam fod Rhys wrth yr afon. Iddi hi, roedd hyn i gyd yn pwyntio at y ffaith ei fod o wedi mynd yno efo rhywun roedd o'n ei nabod. Ond pwy? Roedd yn rhaid iddi hi ddarganfod pwy, a gwneud hynny'n gynt na'r heddlu.

Roedd mynd drwy'r lluniau i gyd wedi cymryd dros 36 awr iddi, ond doedd hynny'n ddim syndod gan fod cymaint ohonyn nhw: dros 8,000, a dim ond y rhai a dynnwyd dros y chwe mis diwetha oedd y rheiny. Doedd hi ddim wedi edrych ar y lluniau a dynnwyd hyd at ddwy flynedd yn ôl – roedd beth bynnag oedd wedi digwydd yn gorfod bod yn gysylltiedig â'r misoedd diwetha, ac mi fysa hi'n bendant wedi sylwi petai rhywbeth anarferol wedi digwydd dros gyfnod o ddwy flynedd. Roedd ei meddwl hi wedi bod yn llanast yn ddiweddar, ystyriodd, dyna'r unig eglurhad am y ffaith nad oedd hi wedi gweld hyn yn dod. Cododd bentwr o 37 llun roedd hi wedi'u rhoi i un ochr – dyma lle roedd hi am ddechrau ei hymchwiliad. Roedd Gwyneth Catrin yn y lluniau hyn i gyd.

Dechreuodd Rhys berthynas efo Gwyneth Catrin ddwywaith dros y chwe mis diwetha, er nad oedd y bitsh fach ddim hanner digon tlws na chlyfar i fod efo fo. Gweithio yn y caffi rownd y gornel i'w waith o oedd hi, a bob tro y byddai Rhys yn mynd i mewn am ginio mi oedd hi'n rhoi'r sioe fwya pathetig o fflyrtio. Y tro cynta iddyn nhw ddechrau gweld ei gilydd mi aethon nhw ar chwe dêt dros gyfnod o ddau fis, ac mi arhosodd hi draw yn ei le fo ar bob un o'r nosweithiau hynny. Yr hwran iddi. Wedyn, ar ôl cyfnod o beidio gweld ei gilydd am dros ddau fis, mi aethon nhw allan ddwywaith eto. Yn anffodus, doedden nhw ddim yn siarad lot dros negeseuon tecst, dim ond i drefnu eu nosweithiau allan, felly doedd hi ddim wir yn gwybod am be roedden nhw wedi bod yn sgwrsio, ond gan mai Gwyneth oedd yr unig un iddo fod yn agos ati dros y chwe mis diwetha, roedd hi'n bendant yn rhywun y byddai'n rhaid iddi ei holi.

Yr ail set o luniau oedd y rhai mwya diddorol. Wrth fynd drwy'r holl ffotograffau, roedd hi wedi dod ar draws yr un person mewn pedwar llun gwahanol, ond mewn pedwar lleoliad hollol wahanol i'w gilydd. Roedd y boi yma wastad yn y cefndir, ond wastad yn eistedd neu'n sefyll mewn man lle roedd o'n medru gweld Rhys. Roedd y pedwar llun wedi'u tynnu yn y tair wythnos cyn i Rhys gael ei ladd. Unwaith eto, damiodd ei hun am fethu â sylwi ar hyn yn gynt... roedd hi wirioneddol wedi gadael i'w meddwl lithro yn ddiweddar. Doedd ganddi ddim syniad pwy oedd o na sut roedd hi am ddarganfod hynny, ond o leia roedd ganddi lun o'i wyneb.

Ar ôl mynd drwy werth chwe mis o negeseuon e-bost, oedd wedi cymryd ymhell dros 30 awr iddi, doedd hi ddim wedi darganfod unrhyw gliwiau ychwanegol, oedd yn rhyfedd, a deud y gwir. Ond o leia roedd ganddi fan cychwyn. Edrychodd ar ei ffôn: roedd hi'n 5:30 y bore. Gan nad oedd hi wedi cysgu ers bron i dri diwrnod byddai'n well iddi gael nap am ryw awr fach cyn ailddechrau ar ei gwaith.

Gorffennodd Gwyneth gnoi ei thost wrth roi ei hesgidiau am ei thraed a gwthio'i braich i mewn i'w chôt. Roedd hi'n rhedeg yn hwyr eto – y trydydd tro mewn pythefnos – a gan fod rheolwraig newydd yn y gwaith, doedd hynny ddim yn grêt. Gafaelodd yn ei goriadau oddi ar y bwrdd a chydio yn ei bag llaw. Agorodd y drws ffrynt, ac wrth iddi gamu allan cafodd ei hwyneb ei chwalu gan ddiffoddwr tân bach. Disgynnodd yn ôl i mewn i'r tŷ wrth i waed ddechrau pistyllio allan o'i thrwyn. Allai hi ddim gweld dim gan bod ei llygaid yn llawn dagrau, ac roedd ei phen yn ddryswch llwyr. Oherwydd yr adrenalin oedd yn llifo drwy ei chorff wnaeth hi ddim teimlo'r mwrthwl yn chwalu ei phen-glin chwith, na'r ail ergyd ddaeth i lawr ar ei hysgwydd dde, ond ymatebodd ei chorff yn reddfol drwy gyrlio i fyny'n belen dynn. Dechreuodd grynu drosti, a daeth sgrech o'i cheg wrth i'r boen ddechrau lledu ar hyd ei chorff. Clywodd y drws ffrynt yn cau efo clep, a sŵn traed yn cerdded yn ôl tuag ati. Gafaelodd perchennog y traed ynddi gerfydd ei hysgwyddau a'i llusgo i mewn i'r stafell fyw. Cafodd ei gosod i eistedd ar y llawr a'i chefn yn erbyn y soffa, a chliriodd ei llygaid ddigon iddi fedru gweld rhywun yn mynd i gau'r cyrtens. Trodd y person i'w hwynebu, a gallai Gwyneth weld mai merch weddol ifanc oedd hi, yn ei hugeiniau hwyr, ella. Doedd hi'n fawr o beth i gyd, ac roedd ei gwallt cyrliog melyn yn disgyn dros ei hysgwyddau. Doedd Gwyneth erioed wedi ei gweld o'r blaen.

'Pwy laddodd Rhys?'

'Be?'

Dechreuodd y ferch gerdded ar draws y stafell, a chododd Gwyneth ei braich i fyny'n reddfol rhag iddi gael ei tharo eto.

'Pwy... laddodd... Rhys?'

'DWI'M YN GWBOD! DWI'M YN GWBOD!'

'Pwy oedd ddim yn 'i licio fo, ta? Pa broblema oedd gynno fo?' gofynnodd y ferch.

'DWI DDIM... DWI DDIM YN GWBOD!' gwaeddodd Gwyneth eto. 'Pwy wyt ti?'

Daeth y ferch i lawr ar ei chwrcwd i wynebu Gwyneth, a chydiodd mewn llond llaw o'i gwallt.

'Cymera dy wynt, cymera dy amser. Dwi 'mond yn mynd i ofyn hyn unwaith, felly meddylia'n ofalus cyn ateb neu dwi'n mynd i roi'r mwrthwl 'ma drwy dy ben di. OK?'

Gallai Gwyneth weld nad oedd smic o emosiwn yn llygaid glas llonydd y ferch. Nodiodd ei phen yn araf i ddangos ei bod yn deall.

'Oedd 'na unrhyw beth, neu unrhyw un, yn creu trafferthion neu broblemau i Rhys? Fel ro'n i'n deud, cymera dy amser i feddwl. Dim otsh pa mor fach neu ddibwys ti'n meddwl ydi o, dwi isio i ti ddeud wrtha i.'

Anadlodd Gwyneth yn gyflym, cyn cymryd un gwynt mawr i sadio'i hun. Be ar wyneb y ddaear oedd yn digwydd?

'Do'n i wir ddim yn ei nabod o mor dda â hynny,' atebodd o'r diwedd. 'Doddan ni ddim yn siarad lot, go iawn, dim am betha personol. Wir yr. Dodd gynno fo ddim problema rîli... odd gynno fo athlete's foot, a dodd o byth yn yfed gormod o lefrith am bod o'n meddwl bod hynny'n effeithio ar 'i stumog o. Dodd o ddim yn rîli licio sbeidars, ond mi odd o'n medru aros yn yr un stafell â nhw. Odd o chydig yn stressed ar ôl cael cynnig y job 'na efo'r cwmni newydd yn dre, ond nath hynny basio'n eitha sydyn ar ôl iddo fo benderfynu 'i gwrthod hi. Odd well gynno fo ista i lawr i biso yn ystod y nos, a dodd o wir ddim yn licio Monster Munch. Odd gynno fo...'

'Pa job yn dre?'

'Yr... yr un efo'r cwmni sy'n cystadlu efo'i gwmni fo... yr un mawr newydd 'na... yn dre. Nathon nhw drio'i gael o i ddod atyn nhw, yn hysh hysh... gath o'i demtio i fynd ond nath o dynnu'n ôl ar y munud dwytha. Dodd o ddim yn medru gneud hynny i'w gwmni medda fo.'

'Sut oedd y cwmni 'ma'n cysylltu efo fo?'

'Ar... ar e-bost...'

Chwyddodd canhwyllau'r llygaid glas llachar nes roedden nhw bron yn ddu, a chododd llais y ferch yn uwch.

'Paid â malu cachu! Chafodd o ddim negeseuon fel'na!' Cododd y ferch y llaw a ddaliai'r forthwyl i'r awyr, a chododd Gwyneth ei breichiau eto i'w hamddiffyn ei hun.

'GO WIR!! Nath o'u dangos nhw i fi! Gan ddyn o'r enw Iwan. Go wir!'

'IWAN BE?'

'DWI'M YN COFIO! Wir yr, dwi ddim yn cofio!'

'BWLSHIT! Dwi 'di gweld 'i negeseuon e-bost o i gyd a doedd 'na erioed sôn am y ffasiwn beth!'

'Fedra i ddangos i chdi!' mynnodd Gwyneth. 'Nath o sôn wrtha i amdano fo mewn neges!'

Wrth iddi weiddi, roedd hi'n pwyntio at ei bag a'i gynnwys, oedd wedi'i wasgaru ar hyd llawr y stafell fyw.

'GAD I FI DDANGOS I CHDI!'

Ar ôl meddwl am y peth am chydig eiliadau, nodiodd y ferch ar Gwyneth. Defnyddiodd Gwyneth ei holl egni i'w llusgo'i hun tuag at ei bag. Gafaelodd yn ei ffôn, ac ar ôl cael chydig o drafferth i'w gael i weithio gan fod y gwaed ar ei bysedd yn atal y sgrin rhag dod yn fyw, cynigiodd y teclyn i'r ferch.

Allai hi ddim credu'r peth. Ar y ffôn o'i blaen roedd degau os nad cannoedd o negeseuon e-bost gan Rhys i Gwyneth, o gyfeiriad nad oedd hi erioed wedi'i weld o'r blaen. Roedd ganddi fynediad i gyfrif e-bost gwaith Rhys ac i'w gyfrif personol o, ond roedd hwn yn gyfrif e-bost hollol wahanol eto. Mam bach, roedd hi wedi canolbwyntio cymaint ar ei ddilyn o a meddwl amdano fo drwy'r amser fel ei bod hi wedi bod yn ddigon blêr i fethu peth mor bwysig â hyn. Twt-twtiodd ei hun wrth roi'r ffôn yn ei phoced. Os rwbath, roedd yn beth da bod Rhys wedi marw – roedd hi'n amlwg yn hen bryd iddi hi gael trefn ar ei phen.

Am yr awr nesaf, eisteddodd yn ei char yn darllen pob e-bost yn y cyfrif newydd hwn, gan gynnwys y sgyrsiau rhwng Rhys a'r dyn o'r enw Iwan. Iwan McDaniel oedd ei enw fo, ac roedd Gwyneth yn deud y gwir: roedd o'n rhedeg cwmni draw yn y dre. Wrth edrych ar-lein gallai hi weld mai cwmni annibynnol oedd o'n wreiddiol, ond ei fod yn ddiweddar wedi cael ei brynu gan gwmni arall, cwmni or enw SALEM, ac enw a bathodyn y cwmni hwn oedd ar dop pob e-bost. Gallai weld bod Rhys wir wedi bod yn agos iawn i ymuno efo nhw, a bod cwmni'r Iwan 'ma'n cynnig cyflog anhygoel iddo fo... oedd ddim yn sioc iddi hi gan fod Rhys yn hollol wych yn ei waith... ond yn y diwedd roedd Rhys wedi gwrthod y cynnig hael gan ei fod yn ffyddlon i'r cwmni oedd yn ei gyflogi. Un da oedd Rhys. A dyna oedd diwedd y sgwrs.

Peth arall roedd hi wedi'i ddarganfod yn y negeseuon e-bost oedd cyfeiriad Iwan, gan ei fod – fel lot o bobol 'uwch i fyny' mewn cwmnïau, yn gorffen pob e-bost efo'i wybodaeth bersonol. Digon hawdd oedd hi wedyn i ddefnyddio Google a LinkedIn i ddarganfod ei gyfeiriad. Mam bach, roedd pobol yn datgelu gormod o wybodaeth o lawer ar y we. A dyna lle roedd hi rŵan, yn sefyll yng nghanol stafell fyw Iwan, yn sefyll dros y dyn ei hun oedd yn gorwedd mewn pwll anferth o waed, yn crio.

Roedd darganfod ei gartref wedi bod yn hawdd, wrth gwrs, ond roedd torri i mewn wedi bod yn haws byth. Doedd pobol byth yn cofio cloi eu drysau patio y dyddia yma. Roedd o wedi cyfaddef bob dim yn eitha sydyn, ond a bod yn deg, mi oedd hi wedi torri un o'i goesau ac un, o leia, o'i freichiau cyn gofyn 'run cwestiwn iddo. Doedd ganddo ddim llawer o ddewis wedyn ond agor ei geg. Yn ôl Iwan, doedd o ddim wedi bwriadu i Rhys farw. Oedd, roedd ei gwmni, SALEM, wedi gyrru rhywun i gael sgwrs efo fo y noson y cafodd o'i ladd, i drio'i berswadio i newid ei feddwl, ond yn ôl Iwan, dim ond siarad roedd y person hwnnw i fod i'w wneud. Ond yn ôl y sôn mi siaradodd y dyn aeth draw at Rhys ychydig gormod, ac mi aeth hi'n ffrae, a... wel, roedd hi'n gwybod be ddigwyddodd wedyn. Pan wnaeth hi ddangos y lluniau o'r dyn dienw i Iwan, mi gyfaddefodd o mai hwnnw oedd y dyn o SALEM aeth â'r 'sgwrsio' yn rhy bell. Rhoddodd ei enw iddi – Colin Edwards – a deud yn union lle roedd o'n cuddio, sef mewn bwthyn bychan roedd Iwan yn berchen arno ar yr arfordir.

Ychydig yn ddiweddarach roedd hi'n eistedd yn ei char, rhyw 50 metr i ffwrdd o'r tŷ.

Yn ei llaw roedd ffôn Iwan, a gyrrodd decst i Colin ohono i ddeud bod yr heddlu wedi darganfod ei fod yn y tŷ, a bod rhywun wedi dod i'w nôl o er mwyn mynd â fo i le saff arall. Roedd hi wedi gwneud yn siŵr na allai Iwan ei rybuddio cyn iddi hi gyrraedd, wrth gwrs. A deud y gwir, fyddai o ddim yn medru rhybuddio lot o neb am ddim byd byth eto.

Ryw ugain eiliad ar ôl i'r neges fynd, gwelodd hi Colin yn dod allan o'r bwthyn, ac ar ôl iddo weld ei char i fyny'r lôn, dechreuodd redeg tuag ati.

Tair gwaith wnaeth hi yrru drosto fo. Mi fysa hi wedi bod yn fodlon betio £20 ei bod hi wedi'i ladd o y tro cynta, ond roedd hi isho bod yn siŵr. Wedi'r cwbwl, hwn oedd y bwystfil budur a laddodd ei Rhys hi. Anifail o ddyn.

* * *

Rhoddodd Steven Parker ei siaced dros gefn ei gadair ac eistedd i lawr i gymryd llymaid o'r coffi echrydus o wan. Doedd ganddo ddim syniad ers faint roedd y coffi wedi bod yn eistedd yn y pot yn y gegin cyn iddo gyrraedd, ond gwyddai nad oedd yn ffresh. Gosododd ei gwpan ar ben pellaf ei ddesg, gan na fyddai'n estyn amdani eto. Symudodd llygoden ei gyfrifiadur i ddeffro'r sgrin, ac yn araf a blinedig, teipiodd ei gyfrinair. Yn ôl yr eicon ar waelod y sgrin roedd dros 70 o negeseuon e-bost newydd wedi cyrraedd dros nos, a'r rheiny i gyd, mwy na thebyg, gan ei benaethiaid yn holi am unrhyw ddiweddariadau, ond doedd ganddo ddim i'w roi iddyn nhw. Rhwbiodd ei lygaid cyn gosod ei ddwylo'n fflat ar y ddesg, ac roedd o'n ystyried lle roedd o'n mynd i ddechrau efo'r negeseuon e-bost pan ganodd ei ffôn. Mi wnaeth o hanner meddwl peidio ateb, ond gwyddai'n iawn y byddai hynny, mwy na thebyg, yn syniad gwirion.

'DCI Parker.'

'A, DCI Parker, dach chi'n dal yma! Grêt. Do'n i'm yn siŵr oeddach chi wedi mynd adra.'

'Na, dwi'n dal yma.'

'Mae 'na rywun wedi cyrraedd y ddesg ffrynt yn gofyn am gael siarad efo pwy bynnag sy'n gweithio ar y "murder case" fel roedd hi'n ei alw fo, felly ro'n i'n meddwl y byswn i'n ei rhoi hi'n syth drwadd i chi.'

Ochneidiodd Parker am eiliad. Doedd o ddim wedi cysgu ers dros dri deg awr, ac roedd y ffaith nad oedd o wedi darganfod unrhyw beth newydd o gwbwl am yr achos ers dau ddiwrnod yn chwalu ei feddwl yn waeth na'r blinder. Rŵan roedd rhywun arall eto fyth awydd sgwrs am be roedden nhw'n meddwl eu bod nhw'n ei wybod, a fyddai, unwaith eto, yn ddibwys ac yn arwain i nunlle. Edrychodd ar y cloc ar y wal: roedd hi'n 6:45 y bore. Pwy ar wyneb y ddaear oedd yn dod mewn i orsaf yr heddlu mor gynnar?

'Iawn. Cer â nhw i Interview Room 2, a rho goffi neu ddŵr iddyn nhw. Fydda i yno mewn ryw ddeg munud.'

Rhoddodd y ffôn i lawr a sbio ar y soffa yng nghornel y stafell, gan feddwl pa mor neis fyddai jest gorwedd arni a chysgu, ond gorfododd ei hun i godi. Aeth i'r toiledau i drio gwneud iddo'i hun edrych chydig yn fwy parchus.

Wrth agor drws y stafell gyfweld, y peth cynta y sylwodd Parker arno, yn amlwg, oedd yr holl focsys a'r bagiau plastig ar y bwrdd.

'Bore da. DCI Parker ydw i. Roedd fy nghyd-weithiwr ar y

dderbynfa yn deud eich bod chi isio sgwrs am un o'r achosion 'dan ni'n gweithio arno?'

'Oooo, oes! Mam bach, ti am fod mor hapus bo fi yma, mêt!'

Oedodd Parker i edrych ar y ferch o'i flaen. Roedd ei gwallt cyrliog melyn, blêr, yn sticio'n erbyn ei thalcen a'i bochau chwyslyd, ac ar ei hwyneb roedd gwên lydan oedd yn dangos ei dannedd gwyn perffaith. Wrth iddo eistedd i lawr roedd hi wedi neidio ar ei thraed a dechrau taflu'r caeadau oddi ar y bocsys a gwagio tomenni o bapurau o'r bagiau plastig ar hyd y bwrdd fel hogan fach ar fore Dolig. Sut ar wyneb y ddaear roedd hi wedi cario'r cwbwl i mewn? Peth fechan eiddil oedd hi, a doedd fawr neb o gwmpas yr adeg yma o'r bore i'w helpu.

'Wow, wow, hold on rŵan,' meddai Parker. 'I ddechra, be am i ni gael sgwrs am be yn union sgynnoch chi i'w rannu, ia?'

'Wel, hyn sgin i i'w rannu!'

Agorodd y ferch ei breichiau allan yn araf i arddangos ei thrysor ar y bwrdd.

'A be yn union ydi hyn?'

'Wel prawf i chdi, 'de. Prawf o pwy nath!'

'Pwy nath be?'

'Lladd Rhys!' meddai'n anghrediniol.

'Ti'n gwybod pwy laddodd Rhys?'

'Yndw siŵr. Y boi Colin 'na, 'de.'

Neidiodd calon Parker am eiliad, ond llwyddodd i ddal ei wynt a pheidio dangos ei fod wedi cyffroi.

'Colin pwy?'

'Colin Edwards... o, paid â deud bo chi heb gyrraedd ato fo, hyd yn oed? Dach chi 'di cal o leia ddau ddwrnod yn fwy na fi i ffigro hyn allan!'

Oedden, mi oedden nhw ar drywydd Colin – roedden nhw wedi bod yn ymchwilio iddo ers dyddiau, ar ôl gweld fideo CCTV o Rhys ac yntau'n gadael tafarn efo'i gilydd, ac roedden nhw'n gwybod nad oedd neb wedi gweld Colin wedyn. Ond doedden nhw ddim wedi rhannu'r wybodaeth honno efo'r cyhoedd eto, felly sut...

‘Pam ti’n meddwl fod Colin Edwards wedi lladd Rhys?’

‘Iwan ddeudodd wrtha fi... ond paid â phoeni, dwi ’di sortio fo allan.’

‘Sortio pwy allan?’

‘Wel, y ddau, rîli,’ meddai’r ferch, gan chwerthin o waelod ei bol. ‘Dwi ’di gadael Iwan lle roedd o, ond ’dio’m am redag i ffwrdd i nunlla na’m byd, ’de.’ Chwarddodd eto. ‘Ond ia, dwi’n bendant ’di sortio Colin allan, y sglyfath iddo fo. Os ei di draw i dŷ Iwan fedrith o gadarnhau bob dim sgin i i chdi’n fama.’

Neidiodd Parker ar ei draed. Doedd o ddim yn siŵr iawn beth yn union oedd yn digwydd, ond doedd dim ffiars o beryg ei fod am sbwylio’r peth drwy beidio â dilyn trefn gywir yr heddlu.

‘Sori, fedri di fy esgusodi fi, jest am eiliad?’

‘Dim problem siŵr. Na i ddechra sortio petha yn fama.’

Ar ôl cau drws y stafell holi ar ei ôl, rhedodd Parker i lawr i’r swyddfa ar ben draw’r coridor – gwyddai fod Sarjant Molly Collins yn dal i mewn ar ôl ei shifft nos. Esboniodd yn sydyn iawn iddi be roedd o’n feddwl oedd yn digwydd yn y stafell gyfweld, a’i fod o isio tyst arall yno efo fo. Gafaelodd mewn padiau papur a beiros i’r ddau ohonyn nhw, a thâp newydd i’w roi yn y peiriant recordio.

‘Sori am hynna... isio nôl tâp gwag o’n i, i neud yn siŵr bo ni’n medru recordio’r holl dystiolaeth ’ma sgynnon ni. Sarjant Collins ydi hon – wyt ti’n meindio os ydi hi’n ymuno efo ni?’

‘Na, dim o gwbwl. Iawn, del?’

Taflodd y ferch ei gwên fawr i gyfeiriad Collins.

‘OK,’ dechreuodd Parker, ‘ddeudist ti cyn i fi adael dy fod di wedi “sortio” y dyn wnest ti ei alw yn Colin Edwards. Fedri di ymhelaethu ar hynny ti’n meddwl?’

‘Medraf siŵr. Dwi ’di sortio fo i chi... ’di ffeindio fo a’i ladd o, ’lly.’

Tyrchodd i mewn yn un o’r bocsys am eiliad ac estyn pedwar llun roedd hi wedi’u tynnu o Colin dros y misoedd blaenorol.

‘Hwnna ydi o. Ma’n boncyrs, rîli – do’n i ddim wedi hyd yn oed sylwi bo fi ’di tynnu lluniau ohono fo tan wsnos yma.’

‘Ti’n deud dy fod di wedi’i ladd o... yn lle?’

'Tu allan i'r bwthyn odd o'n cuddiad ynddo fo, 'de.'

Cododd ei ffôn a dangos fideo iddyn nhw oddi ar gamera ei char, oedd yn ei dangos hi'n gyrru dros Colin dair gwaith, efo sŵn ei chwerthin uchel hi yn y cefndir.

'Fedrwn ni gael copi o hwnna, ti'n meddwl?'

'Cewch siŵr, gewch chi hyn i gyd.'

'A... a sut nes di ei ffeindio fo?'

'Y boi Iwan 'na ddeudodd wrtha fi lle oedd o.'

'Iwan?'

'Ia, fo nath ofyn i Colin fynd i siarad efo Rhys.' Ochneidiodd yn uchel. 'Mam bach, dach chi *rîli* ar 'i hôl hi, dydach?'

Parhaodd i esbonio sut aeth hi draw i dŷ Iwan, gan ddangos fideo a recordiad llais ohoni hi'n ei arteithio, ac Iwan yn deud yr holl stori wrthi yn ei ddagrau. Dangosodd yr holl negeseuon e-bost rhwng Iwan a Rhys oedd yn profi'r cysylltiad rhyngddyn nhw, ac egluro sut mai penderfyniad Rhys i wrthod y swydd oedd wedi achosi Iwan i yrru Colin ato. Stopiodd Parker y cyfweliad er mwyn trefnu i ambiwlans a char heddlu i fynd draw i gartref Iwan yn syth, cyn dod yn ôl i mewn i'r stafell gyfweld.

'Nes di frysio allan yn fanna do!' chwarddodd y ferch. 'Ha ha! Duw, sdim isho i chdi boeni am y boi 'na, sdi, fo 'di'r dyn drwg, 'de. Ac eniwe, fel ddudish i, tydi o'n bendant ddim am redag i nunlla! Ha ha!'

'Pam wnest ti ymosod arno fo mor ddrwg?'

'Bois... dwi'n teimlo bo chi'n canolbwyntio ar y peth rong yn fama. *Fo 'di'r boi drwg* – sbiwch, ma'r prawf i gyd yn fama.'

Pwyntiodd unwaith eto at yr holl bapurau ac at y fideo ar ei ffôn, cyn mynd ati i esbonio'n falch sut roedd hi wedi dod i ddarganfod yr wybodaeth am Iwan.

'So, meddwl nesh i, pwy ma' Rhys 'di bod yn weld? Ia, Gwyneth! O, Gwyneth... chwara teg, odd hi'n briliant. Gesh i lot o wybodaeth gynni hi, a dyna sut nesh i ffeindio'r e-mails newydd, a ffeindio Iwan.'

'Sori, pwy 'di Gwyneth?'

'Gwyneth Catrin, ond di'm otsh am hynna. Y cwbwl ma' isho i

chi wbod ydi 'i bod hi 'di bod yn handi *iawn*. Gynna fi recordiad o hynna i chi 'fyd, peidiwch â poeni.'

'A'r negeseuon e-bost 'ma rhwng Iwan a Rhys, ma' nhw'n gysylltiedig â chwmni o'r enw SALEM. Pwy ydyn nhw?'

'God knows! Ond peidiwch â poeni, ar ôl gadael fama heddiw 'ma na i ddechra cal look i mewn iddyn nhw. Fydda i 'di ffeindio lôds allan amdanyn nhw erbyn pnawn fory, garantîd. A good bloody luck iddyn nhw wedyn, ia! Ha Ha!!'

Edrychodd y ddau blisman ar ei gilydd yn sydyn, cyn troi eu sylw at y papurau a'r lluniau a'r negeseuon.

'Sori, dwi'n meddwl 'mod i 'di colli rwbath...' gofynnodd Sarjant Molly Collins toc. 'Be yn union oedd dy berthynas di a Rhys?'

Edrychodd Parker hefyd i fyny o'r papurau i ddisgwyl am ateb y ferch benfelen.

'Dim byd. Rioed 'di'i gyfarfod o,' meddai heb fath o emosiwn.

'Ond mae'r lluniau 'ma wedi cael eu tynnu dros gyfnod o ddwy flynedd, tydyn? A sut gest ti afael ar y negeseuon e-bost a'r tecsts 'ma?'

'Mi odd y tecsts a'r e-bost yn hawdd – odd gan Rhys ddau password roedd o'n iwsio i bob dim, bron, ac o ran y llunia, wel, ma' rheina yn... hooold on, HOLD ON!' Oedodd. ''Ma ni. 'MA NI!' gwaeddodd wrth daro'i dwrn yn erbyn y bwrdd. 'O'n i'n *gwbod* sa chi'n trio troi hyn i gyd i fod yn rwbath weird! Ond dwi'n gneud *anfarth* o ffafr i chi yn fama. Dwi 'di ffeindio'r boi nath ladd Rhys, a ffeindio'r boi nath ordro fo. Dwi 'di ffeindio'r cwmni tu ôl i'r holl beth 'fyd, ac mae'r proof i gyd yn fama i chi!'

'Na, na, 'dan ni'n gwerthfawrogi hyn yn ofnadwy,' torrodd Parker ar ei thraws. ''Dan ni wirioneddol yn... jest, mae o'n lot i'w gymryd i mewn ar unwaith. Dwi'n siŵr bo chdi'n dallt.'

'OK, dwi *yn* dallt... dwi jest ddim isho i chi fod yn canolbwyntio ar y petha rong yn fama, a trio neud môr a mynydd o rwbath sy ddim yn bwysig.'

Wrth wrando arni roedd Parker yn byseddu drwy un o'i llyfrau nodiadau. Gallai weld bod sawl adran wahanol ynddo, ac enw dyn gwahanol ar bob un. Sylweddolodd yn eitha sydyn fod enwau pob adran yn cyfateb i enwau dynion ifanc o'r sir oedd wedi diflannu dros yr wyth mlynedd flaenorol.

'Be am i ni gymeryd brêc bach yn fama? Swn i'n medru gwneud efo coffi – be amdanoch chi?'

Nodiodd Collins, a mynd at y drws.

'Gymri di goffi?' gofynnodd Parker i'r ferch.

'Na, dim diolch, ond ga i jest cwpan o lefrith efo pedwar siwgwr ynddo fo, plis?'

'Llefrith cynnes?'

'Na.'

Nodiodd Parker a dilyn Molly Collins allan o'r stafell gyfweld.

Ar ôl i'r plismyn adael, safodd y ferch i fyny ac edrych unwaith eto ar y gampwaith o wybodaeth oedd ar y bwrdd. Gallai ddweud ei bod hi wedi gwneud argraff fawr iawn ar y ddau dditectif, ac roedd hynny'n gwneud iddi deimlo'n dda. Rhoddodd ei dwylo i orffwys ar ei chluniau a meddyliodd am Iwan a Colin, a be roedden nhw wedi'i wneud i Rhys. Rhag eu cywilydd nhw. Doedd 'na neb arall i fod i gyffwrdd yn ei Rhys bach hi. Ac ar ben hynny, roedden nhw wir wedi coelio eu bod nhw'n mynd i gael get-awê efo gwneud y ffasiwn beth.

Y blydi idiots.

5. Arcadia

'Mam bach, ma' 'nghefn i'n brifo.'

Trodd Rhydian i edrych ar y llais a ddaeth o'r ochr dde iddo, ac edrychodd ar y llanc ifanc yn cerdded yn ôl tuag at y bagiau llawn llythyrau oedd wrth ddrws y warws. Gwyliodd wrth iddo afael mewn sach lawn arall a'i thaflu'n flêr dros ei ysgwydd cyn cychwyn yn ôl i'r fan bost.

'Dim rhyfadd bod dy gefn di'n brifo os mai fel'na ti'n codi a chario'r bagia! Ma' nhw i fod wedi dy ddysgu di'n iawn – chest ti ddim gwers ar hyn yn ystod y cwrs anwytho 'na?'

'Do, ond ma' neud o fel ma' nhw'n deud yn blino fi fwy,' cwynodd Jonny.

Ysgydwodd Rhydian ei ben. O'r eiliad gyntaf iddo weld hwn ar ei ddiwrnod cyntaf, roedd o wedi medru dweud nad oedd llawer o waith ynddo fo. Dim ond pythefnos wedyn, cafodd ei brofi'n gywir. Roedd o'n dallt yn iawn, wrth gwrs, nad oedd codi i fod yn y gwaith erbyn hanner awr wedi pump bob bore yn ystod gwyliau'r haf yn hwyl i neb, ond os oedd hwn yn teimlo felly, ddylai o ddim bod wedi gwneud cais am y swydd yn y lle cyntaf.

Gafaelodd Rhydian yn y sach olaf a'i chario i'r fan. Erbyn hyn roedd Jonny yn pwyso yn erbyn cefn y fan, ei gap yn gam ar ei ben, ei grys allan o'i drowsus a'i ddwy law yn gorffwys ar ei bengliniau fel petai newydd orffen rhedeg marathon.

'Hwnna oedd y dwytha, gobeithio?'

'Ia,' cadarnhaodd Rhydian. 'Rŵan, ar ôl i mi fynd, mi fydd y criw cynnar yn dechra dod i mewn fesul un – cofia fynd ati i ddechra dadlwytho sacha'r rheiny yn eu trefn y munud ma' nhw'n dod i mewn. Tydan ni ddim isio ailadrodd be ddigwyddodd ddoe – bron i hanner y llythyrau heb 'u sortio a ninna'n gorfod neud nhw i gyd ben bore.'

'Ia, ia, dwi'n gwbod. Dwi 'di deud sori am hynna. Bai Marcus oedd o eniwe, fo oedd yn...'

'Dio'm otsh bai pwy oedd o, ma' well peidio gadael iddo fo ddigwydd eto, neu fydd middle management ar dy ôl di. Reit, dwi'n mynd. Wela i di nes mlaen.'

Gwthiodd ddrws cefn y fan ar gau gyda chlep, a cherdded rownd at ddrws y dreifar. Eisteddodd yn y fan am eiliad neu ddwy cyn ei thanio – roedd o angen chydig o ddistawrwydd cyn cychwyn ar ei rownd. Roedd y warws bost yn medru bod yn lle swnllyd a hectig ar y gorau, ond roedd yr wythnosau diwetha wedi bod yn waeth nag arfer. Fel hyn roedd hi yr adeg yma bob blwyddyn, i fod yn deg: dechrau gwyliau'r haf a phobol yn prynu stwff ar-lein ar gyfer eu hamser i ffwrdd o'r gwaith. Yn ogystal â hynny roedd nifer o stadau tai newydd wedi cael eu hadeiladu yn y dref yn ddiweddar oedd, wrth gwrs, yn golygu mwy o bost. Yn anffodus, doedd y Post Brenhinol ddim wedi ymateb i hynny drwy recriwtio mwy o weithwyr i ddanfon yr holl lythyrau a pharseli ychwanegol. Ateb y cwmni oedd cyflogi dau neu dri o bobol ifanc fel Jonny i sortio'r warws – pobol ifanc nad oedden nhw isio bod yno, a olygai fod Rhydian a'r postmyn eraill yn gorfod gwneud llawer o'r gwaith eu hunain. Ond doedd dim ots gan Rhydian am hynny heddiw – roedd ganddo dros bedair awr i wneud ei rownd, a châi lonydd i'w gwneud. Rhoddodd y radio ymlaen yn ddistaw yn y cefndir a chychwyn ar ei daith.

Roedd o wedi bod yn lwcus iawn i gael aros ar yr un rownd am bron i dair blynedd erbyn hyn. Am ryw reswm roedd penaethiaid y warws yn meddwl ei bod hi'n syniad da i newid rownd pob postman bob hanner blwyddyn i flwyddyn – ella'u bod nhw'n meddwl ei bod hi'n mynd yn ddiflas i rywun wneud yr un daith bob dydd, a bod hynny'n effeithio ar eu hawydd i weithio, pwy a ŵyr. Ond roedd hynny'n bell o'r gwir yn achos Rhydian. Roedd y syniad o orfod cynllunio taith newydd a darganfod y ffordd fwyaf effeithiol o wneud ei rownd bob chwe mis yn codi cur pen arno. Ar ei rownd arferol roedd o'n gwybod yn union os oedd o'n gwneud amser da neu os oedd o ar ei hol hi, yn gwybod petai camgymeriad gydag un o'r cyfeiriadau ar y llythyrau, ac yn gwybod yn union erbyn hyn am 'le saff' pawb petai'n rhaid iddo adael parsel pan oedd neb adra.

I fod yn deg, i'r trigolion roedd y diolch ei fod o wedi cael cadw'i rownd. Yn ystod ei flwyddyn gyntaf cafodd ei reolwyr dros ddeg o negeseuon e-bost yn canmol Rhydian am fynd allan o'i ffordd i'w helpu neu fynd yn ôl atyn nhw efo llythyr neu barsel oedd wedi cael ei fethu y tro cyntaf. Roedd o hefyd yn falch o fod wedi perffeithio'r ddawn o allu sgwrsio efo hwn a'r llall heb i hynny effeithio llawer ar ei amserlen ddosbarthu. Gwyddai'n iawn fod nifer o bobol hŷn yr ardal yn edrych ymlaen i'w weld gan nad oedden nhw'n siarad efo neb arall drwy'r dydd, weithiau. Roedd o'n blaenoriaethu sgyrsiau â'r bobol hyn, ond gan gadw at gwestiynau byr, a charlio mlaen i symud wrth siarad. Felly, oherwydd geiriau caredig trigolion ei rownd – a'r ffaith ei fod o wedi gofyn am gael cadw'r rownd honno – cafodd aros lle roedd o.

Roedd heddiw, er mai'r un rownd oedd hi, am fod ychydig yn wahanol i'r arfer, ac roedd Rhydian yn edrych ymlaen at y newid.

Er ei fod wedi cwyno i'w deulu a'i ffrindiau am y nifer o stadau tai newydd oedd wedi ymddangos ar gyrion y dref dros y blynyddoedd diwethaf, roedd un ohonyn nhw wedi achosi ychydig o ddirgelwch i bawb, ac yn procio'i chwilfrydedd. Cwblhawyd y gwaith o adeiladu stad Cwm-y-Felin ar gyrion gogleddol y dref dros flwyddyn ynghynt – roedd hi'n stad go fawr o dai, pob tŷ yn sefyll mewn gardd fawr gyda garej a lle i barcio dau gar wrth ei ymyl. Doedden nhw ddim y tai mwyaf moethus yn y dref o bell ffordd, ond roedden nhw'n bendant yn dai gwych i deuluoedd. Gan fod cymaint o alw am dai yn lleol roedd Rhydian wedi meddwl y buasai pob un wedi'i werthu'n syth, ond yn rhyfedd, doedd o erioed wedi gweld arwydd 'Ar Werth' ar 'run ohonyn nhw, tra oedden nhw'n cael eu hadeiladu nac yn y flwyddyn ers i'r gwaith gael ei gwblhau. Bu llawer o sgwrsio ymysg trigolion y dref wrth i bobol ddechrau poeni mai tai haf fydden nhw, neu dai i weithwyr y pwerdy newydd oedd yn cael ei drafod gan y Llywodraeth, ond ar ôl blwyddyn gyfan bu i'r damcaniaethu ddistewi, ac roedd y tai yn dal i fod yn wag. Tan heddiw.

Wrth i Rhydian gasglu'r llythyrau o'r bocsys ar wal y warws yn gynharach y bore hwnnw, sylwodd fod un bocs newydd wedi'i ychwanegu i'r wal, a bod y bocs hwnnw'n rhan o'i daith ddyddiol o. Doedd o ddim yn adnabod y cod post ar waelod y bocs, a bu'n rhaid iddo chwilio drwy gronfa ddata'r cwmni i ddarganfod mai cod post stad Cwm-y-Felin oedd o. Roedd pobol yn symud i mewn o'r diwedd, felly.

Erbyn un ar ddeg o'r gloch roedd o wedi gwneud ei ffordd o gwmpas y rhan fwyaf o'i rownd ac yn gyrru i stad Cwm-y-Felin. Wrth droi i mewn i'r lôn arafodd i gyflymder cerdded, fel y gallai fusnesu'n iawn. Roedd o wedi gyrru i fyny yno unwaith o'r blaen efo'i fam, ond roedd hynny gyda'r nos ryw chwe mis yn ôl, a gan nad oedd neb yn y tai, a dim goleuadau yn unlle, welson nhw ddim byd. Ond heddiw, wrth gwrs, roedd ganddo reswm i fod yno. Cymerodd ei amser i yrru hanner ffordd i fyny'r stad, ac roedd yn rhaid iddo gyfaddef ei fod chydig yn siomedig. Roedd pob un tŷ yn union yr un fath â'r rhai y gallai eu gweld o'r lôn fawr wrth yrru heibio: yr un drws, yr un ffenestri, yr un drysau garej, ac roedd popeth ar bob un tŷ yn union yr un lliw. Roedd pob gardd wedi'i thorri yn union yr un fath, a phob gardd ffrynt â choeden afalau unffurf. Gallai weld fod biniau ailgylchu a biniau sbwriel pob tŷ wedi'u cadw yn union yr un lle, a bod giât frown yn arwain i bob un o'r gerddi cefn. Yr unig beth oedd yn wahanol oedd rhifau'r tai.

Wrth iddo weld y rhifau roedd o'n chwilio amdanyn nhw, parciodd ei fan wrth y palmant. Ar ôl camu allan ac agor drws y fan, tyrchodd yn ei fag i chwilio am y llythyrau perthnasol. Roedd dwy amlen: enw Dr Alun Watkins, 25 Cwm-y-Felin, oedd ar un, a Dr Lewis Stevens, 26 Cwm-y-Felin ar y llall.

Wrth iddo gerdded at y drws cyntaf, edrychodd Rhydian i lawr ar y ddau lythyr yn ei law. Doedd 'run o'r enwau yn gyfarwydd, felly mae'n rhaid mai pobol o'r tu allan i'r dref oedden nhw, ond daliodd rhywbeth arall ei sylw. Ar gongl uchaf ochr dde y llythyrau roedd symbol crwn, eitha mawr: symbol du ac arian oedd â'r llythyren 'S' yn ei ganol, ac wedi'i sgwennu ar hyd top a gwaelod y cylch roedd y gair 'SALEM'. Roedd hyn wedi dal ei sylw am ddau reswm. Yn gyntaf, doedd o erioed wedi gweld y symbol na chlywed am y cwmni o'r blaen. Ac yn ail, roedd y symbol dieithr hwn ar gongl uchaf ochr dde yr amlen, yn lle dylai'r stamp fod, oedd yn anarferol iawn. Fel arfer, os nad oedd stamp ar lythyr fyddai o ddim yn cael ei ddidoli efo'r llythyrau eraill, gan y byddai angen i bwy bynnag oedd i fod i'w gael fynd i'r swyddfa i dalu ffi, ond yn yr achos yma roedd Rhydian yn grediniol mai camgymeriad arall gan Jonny oedd hwn. Doedd dim ffiars o beryg ei fod o am ganu cloch unrhyw un o'r ddau ddrws i ofyn am y ffi o bumpunt oedd fel arfer yn ddyledus am ddiffyg stamp, felly gwthiodd y llythyr cyntaf i mewn drwy flwch llythyrau y drws cyntaf, cyn cerdded draw at y tŷ drws nesaf er mwyn gwneud yr un peth efo'r ail. Anelodd yn ôl at ei fan, ychydig yn siomedig efo'r stad newydd.

Pan gyrhaeddodd Rhydian y warws y bore wedyn dechreuodd ar ei rwtîn arferol: newid i'w ddillad gwaith, a mynd draw i'r gegin i wneud paned iddo fo'i hun. Tra oedd yn troi'r bag te yn ei gwpan cymerodd olwg sydyn o gwmpas y stafell sortio. Cafodd ei lygaid eu tynnu at y bocsys llythyrau enfawr ar y wal a osodwyd ar gyfer stad Cwm-y-Felin. Gallai weld bod llythyrau mewn chwe bocs gwahanol. Yn amlwg, roedd mwy o bobol yn symud yno bob dydd. Erbyn iddo orffen ei baned roedd Jonny wedi cyrraedd hefyd – yn hwyr, fel arfer – ac wedi dechrau llwytho'r llythyrau i mewn i sachau.

'Bore da.'

'O... iawn?' atebodd Jonny, yn amlwg heb ddeffro'n iawn.

'O'n i'n sylwi bod 'na lot mwy o lythyrau i'r tai newydd heddiw. Petha'n dechra prysuro yno.'

'Yn lle?'

'Cwm-y-Felin, y stad newydd 'na draw ochor arall i'r dre.'

'Oes 'na stad newydd yno? Ers pryd?'

'Wel, oes. Ti ddim 'di sylwi? Ma' hi'n un go fawr!'

'Be, honna ddim yn bell o'r tracs trên? Rheina yna ers ages yndyn?'

'Wel, ma' nhw wedi'u hadeiladu ers dipyn go lew, ydyn, ond dim ond ddoe y symudodd y bobol gynta i mewn. Heddiw mae 'na lythyrau i chwe tŷ! Fel ro'n i'n deud, dechra prysuro yno.'

Rhyw hanner nòd o gytundeb gafodd o gan Jonny cyn i'r ddau fynd ati i lwytho gweddill y llythyrau'n dawel. Pan gyrhaeddodd Rhydian y bocsys oedd yn dal llythyrau stad Cwm-y-Felin, oedodd i edrych arnyn nhw. Un llythyr yn unig oedd i bob tŷ, ac roedd y logo SALEM, yr un fath â llythyrau'r diwrnod cynt, ar dop yr amlenni. Ac fel y llythyrau blaenorol, doedd dim stampiau arnyn nhw.

'Does 'na ddim stamp ar 'run o'r rhain,' meddai Rhydian wrth Jonny. 'Sa'n well i mi fynd â nhw draw at...'

'Na, ma' nhw'n iawn. Nesh i holi ddoe,' torrodd Jonny ar ei draws.

'Holi pwy?'

'Y big boss, ia. Nath o ddeud bo hynna'n hollol iawn. Bo pob llythyr efo'r badge yna arnyn nhw yn good to go.'

'Ti'n siŵr mai dyna ddeudodd o?'

'Yndw, hollol siŵr. Odd o'n eitha matter of fact am y peth. A hei, os 'di "no questions asked" yn neud job ni'n haws, pam taeru efo fo, ia?'

Edrychodd Rhydian ar y llythyrau fesul un. Ella fod gan y cwmni Salem 'ma ryw gytundeb arbennig efo Swyddfa'r Post, ystyriodd. Er, doedd o erioed wedi clywed am hynny o'r blaen, chwaith. Ond fel roedd Jonny'n dweud, pwy oedd o i fynd yn erbyn y bòs a thynnu mwy o waith iddo fo'i hun? Ar ôl llwytho'r llythyrau i gyd i'r sachau, a'r sachau wedyn i'r fan, i ffwrdd â fo ar ei daith ddyddiol.

Roedd o chydig hwyrach yn cyrraedd Cwm-y-Felin heddiw nag yr oedd y diwrnod cynt, ond roedd hynny'n fwy i'w wneud â nifer y twristiaid oedd yn mynnu parcio ym mhobman yng nghanol y dref nag yr oedd â'i lwyth gwaith o. Trodd i mewn i'r stad newydd gan stopio wrth y palmant o flaen tŷ rhif 5. Fel y ddau dŷ arall ddoe, doedd neb adre, ond gallai weld bod ceir o flaen un o'r tai ymhellach i fyny'r lôn. Cerddodd at ddrws rhif 5 a chyn rhoi'r llythyr drwy'r blwch sylwodd ar yr enw arno: Dr Robin Roberts. Oedd pob un o'r trigolion newydd yn ddoctoriaid?

Cododd ei ben i edrych ar y tŷ o'i flaen, rhif 35, a stopio'n stond. Roedd o eisoes wedi sylwi ar yr enwau ar yr amlen oedd wedi'i chyfeirio i breswylwyr newydd y tŷ, Gwyn ac Eleri Prydderch. Nid yn unig roedd y ddau yma'n byw yn y dref ers blynyddoedd, ond roedden nhw hefyd yn rai o hoelion wyth y gymdeithas. Roedd Gwyn yn gyfreithiwr llwyddiannus iawn ac Eleri'n ddoctor yn yr ysbyty lleol, a'r ddau yn helpu efo nifer fawr o weithgareddau cymunedol, o fanc bwyd y dref i'r clwb ieuenctid a'r eisteddfod leol, ac roedden nhw'n llywodraethwyr ar yr ysgol uwchradd. Ond y rheswm roedd sylw Rhydian wedi'i hoelio ar rif 35 oedd bod baneri a rhubanau wedi'u gosod ar y tŷ. Doedd hi ddim yn gyfrinach fod Gwyn ac Eleri wedi bod yn trio dechrau teulu ers blynyddoedd – roedden nhw wedi bod yn agored am y peth a, chwarae teg, wedi mynd allan o'u ffordd i geisio helpu nifer o gyplau eraill oedd yn mynd drwy'r un trafferthion â nhw. Felly, pan welodd Rhydian y baneri a'r rhubanau pinc a glas ar y tŷ, a'r geiriau 'LLONGYFARCHIADAU' a 'POB LWC I'R RHIENI NEWYDD', daeth gwên i'w wyneb.

Wrth gerdded at y drws ffrynt penderfynodd ganu'r gloch yn hytrach na gwthio'r llythyr drwy'r blwch. Ychydig eiliadau'n unig ar ôl iddo wthio'r botwm, agorwyd y drws gan Eleri, oedd wedi'i gwisgo, fel y byddai bob amser, yn drawiadol iawn. Ffrog goch dynn oedd amdani heddiw, a'i gwallt du yn gyrls sgleiniog ar dop ei phen.

'Rhydian! Sut mae o?' meddai gyda gwên fawr. Ar hynny daeth Gwyn i sefyll y tu ôl iddi.

'Da iawn diolch, a chitha'ch dau?' atebodd Rhydian.

'Grêt, diolch yn fawr i chdi. Felly chdi sy'n gorfod dreifio'r holl ffordd draw i fama aton ni, ia?' meddai Eleri gan chwerthin yn ysgafn.

'Ia, ond dydi o ddim traffarth – mi ydach chi fwy ne lai ar fy rownd arferol i beth bynnag,' atebodd, gan chwerthin yn union fel y gwnaeth Eleri. 'Ond yn bwysicach,' pwyntiodd i fyny at y rhubanau ar y wal, 'dwi'n amau 'mod i angen eich llongyfarch chi.' Gwenodd wrth edrych i fyny ar y baneri, a gwenodd Gwyn ac Eleri ar ei gilydd.

'O, diolch yn fawr iawn i chdi!' meddai Gwyn, gan roi llaw am ysgwydd ei wraig a'i gwasgu'n ysgafn.

'O,' ychwanegodd Eleri, 'Mam ddaeth yma ben bore 'ma cyn i ni symud i mewn, a rhoi'r rhain i gyd i fyny! Doeddan ni ddim yn siŵr iawn sut oeddan ni am ddeud wrth pawb, ond ma' hi 'di blydi gwneud y penderfyniad drostan ni rŵan, do!' Chwarddodd y tri efo'i gilydd. 'Ond dim otsh gen i... ti'n gwbod sut un ydw i. Mwya'n y byd o liw a ffŷs, gora'n y byd!'

'Ia, mwya'n y byd o liw, gora'n y byd!' meddai Rhydian wrth gamu'n ôl at ei fan. 'Taswn i'n cael dewis be i wisgo i'r swydd 'ma, mi fysa fo'n rwbath dipyn mwy lliwgar na hyn!'

Chwarddodd y tri eto wrth ffarwelio. Wrth gwrs, roedd

Rhydian yn dweud celwydd llwyr am liw ei iwnifform, ac roedd yn eitha siŵr bod Eleri a Gwyn yn ymwybodol o hynny, ond roedd hi'n bwysig cadw pawb yn hapus.

Y diwrnod wedyn, ar ôl gorfod gwneud ei waith pacio ei hun gan fod Jonny wedi ffonio i mewn yn sâl unwaith eto, cyrhaeddodd Rhydian y stad dipyn yn hwyrach nag arfer. Roedd mwy o drigolion newydd wedi cyrraedd, ond eto, dim ond un llythyr roedd pob tŷ yn ei gael bob dydd, hyd yn oed y rhai oedd wedi bod yno ers wythnos bellach. Un llythyr, heb stamp, efo logo SALEM arno, bob dydd. Erbyn iddo gyrraedd rhif 35 roedd Gwyn ac Eleri yn sefyll yn y drws ffrynt, yn disgwyl amdano.

Camodd allan o'i fan a chodi llaw yn sydyn wrth fynd i'r cefn i nôl eu llythyr nhw, ond sylweddolodd yn sydyn fod y rhubanau a'r baneri i gyd wedi diflannu. Yn fwy trawiadol na hynny, roedd Gwyn ac Eleri yn gwisgo dillad syml, di-liw. Eleri oedd yn edrych fwyaf gwahanol i'r arfer mewn cardigan ysgafn lwyd dros grys brown, ac roedd ei gwallt wedi'i glymu'n ôl yn dynn, yn hollol wahanol i'w steil gyrliog arferol.

Caeodd Rhydian ddrws y fan ar ei ôl ac estyn eu hamlen o'i fag. Cerddodd at y drws ffrynt a sylwi nad oedd Gwyn chwaith yn edrych fel fo'i hun, rywsut. Roedd Rhydian wedi arfer ei weld mewn siwtiau eitha posh, a hyd yn oed yn ei amser hamdden byddai'n gwisgo crys gwyn steilysh a thei lliwgar, ond heddiw roedd o mewn siwmper frown a throwsus llwyd. Ysgydwodd Rhydian ei ben. Pwy oedd o i farnu dillad ac edrychiad pobol? Dillad plaen, di-liw oedd bron popeth yn ei gwpwrdd o, a beth bynnag, roedd y ddau o'i flaen newydd symud i dŷ newydd a darganfod eu bod yn disgwyl babi – fyddai neb yn eu beio am gymryd llai o ddiddordeb yn eu hedrychiad. Cyrhaeddodd y drws ffrynt ac estyn ei law allan i roi'r llythyr iddyn nhw.

'Helô, chi'ch dau! Dach chi'n setlo i mewn yn iawn?'

'Helô, Rhydian,' meddai'r ddau efo'i gilydd.

Safodd Rhydian yno am eiliad, yn disgwyl iddyn nhw ddweud mwy am eu cartref newydd, ond safodd y ddau yn dawel, gan wenu arno.

'Dwi'n gweld eich bod chi wedi tynnu'r baneri i lawr yn barod.' Edrychodd i fyny ar y wal wag cyn edrych yn ôl arnyn nhw.

'Do. Doeddan ni ddim isio sefyll allan ormod ar y stad 'ma, a hitha'n stad newydd. Mi oedd y baneri yn rhy lliwgar, a deud y gwir,' atebodd Eleri.

'O, dwn i'm,' meddai Rhydian, gan chwerthin. 'Y mwya'n y byd o liw, gora'n y byd, yntê?'

Er bod Rhydian yn dal i chwerthin, wnaeth 'run o'r ddau ymuno efo fo.

'Na,' meddai Gwyn o'r diwedd. 'Mae isio parchu pawb, siŵr. Ti'n parchu pawb, yn dwyt Rhydian?'

Doedd Rhydian ddim wedi disgwyl y fath gwestiwn, a doedd o ddim yn siŵr sut roedd y sgwrs wedi cyrraedd y pwynt yma.

'Wrth gwrs 'mod i. Mae gen i gyfrifoldeb, cofiwch, am lythyrau a pharseli pobol eraill, i wneud yn siŵr eu bod nhw'n cyrraedd pen y daith yn saff. "Parch is the name of the game", fel sa'r Sais yn ddeud.' Taflodd wên fawr i gyfeiriad y ddau eto er mwyn trio cael rhyw fath o ymateb normal ganddyn nhw. Roedd o ar dân isio cael ei hun o'r sefyllfa letchwith, ond dim ond y wên blastig gafodd o'n ôl. Dechreuodd fagio oddi wrth y drws ac i lawr at ei fan. 'Wel, well i mi fynd. Roeddach chi ar gychwyn i rwla pan gyrhaeddis i beth bynnag, yn doeddach, felly wna i mo'ch cadw chi.'

'Na dim o gwbwl,' atebodd Eleri. 'Disgwyl amdanat ti oeddan ni.'

Stopiodd Rhydian yn stond. 'Sori?'

'Ia,' meddai Gwyn, 'rydan ni wedi sylwi dy fod di'n dod yma o gwmpas un ar ddeg fel arfer, a phan welson ni nad oeddat ti wedi cyrraedd erbyn pum munud wedi, mi ddaethon ni allan i weld be oedd yn bod.'

Ystyriodd Rhydian am ennyd. Gwyddai ei bod hi newydd droi

hanner awr wedi un ar ddeg, felly oedden nhw wedi bod yn sefyll yn y drws ers bron i hanner awr yn disgwyl amdano? Doedd bosib!

'O, na, tydw i byth yn dod ar union yr un amser bob dydd, chi! Ma' hi'n dibynnu ar faint o waith sy 'na yn y warws, a sut ma'r traffig yn dre.'

Edrychodd Eleri a Gwyn ar ei gilydd am eiliad cyn edrych yn ôl ar Rhydian.

'Felly welwn ni chi am un ar ddeg bore fory, ia?' gofynnodd Eleri.

Ymddangosodd rhyw hanner gwên ar wyneb Rhydian wrth iddo gychwyn unwaith eto am ei fan.

'Wrth gwrs!' meddai, gan yrru i ffwrdd yn reit handi.

Roedd llu o gwestiynau'n rhedeg drwy ei ben. Beth ar wyneb y ddaear oedd newydd ddigwydd? Oedd o wedi dweud rwbath i wylltio Gwyn ac Eleri ddoe... wedi pechu wrth sôn am y babi neu'r tŷ? Allai o ddim meddwl am ddim byd. Ar y llaw arall, oedd o'n gor-feddwl yr holl beth? Wedi'r cwbwl, doedd o ddim yn nabod 'run o'r ddau yn iawn – dim ond drwy ei swydd neu ambell ddigwyddiad yn y dref roedd o'n dod ar eu traws, felly ella nad oedden nhw'n hapus a chyfeillgar drwy'r amser wedi'r cwbwl.

Wrth i'r holl bosibiliadau wibio drwy ei feddwl, parciodd o flaen rhif 52, reit ar ben y stad. O flaen drws y garej, yn chwarae pêl-fasged ar ei ben ei hun, roedd Dylan, un o ddynion ifanc y dref.

'Yo! A sut mae o?' galwodd Dylan ar Rhydian wrth iddo gamu allan o'r fan.

'Da iawn, diolch! Duw, ti 'di symud yma hefyd?'

'Do tad! Wel, dim jest fi... ma' hi'n chydig bach o family affair, deud y gwir. Ma' Mam a Dad 'di cael tŷ yma 'fyd, yn bellach lawr ffor'cw.'

Ar ôl estyn y llythyr cywir, cerddodd Rhydian tuag at y tŷ.

'Duw, paid â deud? Dwi ddim wedi gweld 'u henwau nhw ar 'run o'r llythyrau dwi wedi'u danfon yma chwaith.'

Stopiodd Dylan fownsio'i bêl, a throi i'w wynebu. Roedd o'n

ddyn ifanc hoffus iawn, wastad yn gyfeillgar a siaradus, ac yn hynod o boblogaidd ymysg merched y dref nid yn unig am ei fod o'n olygus, ond hefyd oherwydd ei ddoniau athletaidd. Roedd yn llwyddo ym mhob camp roedd o'n troi ei law ati.

'Na, tydyn nhw'm yn symud i mewn tan bora fory – ma' nhw ar 'u gwylia ym Marbella tan yn hwyr heno.' Rhoddodd Dylan ei bêl o dan ei gesail chwith a defnyddio'i law dde i wthio'i fop o wallt cyrliog melyn o'i wyneb chwyslyd.

'Ti 'di gorffan yn y coleg, dwi'n clywed,' meddai Rhydian wrtho. 'Llongyfarchiadau ar dy radd!'

'Diolch! Ia, dwi yma i aros rŵan... Dad 'di cal job ran amser i fi yn y Cyngor tra dwi'n trio meddwl be uffar dwi am neud efo 'mywyd!'

Gwenodd y ddau ar ei gilydd wrth i Rhydian roi'r llythyr iddo – y llythyr oedd yr un fath â llythyrau pawb arall, efo'i enw a'i gyfeiriad, a'r logo SALEM yn y gornel. Doedd y ffaith fod ei dad wedi cael swydd i Dylan mor hawdd yn synnu dim arno, na'r ffaith fod rhywun yn syth o'r coleg yn symud i mewn i'w dŷ mawr ei hun ar stad newydd. Ei dad oedd maer y dref, ond roedd o hefyd yn un o'r trigolion mwyaf cyfoethog, ac yn enwog am ddefnyddio'i arian a'i bŵer i wneud fel y mynnai, gan brynu manteision iddo fo a'i deulu.

'Wel, mi wela i nhw bore fory felly, siŵr o fod,' atebodd Rhydian. 'Gwneud dy ymarfer corff am y dydd wyt ti?'

'Ia, a hefyd, mi ges i'r sgidia newydd 'ma ddoe, ac ro'n i isio'u trio nhw allan.'

Edrychodd Rhydian i lawr – roedd Dylan yn gwisgo pâr o dreinyrs coch, gwyn a du trawiadol. Mwy na thebyg bod y brand yn un poblogaidd iawn, a drud, ond wyddai Rhydian affliw o ddim am chwaraeon.

'Ew, neis, ac ma' nhw'n mynd yn grêt efo dy ddillad di,' meddai, gan amneidio at y top a'r shorts pêl-fasged coch a du roedd o'n eu gwisgo.

'Dyna oedd y plan!'

Nodiodd Rhydian ei ben, a chyn iddo ddweud unrhyw beth fyddai'n gwneud iddo edrych fel ffŵl anwybodus, trodd am ei fan.

'Hwyl ŵan!'

'Wela i di,' galwodd Dylan ar ei ôl, cyn rhoi'r amlen wrth y drws ffrynt a dechrau bownsio'i bêl ar lawr.

Am 10:57 y bore wedyn, roedd Rhydian yn troi i mewn i stad Cwm-y-Felin. Ar ôl y sgwrs hynod o rhyfedd gafodd o efo Gwyn ac Eleri y diwrnod cynt, roedd o'n benderfynol o gyrraedd ar amser. Aeth yn syth i rif 35 er mwyn sicrhau fod eu llythyr dyddiol nhw'n cyrraedd am un ar ddeg o'r gloch ar ei ben. I'w syndod, fel roedd o'n parcio'i fan wrth ochr y pafin o flaen y tŷ, agorodd y drws ffrynt. Camodd Eleri a Gwyn allan, a sefyll gyda gwên ar eu hwynebau i ddisgwyl iddo gerdded tuag atynt. Teimlodd Rhydian ias oer yn rhedeg i lawr ei gefn wrth iddo sylweddoli eu bod yn syllu arno'n cerdded i gefn ei fan i nôl eu llythyr. Ceisiodd ysgafnhau'r sefyllfa.

'Bore da!' galwodd arnyn nhw.

'Bore da,' atebodd y ddau efo'i gilydd. Wnaeth y wên ar eu hwynebau ddim symud.

'Ma' hi'n fore braf 'fyd, chwara teg, tydi?'

'Ydi wir,' meddai'r ddau efo'i gilydd.

Cerddodd Rhydian atynt a rhoi'r llythyr yn llaw Eleri pan estynnodd hi amdano. Safodd yno am eiliad heb ddweud gair. Doedd o ddim yn siŵr beth i'w ddweud, gan nad oedd yr un o'r ddau yn amlwg yn bwriadu parhau â'r sgwrs chwaith. Ar ôl chydig eiliadau o ddistawrwydd, a'r tri yn gwenu'n lletchwith ar ei gilydd, trodd Rhydian ar ei sawdl.

'Hwyl ŵan!'

'Hwyl fawr,' meddai'r ddau efo'i gilydd, a chyn iddo gyrraedd ei fan clywodd eu drws ffrynt yn cau y tu ôl iddyn nhw.

Beth ar wyneb y ddaear oedd newydd ddigwydd? Yn amlwg, roedd o wedi dweud neu wneud rhywbeth o'i le, ond allai o wir ddim meddwl beth. Taniodd y fan a'i gyrru i lawr y lôn, er mai dim ond i'r tŷ drws nesa roedd o isio mynd. Aeth ati i ddosbarthu'r llythyrau i'r tai eraill cyn parcio'i fan o flaen rhif 52. Wrth iddo gamu allan ohoni, clywodd ddrws ffrynt y tŷ yn agor. Camodd Dylan allan.

'Bore da,' galwodd Rhydian arno, yn awtomatig bron, wrth agor a chau drws cefn y fan.

'Bore da,' galwodd Dylan yn ôl.

'Duwcs, ti 'di tynnu'r rhwyd pêl-fasged 'na i lawr?'

'Do. Doedd o'm yn edrych yn ddel iawn, ac mae isio cadw petha'n dwt, does... ma' isio parchu pawb.'

'O, ia, dyna chdi. Wel, chwara teg i chdi. Hei, sut oedd y sgidia newydd yn plesio?' Wrth i Rhydian roi'r llythyr dyddiol i Dylan, sylwodd fod y dyn ifanc yn gwisgo pâr o esgidiau brown lledr, sgleiniog.

'Doeddan nhw ddim i fi. Dwi'n eu gyrru nhw'n ôl... rhy lliwgar.'

Bu bron i Rhydian â dweud 'y mwya'n y byd o liw, gora'n y byd' wrth iddo gofio'n sydyn am sgwrs debyg efo Eleri a Gwyn, ond cyn agor ei geg, sylwodd ar weddill dillad Dylan. Yn hollol wahanol i'r diwrnod cynt roedd o'n gwisgo trowsus a chrys reit ffurfiol mewn lliwiau llwydaidd, ac roedd ei wallt wedi'i frwsio'n fflat i un ochr.

'Ti'n dechra dy job newydd heddiw?' gofynnodd Rhydian.

'Na,' atebodd Dylan yn syth, wrth estyn am y llythyr. 'Dwi'm yn dechra tan ar ôl gwyliau'r haf.'

'O,' meddai Rhydian yn syn, gan roi'r amlen yn ei law. Edrychodd i lygaid Dylan, oedd yn gwenu arno. Arhosodd am chydig eiliadau rhag ofn bod y dyn ifanc am ymhelaethu, ond wnaeth o ddim. Dim ond sefyll yno, yn edrych arno, ac yn gwenu.

'Wel, dyna ni ta,' meddai Rhydian, ychydig yn nerfus. 'Well i fi fynd amdani efo gweddill y llythyrau 'ma... wela i di'n fuan, ma' siŵr.'

'Hwyl ŵan,' atebodd Dylan yn undonog.

Roedd y misoedd nesaf yn rhai rhyfeddol, neu efallai jest yn rhyfedd. Gofynnodd Rhydian am gael newid ei rownd am y tro cyntaf ers dros dair blynedd, ond gwrthod wnaeth ei reolwr – yn ôl y sôn roedd rhywun yn uwch i fyny na fo wedi dweud ei bod hi'n bwysig cadw'r un wynebau ar y strydoedd o hyn ymlaen gan fod nifer o drigolion newydd y dref yn hoff o'u trefn ddyddiol. Roedd Rhydian wedi credu hynny hefyd ers talwm, ond erbyn hyn roedd o'n casáu'r syniad. Felly, roedd yn rhaid iddo ddal i ddosbarthu llythyrau i stad Cwm-y-Felin, tasg a oedd, dros y misoedd diwethaf, wedi mynd yn fwrn arno, yn gorfforol ac yn feddyliol.

Roedd baich ei waith yn drymach gan fod rhywun, erbyn hyn, yn byw ym mhob tŷ ar y stad... ac roedd y trigolion newydd yn creu penbleth iddo. Un o'r pethau cyntaf iddo sylwi arnyn nhw, o'r dechrau un, oedd bod nifer fawr o ddoctoriaid yn byw yno. Doedd ganddo ddim syniad pa fath o ddoctoriaid oedden nhw, gan mai pobol o'r tu allan i'r dref oedd y rhan fwya, dim ond bod y teitl 'Dr' o flaen nifer go helaeth o'r enwau ar y llythyrau dyddiol. Efallai fod ambell un yn gweithio yn yr un ysbyty ag Eleri Prydderch, ond roedd Rhydian wedi clywed bod y rhan fwya'n gweithio yn yr adeilad mawr newydd oedd wedi cael ei godi ar ochr ddeheuol y dref – adeilad nad oedd neb wir i'w weld yn gwybod beth oedd ei bwrpas. Yr unig beth a wyddai Rhydian oedd bod gwarchodwyr arfog yn amgylchynu'r lle 24 awr y dydd.

Rhywbeth arall oedd yn creu penbleth iddo oedd bod Eleri a Gwyn Prydderch, a'r maer a'i deulu, wedi symud i fyw i'r stad. Am flynyddoedd roedd y maer wedi byw mewn palas o dŷ mewn pentref cyfagos – roedd o'n siŵr o fod yn werth miliynau, tybiodd Rhydian – felly pam dod i fyw ar stad o dai gweddol gyffredin? Roedd yr un peth yn wir am Eleri a Gwyn – roedd y ddau mewn swyddi oedd yn talu'n eithriadol o dda, felly pam symud i fyw i dŷ llai? Doedd dim byd yn bod ar stad Cwm-y-Felin, wrth gwrs: roedd y tai yn llawer mwy na'i dŷ o, a chartref ei fam, ond postman oedd o, a'i fam yn arfer bod yn gogydd yn yr ysgol gynradd leol cyn ymddeol bron i bymtheng mlynedd ynghynt. Roedd yr holl beth yn rhyfedd.

Rhyfeddach fyth oedd trefn foreol y stad. Roedd un o benaethiaid Swyddfa'r Post wedi gorchymyn fod yn rhaid i lythyrau Cwm-y-Felin i gyd gael eu dosbarthu cyn hanner awr wedi wyth y bore, oedd yn gur pen i Rhydian. Cwynodd am y drefn newydd, gan awgrymu ffyrdd mwy effeithiol o weithio, ond bu'r cwbwl yn ofer. Yr ateb bob tro oedd bod yn rhaid cadw at y drefn newydd. Felly roedd ei daith drefnus bellach ar chwâl bob bore, gan ei fod yn gorfod mynd yn syth i Gwm-y-Felin o'r warws ac yn ôl wedyn i'r dref drwy ganol y traffig.

Cyrhaeddodd Rhydian stad Cwm-y-Felin yn brydlon am wyth, ac ochneidio wrth gamu allan o'i fan. Roedd o wedi dechrau dod i gasáu hanner awr gyntaf bob bore, a hynny oherwydd yr hyn oedd yn digwydd am hanner awr wedi wyth ar y dot. Estynnodd y llythyrau cyntaf o'r fan: Dr Wiliam Arthur, 1 Cwm-y-Felin, Dr Anna Ward, 2 Cwm-y-Felin a Dr David Anderson, 3 Cwm-y-Felin; pob un heb stamp, dim ond logo SALEM yn y gornel. Aeth ati i'w dosbarthu. Erbyn iddo gyrraedd pen draw'r stad, a'r cloc yn dangos 8:27, gyrrodd Rhydian ei fan i gilfan gyferbyn â'r stad, a disgwyl. Roedd un peth wedi bod yn wahanol i'r arfer heddiw – doedd dim llythyr wedi bod i rif 17 – ond wnaeth o ddim meddwl llawer am hynny. Wrth i'r cloc droi i 8:30, trodd ei ben i edrych ar y stad dai.

Am hanner awr wedi wyth ar y dot bob diwrnod, yn ddi-ffael, roedd drws ffrynt pob tŷ yn y stad yn agor. Yna, camai'r trigolion allan, gan droi i gloi'r drws cyn cerdded at eu ceir, a oedd oll wedi'u parcio a'u cefnau at ddrysau pob garej. Roedd pawb yn gwneud yr un symudiadau, fesul cam, ar yr un pryd. Yna, roedd car rhif 1 Cwm-y-Felin yn tynnu allan o'r dreif ac yn troi am geg y lôn. Roedd car tŷ rhif 2 yn tynnu allan yn syth ar ei ôl, a byddai ceir y tai eraill i gyd yn dilyn, yn eu trefn, nes yr oedd trigolion pob un o'r 52 tŷ wedi gadael am y dydd. Fel yr oedd pob un yn gadael, dim ots os oedden nhw'n ei adnabod neu beidio, codai pob gyrrwr ei law ar Rhydian, a gwenu'r un wên blastig ddideimlad.

Ar ôl i gar Dylan, tŷ rhif 52, adael, teimlodd Rhydian ias yn rhedeg i lawr ei asgwrn cefn, fel y gwnâi bob dydd. Taniodd injan y fan er mwyn cwblhau gweddill ei rownd.

Yn ôl yn y warws, estynnodd y sachau gwag o gefn y fan, wedi blino ar ôl diwrnod hir. Wrth dynnu'i gôt a'i rhoi ar y bachyn, clywodd lais y tu ôl iddo.

'Hei, Rhydian, chdi sydd ar Cwm-y-Felin, ia?'

Trodd yn araf, ac ochneidio.

'Ia... pam?'

Dangosodd ei gyd-weithiwr lythyr iddo.

'Nes i ffeindio hwn lawr ochor y bwrdd sortio gynna. Dr Chris Carter, 17 Cwm-y-Felin.'

'O, blydi hel,' meddai Rhydian. 'Iawn, diolch. Gad o ar y bwrdd sortio ac mi a' i â fo bora fory.'

'Ti'n meddwl fydd hynny'n ocê? Ti'n gwbod sut ma'r bosys – ma' nhw'n obsessed efo'r lle 'na.'

Oedd, roedd Rhydian yn gwybod yn iawn, felly nodiodd yn araf a chamu ymlaen i derbyn y llythyr o law ei gyd-weithiwr.

'Diolch. A' i â fo ar fy ffordd adra.'

Newidiodd allan o'i ddillad gwaith a cherdded allan at ei gar. Edrychodd ar y cloc: roedd hi'n 15:36 erbyn hyn, ac roedd ganddo hen ddigon o amser i fynd draw i Gwm-y-Felin cyn picio draw i weld ei fam.

Trodd i mewn i'r stad a gyrru'n syth at rif 17. Gwthiodd y llythyr drwy'r blwch – doedd o ddim am aros yn y stad eiliad yn hirach nag oedd raid. Fel yr oedd yn troi'n ôl at ei fan, clywodd lais.

'Bob dim yn iawn?'

Neidiodd Rhydian – doedd o ddim wedi clywed neb y tu ôl iddo – ond ymlaciodd wrth weld dyn dieithr mewn siwt lwyd yn sefyll rhyngddo a'r pafin, yn gwenu arno. Roedd ei wallt du byr wedi'i frwsio'n smart i'r ochr, a gwisgai sbectol.

'Ydi tad,' atebodd Rhydian gan chwerthin. 'Ew, mi naethoch chi 'nychryn i rŵan! Llythyr oedd wedi cael ei adael ar ôl yn y warws bore 'ma, felly ro'n i jest yn picio â fo yma ar fy ffordd adra.'

'Dach chi'n edrych 'di blino,' meddai'r dyn dieithr wrtho drwy ei wên.

Gwenodd Rhydian yn ôl arno.

'Do, dwi 'di codi ers cyn pump bora 'ma, w'chi... gwely cynnar amdani heno.'

Wrth i Rhydian gerdded heibio'r dyn at ei gar, clywodd ddrws tŷ rhif 17 yn agor, a llais dieithr arall.

'Bob dim yn iawn?'

Trodd i gyfeiriad y llais, oedd yn perthyn i ddyn mewn siwt frown oedd â gwallt a mwstásh gwyn. Roedd hwn eto'n gwenu.

'Yndi, tad... Dr Carter, dwi'n cymryd, ia? Eich llythyr chi oedd wedi'i adael ar ôl yn y warws. Sori 'i fod o'n hwyr.'

Trodd Dr Carter ei ben i un ochr, a heb ollwng y wên am eiliad, meddai, 'Dach chi'n edrych wedi blino.'

Teimlodd Rhydian yr ias oer yn llithro i lawr ei gefn unwaith eto.

'Ia... yndw... gwely cynnar heno...' meddai, gan gychwyn am ei gar unwaith eto.

'Bob dim yn iawn?' clywodd am y trydydd tro: yn sefyll wrth ei gar roedd dyn â gwallt coch mewn siwt ddu.

Anwybyddodd Rhydian y cwestiwn a gafael yn handlen drws ei gar, ond am ryw reswm roedd y drws wedi'i gloi. Gwthiodd ei law i'w boced i chwilio am y goriad.

'Rhydian? Bob dim yn iawn?'

Cododd ei ben yn sydyn i weld Gwyn Prydderch yn cerdded tuag ato ar draws y stryd. 'Ti'n edrych 'di blino.'

'Bob dim yn iawn diolch, Gwyn. Ew, dach chi i gyd adra'n gynnar, tydach?' Ceisiodd chwerthin eto ond roedd cryndod amlwg yn ei lais.

Wrth iddo lwyddo i dynnu ei oriadau allan o'i boced, teimlodd fraich gryf o gwmpas ei gefn. Trodd ei ben yn sydyn: Dylan oedd yno, ac roedd yntau hefyd yn gwenu.

'Bob dim yn iawn?'

Ddywedodd Rhydian ddim byd, dim ond syllu i lygaid gwag y dyn ifanc.

'Ti'n edrych 'di blino, Rhydian. Ty'd i mewn am banad.'

'Na, na... mae'n iawn sdi, diolch. Dwi'n hwyr i gyfarfod Mam fel ma' hi, a dwi jest isio mynd adra.'

Torrodd Gwyn ar ei draws.

'Na, mae Dylan yn llygad ei le. Mi wneith panad dy sortio di. Ty'd rŵan.'

Gafaelodd Dylan yn dynnach am ei ysgwydd a'i droi i wynebu drws ffrynt rhif 17, cyn dechrau ei wthio'n araf at y tŷ. Cyn i Rhydian gael cyfle i ymateb yn iawn camodd Gwyn yn nes ato, a llithro'i fraich drwy ei fraich o. Trodd Rhydian ei ben o un ochr i'r llall yn sydyn. Roedd o leiaf pymtheg o bobol yn sefyll yno, yn edrych arno ac yn gwenu.

'Bob dim yn iawn?' gofynnodd Eleri, oedd wedi ymddangos o ganol y dorf.

Camodd Dr Carter i'r ochr a gorfodwyd Rhydian i gamu i mewn i'r tŷ efo Gwyn. Cerddodd pob un o'r dorf, dros ugain erbyn hyn, i'r tŷ ar eu holau. Ar ôl i'r person olaf gamu dros y trothwy, cafodd y drws ei gloi ar eu holau.

'Bob dim yn iawn?'

6. Hashima

Anadlodd i mewn drwy ei drwyn a theimlo'r aer cynnes yn llenwi ei ysgyfaint. Agorodd ei lygaid wrth chwythu allan. Roedd pelydrau'r haul yn bowndian oddi ar ei dalcen a'i frest noeth, ac awel hyfryd canol y prynhawn yn chwythu i mewn o'r môr. Heblaw am sŵn y tonnau'n sisial yn ei glust, roedd y distawrwydd yn hyfryd o amlwg.

Cerddai amryw o ferched rhyngddo fo a'r dŵr, ond roedd pob un yn dawel, dawel. Edrychai pob un arno gyda gwên, a gwenodd yntau'n ôl arnyn nhw.

'Carwyn.'

Clywodd ei enw yn cael ei sibrwd y tu ôl iddo. Wnaeth o ddim troi rownd, gan ei fod yn gwybod ei bod hi'n dod tuag ato. Roedd ei freichiau i lawr wrth ei ochrau, ac ymestynnodd ei fysedd oddi wrth ei gilydd. Wrth iddi glosio ato, llithrodd y ferch ei bysedd main rhwng bysedd ei law dde, a lapio'i braich chwith o gwmpas ei ganol gan roi ei llaw ar ei fol a'i wasgu'n dynn tuag ati. Gwasgodd yntau ei bysedd hi, a rhoi ei law chwith ar ben ei llaw fechan hi.

Teimlai'n gyflawn unwaith eto.

'Wyt ti'n falch bo ni yma, o'r diwadd, efo'n gilydd?'

'Dwi'n hapusach rŵan na dwi erioed 'di bod,' atebodd. Ac roedd o'n ei feddwl o.

* * *

Gwichiodd sŵn brêcs y fan wrth iddynt gyrraedd yr iard. Agorodd Carwyn ei ddrws a neidio allan, ei esgidiau trymion yn creu sblash yn y pwll o ddŵr budur oedd wrth olwyn y cerbyd. Cyn cau y drws, trodd i estyn ei focs bwyd gwag oddi ar y sêt a'i wthio i mewn i'w rycsac. Gallai deimlo'r chwys oedd wedi casglu y tu mewn i'w gôt fawr felen yn rhwbio yn erbyn ei arddwrn. Gafaelodd yn ei fag, ei swingio ar ei ysgwydd a throi i gau y drws.

'So, be nei di wîcend 'ma?' holodd Gwion.

Ond ni chafodd ateb. Roedd Carwyn wedi dechrau cerdded tua'r swyddfa, ei esgidiau yn crafu dros y concrit wrth iddo lusgo'i draed, a'i fag yn dechrau llithro oddi ar ei ysgwydd. Brasgamodd Gwion ar ei ôl ac estyn ei law allan i afael yn strap rhydd rycsac ei ffrind.

'Rho'r ddau strap on, ia? Ma'r cotia melyn 'ma mor llithrig, ma' nhw'n hôples am ddal bag fel'na.'

Roedd Carwyn yn gwybod hynny. Ond ar ôl blynyddoedd maith o herian yn yr ysgol am gario'i fag efo'r ddau strap ar ei ysgwyddau, anaml iawn y gwnâi hynny erbyn hyn. Ond Gwion oedd wastad yn gwybod orau.

Camodd y ddau i mewn i'r swyddfa, a fesul un, ymysg nifer o weithwyr eraill, llofnododd y ddau eu henwau yn y ffeil ar y ddesg am y tro olaf yr wythnos honno. Dechreuodd Gwion siarad â rhai o'r gweithwyr eraill, ac o fewn eiliadau roedden nhw'n trafod y merched oedd am gael eu bachu dros y penwythnos. Yna trodd y sgwrs at gemau pêl-droed, a brolio pwy oedd yn mynd i feddwi fwya. Cerddodd Carwyn allan.

Sylwodd Gwion arno'n mynd.

Safodd Carwyn y tu allan i'r drws yn crafu ei locsyn trwchus cochlyd, ei gap yn gam ar ei ben a'i gôt lachar felen o leia ddau faint yn rhy fawr iddo. Gwyddai Gwion nad oedd pwynt trio gofyn iddo ymuno yn eu sgwrs, na gofyn oedd o eisiau dod am ddrinc efo fo ar ôl gwaith. Ond roedd o wir, wir eisiau ei helpu. Camodd allan drwy'r drws tuag ato.

'Ei, Carwyn, ti ffansi cinio yn rwla?'

'Y? O, ym, na. Dwi'n mynd i rwla fy hun.'

'O, OK. Cŵl.'

Ac i ffwrdd â fo.

* * *

Gallai deimlo'r tywod yn gynnes rhwng bodiau ei draed gyda phob cam. Roedd yr haul yn prysur ddiflannu, ond doedd ganddo ddim brys i fynd i unlle. Cyrhaeddodd ben pellaf y traeth lle roedd ei gwch bychan yn disgwyl amdano. Cydiodd yn y rhwyfau a'u taflu i mewn, cyn gwthio'r cwch yn hawdd i mewn i'r môr. Fel roedd o'n rhwyfo allan, edrychodd yn ôl ar y traeth, ar y rhai a oedd yn cerdded arno ac ymhellach draw ar eu bwthyn bach perffaith nhw oedd yn ceisio cuddio yn y coed. Gwenodd.

Wrth i Carwyn stopio rhwyfo, llithrodd y cwch yn araf at y bwi. Ymestynnodd ei fraich i lawr i'r dŵr a chydio yn y rhaff oedd oddi tano. Dechreuodd dynnu gyda'i ddwy fraich, un llaw ar ôl y llall nes roedd y rhaff wlyb fel neidr wrth ei draed ym mol y cwch. Chwyddodd cyhyrau ei freichiau a'i fol wrth iddo dynnu – roedd o bellach wedi magu cryfder ac yn edrych fel dyn go iawn. Cyrhaeddodd y cawell wyneb y dŵr: ynddo, yn gwingo'n araf, roedd dau gimwch mawr du. Cliciodd geg y cawell yn agored a llithrodd y ddau i mewn i bwced. Rhoddodd Carwyn ddarnau ffresh o gig yn y cawell cyn ei ollwng yn ôl i'r dŵr gyda sblash. Gafaelodd yn y rhwyfau ac anelu'n ôl at y traeth.

Erbyn iddo gyrraedd o fewn dau gan llath i'r bwthyn roedd hi wedi nosi, a gallai weld ei bod hi wedi cynnau'r fflamau ar y polion tu allan er mwyn ei arwain yn ôl i'w cartref clyd. Cerddodd at y drws ffrynt, a chyn iddo gael cyfle i godi'i fraich, agorodd y drws. Yno o'i flaen roedd ei fywyd i gyd.

Safai hi yno yn gwisgo dim byd ond gwên, gyda chudynnau o'i gwallt du wedi'u plethu'n berffaith i greu coron o amgylch ei thalcen. Disgynnai gweddill ei gwallt fel rhaeadr dros ei hysgwyddau a'i bronnau.

Gollyngodd Carwyn y bwced ar lawr, a'i chusanu wrth groesi trothwy'r bwthyn.

* * *

Roedd ei lygaid yn gweld dwbl wrth iddo edrych ar y llawr, a phwysau'r gwaed yn ei ben yn chwyddo. Llithrai poer o'i geg ar ei esgidiau wrth iddo sefyll yno yn ei ddyblau yn dilyn yr ergyd i'w stumog.

'Be ddudis di, y pric?' Safodd y boi drosto, yn barod i'w daro unwaith eto. 'Go on, duda hynna eto...'

Sythodd Carwyn ei gefn, a syllodd i wyneb y basdad gan wenu. Pan sylwodd Gwion fod y boi ar fin taro'i ffrind eto, neidiodd rhwng y ddau.

'Oi, be ffwc ti'n feddwl ti'n neud?' cyfarthodd ar y boi.

'Y pric yma ddechreuodd.'

'Wel, y pric yma sy'n gorffan hi, cont.' Sgwariodd Gwion o'i flaen, gan syllu i'w lygaid heb symud modfedd. Gwyddai'r llall nad oedd y sefyllfa am orffen yn dda petai o ddim yn camu'n ôl, waeth faint o hogiau oedd yn sefyll y tu ôl iddo. Edrychodd draw ar Carwyn.

'Pric,' poerodd, a cherdded i ffwrdd.

Ar ôl i'r criw adael, trodd Gwion at Carwyn.

'Be odd hynna?'

'Nath o alw fi'n ffrîc.'

'A?'

'Nes i jest deud bo hynna'n rhyfadd achos dyna ddudodd 'i chwaer o wrtha fi neithiwr 'fyd.'

Cododd Carwyn ei fag oddi ar y llawr – roedd dŵr yn dripian ohono gan iddo ei ollwng i bwll pan gafodd ei daro. Cododd ei ben. O'i flaen roedd Gwion yn gelain chwerthin, a dagrau yn powlio o'i lygaid.

Wrth agor ei fag gwelodd fod popeth ynddo wedi gwlychu.

Edrychodd ar Gwion, oedd yn dal i chwerthin, ac yn hollol groes i'w natur dechreuodd Carwyn wenu hefyd. Roedd chwerthiniad Gwion yn heintus, ac o fewn ychydig eiliadau roedd y ddau yn glanna chwerthin efo'i gilydd.

Ar ôl ychydig funudau, llwyddodd Gwion i siarad.

'Basdad gwirion.'

Gollyngodd Carwyn ei focs bwyd gwlyb yn ôl i'w fag.

'Ty'd, a' i â chdi am ginio i rwla. Fedri di ddim byta'r shit yna rŵan!' Dechreuodd Gwion gerdded yn ôl i gyfeiriad y fan a oedd wedi'i pharcio ar ochr arall yr iard. Dilynodd Carwyn o, ei fochau'n brifo gan nad oedd wedi chwerthin fel'na ers misoedd lawer.

* * *

Wrth orwedd yno, teimlai ei hanadl yn chwythu'n ysgafn yn erbyn ei frest. Roedd hi'n gwawrio, a'r haul yn gwthio'i hun i mewn i'r ystafell drwy'r ffenest gilagored. Mwythodd ei gwallt wrth iddi gysgu, cyn symud ei law yn is a'i rhedeg ar hyd ei hysgwydd, ar hyd ei chroen llyfn.

Teimlodd hi'n dechrau deffro. Agorodd ei llygaid bychan tywyll ac edrychodd i fyny arno, ei thrwyn llawn brychni yn symud fel cwningen wrth iddi geisio deffro'n iawn. Gwenodd arno, a chusanodd y ddau. Doedd o ddim yn barod am ei chwestiwn cyntaf.

'So, pryd ti am symud ymlaen?'

Arhosodd yn ddistaw am eiliad.

'Be ti'n feddwl?'

'Paid â poeni, dim rŵan dwi'n feddwl, nac am hir.' Eisteddodd i fyny, a rhoi un o'i dwylo ar ei frest a'r llall yn erbyn ei foch i'w gysuro. 'Be dwi'n feddwl ydi, fedrwn ni ddim byw fel hyn am byth, naf'dran. Ma' hyn yn amêsing, a ti'n gwbod yn iawn bo fi isho aros yma mor hir â phosib. Ond yn y diwadd, fydd raid i ni wynebu'r gwir... a fyddi di'n barod i symud ymlaen yn fuan, byddi.'

Dechreuodd Carwyn feddwl. Fedrai o ddim bod yn flin efo hi

am ofyn hyn. Roedd o'i hun yn gwybod nad oedd hi'n bosib iddyn nhw aros yma am byth, bod yn *rhaid* symud ymlaen, ond doedd o ddim eisiau meddwl am hynny rŵan. Am rŵan, roedd o'n hapus.

* * *

Teimlodd Carwyn y brêcs yn dod â'r fan i stop, ac agorodd ei lygaid o'i napan.

'Fama odda chdi'n feddwl?' meddai Gwion, oedd wrth y llyw. 'Dwi rioed 'di bod yn fama o blaen.'

'Ia, ma'n dda. Rîli rhad.'

Camodd y ddau allan o'r fan a dechrau cerdded i gyfeiriad y caffi, oedd ar ochr bryn, ryw wyth milltir o'r iard. Adeilad eitha bychan oedd o, a'r ffenestri'n fudur, ond roedd y ddau wedi bwyta mewn llefydd lot gwaeth yn eu dydd.

Ar ôl cerdded i mewn, eisteddodd y ddau wrth y bwrdd gwag agosaf. Cyn iddyn nhw gael cyfle i ddweud gair, daeth y weinyddes draw.

'O, helô, Carwyn. Ti'n iawn? Be ti isho – 'run peth ag arfar?'

'Ia plis,' atebodd, heb hyd yn oed edrych arni.

'A chditha?' meddai'r weinyddes wrth Gwion.

Syllodd Gwion arni. Am beth ddel, meddyliodd. Roedd ei gwallt sgleiniog tywyll wedi'i glymu ar dop ei phen, a'i llygaid hynod o annwyl yn edrych yn dyner arno wrth iddi aros am ateb. Roedd brychni mân yn gorchuddio'i thrwyn a'i bochau.

'O... ym... ia, beth bynnag mae o'n gael.'

Nodiodd y ferch yn hapus a cherdded i ffwrdd.

'Oooo, dwi'n gwbod pam ti'n dod i fama rŵan, y basdad slei!' meddai wrth Carwyn gan roi pwniad i'w fraich. 'Be 'di'i henw hi?'

'Catrin.'

'Ti 'di trio efo hi?'

'Na,' atebodd Carwyn, gan ddechrau teimlo'n anesmwyth ynglŷn â thrywydd y sgwrs.

Dechreuodd Gwion chwerthin a'i bwnio'n ysgafn eto ar ei fraich.

'Na i ofyn iddi fynd allan 'fo chdi os ti isho...'

'NA!' Dychrynodd Carwyn ei hun efo'i ymateb uchel, a sobrodd Gwion.

'Ei, cymryd y piss o'n i, mêt, ond go iawn, gofynna iddi, ia! Odd hi rîli i weld yn gwenu arna chdi yn fanna.'

Anwybyddodd Carwyn o. Tynnodd ei siaced felen anferth i ffwrdd, a gadael iddi ddisgyn yn ôl ar y gadair. Cyrhaeddodd Catrin efo dwy baned o de wrth iddynt eistedd mewn distawrwydd.

* * *

Cerddai'r ddau law yn llaw ar hyd y traeth. Dim ond sŵn y tonnau ac ambell dderyn yn y coed cyfagos oedd i'w clywed. Cerddodd dwy neu dair o ferched heibio, i gyd yn edrych arnyn nhw ac yn gwenu, ac i gyd yn cael gwên yn ôl. Ond chafodd 'run gair ei ddweud i amharu ar y ddau gariad.

Ar ôl cyrraedd pen pellaf y traeth, estynnodd Catrin flanced o'r bag bwyd a'i gosod o dan y goeden werdd lle byddai'r ddau yn eistedd yn aml i fwyta. Tra oedd o'n gosod coed tân mewn bwndel o'u blaenau i'w cynhesu, gosododd hithau'r bwyd allan yn daclus ar y flanced. Roedd hi wastad mor daclus – yn y ffordd roedd hi'n gwisgo, y ffordd roedd hi'n gwneud ei gwallt, y ffordd roedd hi'n cadw'u bwthyn bach nhw mor berffaith bob dydd. Fedrai o ddim coelio iddo fod mor lwcus â chael treulio'r amser yma efo hi.

Wedi i'r tân gynnau, eisteddodd y ddau i wylio'r haul yn diflannu, cyn cael eu croesawu i'r nos gan y sêr yn dawnsio uwch eu pennau.

Gorweddodd y ddau yn y tywod llyfn, a charu.

* * *

Caeodd ddrws ei locer a phlygu i lawr i estyn ei esgidiau trwm, budron. Eisteddodd ar un o'r meinciau i wthio'i draed iddyn nhw, a llusgo'i hun allan o'r ystafell newid ac ar draws yr iard. Fel yr oedd yn cerdded am ei fan, clywodd rhywun yn gweiddi ei enw. Trodd ei ben a gweld un o'r merched a weithiai yn y swyddfa yn chwifio'i llaw arno, yn amneidio iddo fynd draw ati.

Wrth iddo gamu i mewn i'r swyddfa, gallai weld bod y ddynes â'i phen mewn pentwr o ffeiliau, yn troi tudalennau o bapur un ar ôl y llall fel petai'n chwilio am rywbeth, ond eto heb fod yn canolbwyntio'n llwyr ar y dasg o'i ffeindio chwaith. Pesychodd Carwyn yn ysgafn i adael iddi wybod ei fod yno.

'O, haia pishyn. Hei, ti'n cofio fi'n deud wsos dwytha bo fi isho i chdi seinio'r thing health and safety 'na? Fedri di neud o i fi rŵan, del?'

Nodiodd Carwyn ei ben.

'Ddois di â dy nymbyr National Insurance?'

Ysgydwodd ei ben. 'Na, sori, nes i anghofio. Ond mae o gan Mr Parker yn ffeil fi yn cefn.'

'O, yndi siŵr. Dim problam – a' i i'w nôl o rŵan, del.'

Ac i ffwrdd â hi drwy'r drws. Dyma'i gyfle. Roedd o wedi'i gweld hi'n mynd i nôl pethau o'r ffeiliau yn y cefn sawl gwaith, ac roedd hi wastad yn cymryd dau funud da yno. Edrychodd o'i gwmpas yn sydyn, yna edrychodd eto i jecio am unrhyw gamerâu diogelwch yng nghorneli'r ystafell. Doedd dim un.

Camodd yn sydyn y tu ôl i ddesg y dderbynfa, a mynd yn syth at y siaced oedd wedi'i gosod ar gefn y gadair. Rhoddodd ei law yn y boced ochr dde, a theimlo metal oer y goriadau yno, yn union lle roedd o'n gweld y ddynes yn eu rhoi bob bore ar ôl iddi hi agor drws y swyddfa. Camodd yn syth wedyn at y blwch metal ar y wal a gadwai'r goriadau pwysig i gyd. Dim ond tri goriad oedd ar y gadwyn, a brysiodd i'w trio fesul un yn nrws y bocs. Rêl ei lwc o: y trydydd weithiodd.

Rhewodd am eiliad. Roedd o'n siŵr iddo glywed rhywun yn

dod i lawr y coridor pellaf, ond daeth neb. Agorodd y bocs. Ynddo roedd degau o oriadau gwahanol, ond gwyddai'n union pa un roedd o'n chwilio amdano: yr un bychan aur â thâp gwyrdd amdano. Gafaelodd ynddo a'i ollwng i'w boced. Clodd y bocs, gollwng y gadwyn goriadau yn ôl i boced y siaced a chamu'n sydyn yn ôl i ochr iawn y dderbynfa.

Efo'i ddwylo yn ei bocedi, edrychodd allan drwy un o'r ffenestri ar yr iard. Gallai deimlo'i galon yn pwmpio fel y diawl, ond byddai'n amhosib deud hynny wrth edrych arno.

'Dyma fo! Ww, 'dio'm yn un hawdd i'w gofio chwaith nac'di, chwara teg i chdi, del. Reit, rho fo i lawr yn fanna a seinia'r gwaelod i fi, cyw,' meddai wrth roi swp o ffurflenni ar y cownter. Cerddodd draw at y ddesg, ac ar ôl ysgrifennu'r rhif i lawr, llofnododd ei enw ar y gwaelod.

'Diolch,' meddai'n ddistaw heb edrych ar ddynes y dderbynfa, ac aeth allan drwy'r drws at y fan.

Edrychodd y ddynes arno'n mynd, ac wrth i'r drws glicio ynghau ar ei ôl, ysgydwodd ei phen yn araf.

'Cradur,' meddai, cyn mynd yn ôl i'r cefn i osod y ffeil yn ei lle.

* * *

Eisteddai'r ddau wrth y bwrdd. Roedd fflam y gannwyll yn dawnsio'n unig, bron â diffodd yn y bowlen o gŵyr coch. Rhwbiodd y ddau ddwylo'i gilydd yn chwareus drosti wrth edrych i fyw llygaid ei gilydd. Gan wenu, tynnodd Catrin ei dwylo'n rhydd er mwyn cario'r platiau gwag i'r gegin yn y cefn, cyn ymddangos efo potel arall o win.

'Ro'n i'n meddwl sa ni'n medru gorffan hon allan ar y balconi?'

Gwenodd yntau, cyn codi a gafael yn ei llaw a'i thywys i'r awyr iach tu allan. Fo eisteddodd i lawr gyntaf, ar y gadair fawr gyfforddus a edrychai allan ar eu traeth nhw, a daeth hithau i eistedd ar ei lin a gosod ei phen ar ei frest noeth, gryf.

Wrth iddo gymryd cegaid o'r gwin, edrychodd o'i gwmpas. Doedd hyn ddim am bara am byth, roedd o'n gwybod hynny. Byddai'n rhaid i'r cyfan ddod i ben yn fuan. Cymerodd lymaid arall o'r gwin i geisio tawelu'i feddwl.

'Pan awn ni'n ôl, gawn ni gi?' gofynnodd Catrin.

Tagodd Carwyn ar ei ddiod a chwerthin yn ysgafn.

'O lle ddoth hynna rŵan?'

'Chdi oedd yn deud o' blaen bo chdi'n caru cŵn! A dwi isho neud chdi'n hapus, felly pan fyddan ni'n byw efo'n gilydd 'nôl yn fanna, dwi isho i ni gael ci.'

Cusanodd ei thalcen a gwasgu ei fraich yn dynnach o'i chwmpas. Roedd o wedi deud sawl gwaith ei fod yn hoff o gŵn, ac roedd o mor hapus ei bod hi'n ei ddeall mor dda.

'So, yn lle yn union 'dan ni'n mynd i fyw ar ôl gadael fama?'

Gosododd y gwydryn i lawr ar y bwrdd wrth ei ymyl, ac edrychodd allan ar y môr. Doedd ganddo ddim ateb i'w roi iddi.

* * *

Pan gyrhaeddodd adref y noson honno, taflodd ei gôt a'i fag ar lawr y cyntedd a mynd yn syth i fyny i'w lofft. Agorodd y drôr wrth ochr ei wely ac estyn y bocs bychan metal coch ohoni. Gwagiodd ei gynnwys ar hyd y cwilt, gan daflu'r goriad roedd o wedi'i ddwyn y diwrnod hwnnw i'w plith. O'i flaen roedd popeth roedd o'i angen i ddianc: gwybodaeth am brif gyfrif banc y cwmni, cyfrinair tri chyfrifiadur gwahanol, a'r goriad i fynd i mewn i swyddfa bersonol y rheolwr. Fedrai o ddim coelio pa mor hawdd oedd casglu'r holl wybodaeth... roedd yn help bod pawb yn cadw post-its wrth eu cyfrifiaduron efo'r cyfrineiriau arnyn nhw.

Gwenodd. Gallai gymryd hynny lecia fo o gyfri'r cwmni: digon i symud i ffwrdd i fyw i wlad foethus braf, neu o leia i rywle ar lan y môr – dyna fu ei freuddwyd erioed.

Cododd oddi ar y gwely ac aeth draw i'r stafell molchi, gan

roi'r golau ymlaen. Syllodd arno'i hun yn y drych. Roedd golwg y diawl arno. Yn araf, tynnodd ei grys T ac astudio'i gorff. Suddai croen ei wyneb i mewn i'w benglog o gwmpas ei lygaid, gan amlygu esgyrn caled ei fochau. Roedd ei asennau'n edrych bron yn hollol gignoeth, a'i freichiau tenau'n hongian fel brigau tila wrth ei ochrau.

Penderfynodd yn y fan a'r lle fod yn rhaid iddo newid. Doedd ei freuddwyd byth am ddod yn wir tra oedd o'n edrych fel hyn. A doedd o byth am fedru denu rhywun fel Catrin i ddod efo fo i ochr arall y byd os na fyddai'n gwella'i ymddangosiad.

Gafaelodd yn y siswrn oedd ar y silff o dan y drych, a dechreuodd ar ei locsyn.

* * *

Wrth sefyll yn y dderbynfa, gallai Gwion glywed ffraeo yn y cefn yn rhywle. Tynnodd ei ddwylo o'i bocedi a phwyso'i freichiau ar y cownter. Gan ei fod wedi bod yn sefyll yno ers munudau lawer erbyn hyn, penderfynodd weiddi.

'Helô? Sa rywun yma?'

Yn dal i ffraeo, daeth dau o weithwyr gweinyddol y cwmni allan i'r ffrynt.

'Cwbwl dwi'n ddeud ydi 'mod i wedi rhoi'r goriad yn y cwpwrdd 'na ddoe, a 'dio ddim yna rŵan!' cyfarthodd dyn bychan, ei wallt du wedi'i frwsio i'r ochr a'i fwstásh tenau yn gafael yn dynn yn ei wefus uchaf. 'Felly lle ti'n trio deud mae o 'di mynd?'

'Dwi ddim yn *trio deud* 'i fod o wedi mynd i nunlla!' gwaeddodd dynes y dderbynfa yn ôl arno. 'Deud ydw i 'i fod o'n amlwg heb gael 'i roi yno yn y lle cynta! Achos does neb 'blaw fi 'di bod tu ôl i'r dderbynfa bora 'ma, a fi nath agor a chloi ddoe. Felly does 'na neb 'di bod yn agos at y bocs!'

'Ti'n trio deud 'mod i'n deud clwydda?'

'Os ti isho i fi fod yn onast...'

Cyn iddi orffen ei brawddeg, a rhoi ei hun mewn mwy o drwbwl, torrodd Gwion ar ei thraws.

'Sori, dwi 'di bod yn sefyll yn fama ers dros ddeg munud. Dwi jest isho seinio peth health and safety fi, a na i adael llonydd i chi!'

Roedd Gwion yn gwybod yn iawn pwy oedd y pwdryn bach efo'r mwstásh. Un o gŵn bach y bòs, a'r un oedd wedi bod yn gyfrifol am ddiswyddo nifer o weithwyr da ers i gwmni mawr newydd gymryd eu cwmni bach nhw drosodd. Doedd Gwion ddim am weld yr un peth yn digwydd i hon, dim ond am iddi ddeud rwbath gwirion.

'Ydi dy rif National Insurance gin ti, del?'

'Ydi,' meddai Gwion, ac ysgrifennodd ei wybodaeth ar y papur a'i lofnodi. Gadawodd y dderbynfa wrth i'r ddau ddechrau ffraeo unwaith eto am y goriad.

* * *

Mwythodd ei boch efo'i fawd er mwyn ceisio sychu'r dagrau a redai dros y brychni mân. Roedd hi'n gafael am ei ganol, ac yntau'n dal ei hwyneb bychan hi yn ei ddwylo.

'Ma' hi'n amsar, dydi... amsar i... Mae'n amsar i chdi wynebu hyn i gyd.'

'Yndi,' atebodd Carwyn. Cusanodd ei thalcen a gollwng ei hwyneb, a chamu'n ôl oddi wrthi cyn troi am ddrws y bwthyn.

* * *

Trawodd bît y gân mewn rhythm perffaith gyda'i chamau cyflym ar y pafin. Gwthiodd Catrin yr aer allan o'i hysgyfaint bob yn ail â symudiad ei breichiau. Edrychodd ar ei horiawr yn sydyn a gweld ei bod yn gwneud amser gwell na'r arfer heddiw. Penderfynodd geisio croesi'r ffordd ychydig yn gynt fel na fyddai'n gwastraffu amser yn sefyllian wrth y goleuadau traffig ar waelod y lôn.

Camodd oddi ar y pafin ac yn syth, dros y gerddoriaeth oedd yn bowndian yn ei chlustiau, clywodd sŵn corn car.

Agorodd ei llygaid yn ddryslyd. Teimlai ei phen yn ysgafn. Ceisiodd rwbio'i llygaid, er mwyn deall lle oedd hi, a mwyaf sydyn, clywodd lais uwch ei phen.

'Catrin? Ti'n iawn?'

Rhwbiodd ei llygaid eto. Yno, yn gafael yn ei braich, roedd dyn tenau. Gofynnodd iddi unwaith eto oedd hi'n iawn.

'Ym, yndw... yndw. Sori, dwi'n nabod chdi?'

'O, y, na. Wel, wyt... chydig. Carwyn. Dwi'n dod i'r caffi...'

Syllodd arno, a sylweddoli nad oedd hi wedi'i adnabod heb ei locsyn a'i wallt blêr.

'O, ia siŵr. Be ddigwyddodd?'

'Y basdad gwirion 'na nath bron â dy ladd di! Mae o 'di dreifio i ffwrdd 'fyd. Ti'n iawn? Fedri di godi?'

Efo help Carwyn, cododd Catrin ar ei thraed a darganfod ei bod hi wedi troi ei ffêr wrth ddisgyn. Roedd hi'n amlwg wedi taro'i phen ar lawr hefyd, gan nad oedd hi'n cofio'n iawn be ddigwyddodd.

'Ty'd, a' i â chdi i'r sbyty...'

'Duw, na, mae'n iawn. Gwranda, dwi mond yn byw rownd y gornal... fedri di helpu fi i fynd adra? Fydda i'n iawn wedyn, sdi!'

Roedd hi'n amlwg yn cael trafferth rhoi pwysau ar ei ffêr, felly rhoddodd Carwyn ei fraich rownd ei chanol, a rhoddodd hithau un fraich dros ei ysgwydd a'i llaw arall ar ei frest er mwyn cadw'i balans.

Cerddodd y ddau fel un, hi yn dibynnu'n gyfan gwbwl arno fo, yn ôl i'w thŷ.

'Diolch am hyn,' sibrydodd Catrin drwy'r boen.

'Ma'n iawn siŵr.' Cochodd Carwyn yn swil wrth ateb, a gwenodd y ddau ar ei gilydd.

Ar ôl iddi hi allu agor y drws, helpodd Carwyn hi i'r ystafell fyw.

'Ti'n siŵr bo chdi'm isho i fi ffonio am ambiwlans? Nes di ddisgyn reit galad, sdi.'

‘Na. Fydda i’n iawn, diolch. Fedri di jest nôl rwbath oer o’r ffrîsyr i fi roi ar y ffêr ’ma, plis?’

Edrychodd Carwyn arni’n eistedd o’i flaen. Roedd hi mor brydferth, ac mor annwyl. Symudodd yn gyflym, yn awyddus i drio’i phlesio. Camodd i mewn i’r gegin, a stopio’n stond.

Y llanast.

Roedd y gegin fel twlc mochyn. Eisteddai pentwr o blatiau budur ar y bwrdd, ac roedd pentyrrau o bapurau newydd ac amlenni ar hyd y cadeiriau i gyd. Llenwodd ei ffroenau ag oglau llefrith wedi suro, a gwelodd fagiau o sbwriel wedi’u taflu i gornel o dan y sinc.

Agorodd y rhewgell, a gweld mai’r unig bethau ynddi oedd bagiau pys a moron. Gafaelodd yn un o’r bagiau a’i gario’n ôl i’r ystafell fyw.

‘Sori am y golwg... ’di bod yn wsnos brysur yn gwaith. O, diolch am hwn.’ Cymerodd y bag llysiau gydag un llaw gan fod ei llaw arall yn dal ei ffôn yn erbyn ei chlust. ‘Hei, ti’n iawn?... yndw... hei, paid â panicio, iawn? Ma’ bob dim yn OK! Ond gesh i ddamwain bach tra o’n i allan yn jogio gynna... Na, na, go iawn, dwi’n OK! Bron i fi gael fy hitio drosodd gan gar, ond mond troi fy ffêr nesh i. Na, gesh i help gan...’ Edrychodd i fyny ar Carwyn i drio’i annog i roi ei enw, ond dim ond sefyll yno’n ddistaw wnaeth o, felly aeth Catrin yn ôl at ei sgwrs. ‘Ia, so dwi’m yn gweld fi’n mynd allan heno, sori... be am i chdi ddod i fama? Gawn ni win yn tŷ a gei di edrach ar ôl fi! O, hold on, ma’ raid i fi fynd...’

Taflodd y ffôn i lawr ar y soffa.

‘Hei, ti’n iawn?’

Roedd Carwyn wedi colli’i falans a syrthio’n ôl yn erbyn y llyfrau oedd wedi’u pentyrru ar y bwrdd. Roedd ei wyneb wedi troi yn wyn. Ceisiodd sefyll, ond roedd yn amlwg yn teimlo chydig yn benysgafn.

‘Be sy?’

‘O, dim byd. Dwi jest ddim yn dda efo injuries. Dwi... ym, lle ma’ toilet chdi?’

Cyn iddi gael amser i ateb yn iawn roedd o wedi cychwyn i

gefn y tŷ, gan faglu a chamu dros bob math o bethau ar ei ffordd. Ar ôl disgyn drwy ddrws y stafell molchi yn y cefn, clodd y drws a neidio at y sinc. Trodd y tap dŵr ymlaen i wneud cymaint o sŵn â phosib cyn stwffio'i hun i gornel. Dechreuodd deimlo'i ddwylo'n crynu, yna ei freichiau, a'i bengliniau. Teimlodd ei stumog yn tynhau a'i ysgyfaint yn llosgi.

Daeth ei anadl yn anoddach ac anoddach i'w ddal, ac roedd sŵn yn llenwi ei glustiau: sŵn drymio didostur, direolaeth, diddiwedd. Rhoddodd ei ddwylo un bob ochr i'w ben er mwyn gorchuddio'i glustiau, a dechrau gwasgu.

Caeodd ei lygaid. Caeodd nhw mor dynn ag y gallai, a chanolbwyntiodd ar fynd yn ôl i'r traeth hudolus yn ei feddwl.

Agorodd ei lygaid.

Tynnodd ei ddwylo oddi ar ei glustiau a'u gosod ar y llawr bob ochr iddo. Edrychodd o'i gwmpas: roedd o'n eistedd ar lawr eu bwthyn perffaith ar y traeth. Roedd hi yno, yn eistedd ar y llawr o'i flaen, gyda'i gwên hyfryd, gynnes, yn edrych arno. Dechreuodd gropian tuag ato a defnyddio'i bawd i fwytho'i foch a rhwbio'r dagrau oddi ar ei wyneb.

'Sshhh... 'na chdi,' meddai, a dal ei ben yn erbyn ei bron. Rhoddodd Carwyn ei freichiau amdani a'i dal yn dynn, dynn.

'Sshhh. 'Na chdi. Ti yma efo fi rŵan.'

Roedd o'n dal i grio pan gymerodd hi ei wyneb yn ei dwylo. Edrychodd i fyw ei lygaid. Roedd ei hwyneb erbyn hyn yn galed, yn ddifrifol.

'Odda ni'n gwbod bod hyn am ddigwydd. Odda chdi'n gwbod bod hyn am ddigwydd.' Rhedodd ei llaw dde drwy ei wallt, ac yn ôl i lawr ei foch. 'Odda chdi'n gwbod, yn y pen draw, 'i bod hi, fel y gweddill ohonyn nhw, byth am fod yn berffaith. Dim fel fi.'

Roedd hynny'n wir. Gwyddai Carwyn yn iawn na fyddai'r Catrin go iawn byth mor berffaith â'r Catrin hon yn ei ddychymyg. Doeddan nhw byth yn. 'Run ohonyn nhw.

'Rŵan, fel wnest ti efo'r gweddill, ma' raid i chdi ddewis. Fi neu hi. Fedrith y ddwy ohonan ni ddim bod yn dy fywyd di ar yr un pryd. Ti'n gwbod hynny.'

Edrychodd mor ddwfn i mewn i'w lygaid nes ei bod yn syllu'n syth i'w enaid. Yna, wrth i'w llygaid droi'n goch, ac wrth i'r gwythiennau yn ei phen neidio yn erbyn ei chroen, sgrechiodd,

'FI, NEU HI!'

Meddalodd ei hwyneb i fod yn addfwyn a phrydferth a pherffaith eto. Plygodd ei phen a'i gusanu'n dyner.

Caeodd Carwyn ei lygaid wrth deimlo'i chariad yn ei lenwi gyda gobaith unwaith eto. Penderfynodd fynd yn ôl.

Agorodd ei lygaid, ac roedd o'n ôl yn y stafell molchi. Arafodd curiad ei galon, a gallai anadlu'n normal unwaith eto. Yn eco yn ei glustiau roedd geiriau Catrin. Ei Gatrin o, nid yr un arall.

Cododd, a chau'r tap. Wrth gerdded i mewn i'r gegin, gwelodd Catrin yn cerdded yn ôl i gyfeiriad y stafell fyw.

''Di bob dim yn iawn? Mam bach, es di'n wyn 'tha gôst am eiliad yn fanna! Paid â poeni, does na'm gwaed na dim byd i'w weld, sdi, dim ond 'di chwyddo mae'n ffêr i!'

Tra oedd hi'n siarad, cydiodd Carwyn yn un o'r cadachau llestri budur oedd wrth y sinc, ac wrth agosáu y tu ôl iddi, lapiodd y cadach yn sydyn o gwmpas ei gwddw. Gollyngodd Catrin y gwydryn o ddŵr roedd hi newydd ei nôl, a chwalodd hwnnw'n deilchion ar y llawr pren. Defnyddiodd Carwyn ei bwysau i gyd i'w thynnu'n ôl tuag ato, a phan oedd y ddau ar lawr, lapiodd ei goesau am ei chanol. Wrth iddi ganolbwyntio ar drio straffaglu efo'i dwylo i lacio'r cadach oddi am ei gwddw, cymerodd Carwyn y cyfle i symud ei goesau'n uwch, gan eu lapio am ei brest. Tynnodd y cadach yn galetach am ei gwddw. Tra oedd hi'n gwingo, arhosodd mor llonydd ag y gallai. Wrth i'w chorff lonyddu, caeodd ei lygaid. Ma' siŵr nad oedd y Catrin go iawn yn hoff o gŵn chwaith, meddyliodd.

* * *

Neidiodd Gwion o'r fan a cherddded ar draws yr iard i'r stafell newid. Fel roedd o'n estyn ei law amdano, agorodd y drws nes iddo orfod neidio'n ôl rhag cael ei daro yn ei wyneb.

'O, sori, Gwion. Nes i'm dy weld di yn fanna.'

'Dim problam,' meddai Gwion wrth y pwdryn bach efo'r mwstásh.

'Reit, wel. Bethan, dyma Gwion, un o'n gyrwyr ni. Gwion, dyma Bethan, ein derbynnydd newydd. Dwi jest yn mynd â hi o gwmpas i gyfarfod pawb bora 'ma.'

Ysgydwodd Gwion ei llaw a gwenu ar Bethan wrth ddweud helô. Nodio'i phen yn swil wnaeth y ferch, a prin y gwnaeth hi edrych arno.

'Be ddigwyddodd i'r derbynnydd arall felly?'

'Blerwch. Dyna ddigwyddodd. Goriad hynod bwysig wedi'i golli echdoe, ac wedi cael ei ddarganfod yn un o'r drôrs yn y dderbynfa heddiw. Nid dyna'r safon rydan ni'n ei ddisgwyl gan staff y cwmni.'

Amneidiodd Gwion ei ben i ddangos ei fod yn deall.

'Dach chi 'di gweld Carwyn?'

'Do, newydd gyflwyno Bethan iddo fo yn fanna rŵan,' atebodd pwdryn y mwstásh. 'Reit. Ty'd, Bethan, i mi gael dangos y warws i chdi.'

Agorodd Gwion ddrws y stafell newid. Roedd hi'n reit wag yno gan fod y rhan fwyaf o'r hogia wedi cychwyn allan yn barod. Wrth iddo gyrraedd cefn y stafell gwelodd Carwyn yno, yn ei gôt felen anferth a'i esgidiau trymion, yn pendwmpian yn y gornel bellaf. Gwenodd Gwion iddo'i hun. Cradur. Roedd golwg arno, er 'i fod o wedi cael shêf. Edrychodd ar ei watsh a gweld bod ganddyn nhw chwarter awr arall, felly penderfynodd adael llonydd iddo am sbel cyn ei ddeffro.

* * *

Anadlodd i mewn drwy ei drwyn a theimlo'r aer cynnes yn llenwi ei ysgyfaint. Agorodd ei lygaid wrth chwythu allan. Roedd pelydrau'r haul yn bowndian oddi ar ei dalcen a'i frest noeth, ac awel hyfryd canol y prynhawn yn chwythu i mewn o'r môr. Heblaw am sŵn y tonnau'n sisial yn ei glust, roedd y distawrwydd yn hyfryd o amlwg.

O'i flaen safai Catrin, yn edrych arno'n gariadus. Trodd oddi wrtho heb ddweud gair, a dechrau cerdded ar hyd y traeth efo'r merched eraill i gyd. Roedd ei amser o efo hi wedi bod yn wych, ond rŵan roedd hi'n amser symud ymlaen, yn amser iddi hi ymuno efo gweddill y merched.

Cerddai sawl merch rhyngddo fo a'r dŵr, ond roedd pob un yn dawel, dawel. Edrychai pob un, yn cynnwys Catrin, arno gyda gwên, a gwenodd yntau'n ôl arnyn nhw.

'Carwyn.'

Clywodd ei enw yn cael ei sibrwd y tu ôl iddo. Wnaeth o ddim troi rownd, gan ei fod yn gwybod ei bod hi'n dod tuag ato. Roedd ei freichiau i lawr wrth ei ochrau, ac ymestynnodd ei fysedd oddi wrth ei gilydd. Wrth iddi glosio ato, llithrodd y ferch ei bysedd main rhwng bysedd ei law dde, a lapio'i braich chwith o gwmpas ei ganol gan roi ei llaw ar ei fol a'i wasgu'n dynn tuag ati. Gwasgodd yntau ei bysedd hi, a rhoi ei law chwith ar ben ei llaw fechan hi.

Teimlai'n gyflawn unwaith eto.

'Wyt ti'n falch bo ni yma, o'r diwadd, efo'n gilydd?'

Oedd, roedd hi'n amser symud ymlaen.

'Dwi'n hapusach rŵan na fues i erioed o'r blaen,' meddai'n ôl wrth Bethan.

Ac roedd o'n ei feddwl o.

7. Tiberius

Eisteddodd yn ôl yn ei gadair gyfforddus efo'i draed i fyny ar y ddesg, yn gwrando ar suo ysgafn y peiriannau. Bob hyn a hyn deuai bîp neu ddau o rai ohonynt, ond synau bach dibwys oedden nhw, heb fod yn ddigon i'w gynhyrfu. Roedd o wedi eistedd yn y gadair hon yn y stafell hon am gymaint o oriau dros y blynyddoedd diwethaf, roedd o bellach yn teimlo'i fod o'n deall y sgwrs rhwng y peiriannau o'i gwmpas. Edrychodd ar y cloc digidol ar un o'r cyfrifiaduron o'i flaen: amser panad.

Cododd a cherdded i'r 'gegin'. Pan wnaeth o adnewyddu'r lle, roedd ganddo syniadau mawr am gael cegin gornel iawn – sinc a hob a phopty i goginio prydau iddo fo'i hun bob hyn a hyn, ond roedd o wedi tanamcangyfrif faint yn union o stwff cyfrifiadurol oedd yn mynd i fod yno. Doedd hi ddim yn stafell fawr – deuddeg metr wrth wyth metr, a chan fod cymaint o beiriannau wedi'u stwffio i mewn ar ben ei gilydd, roedd ei 'gegin' wedi ei hisraddio i un mini-ffrij efo teciall a dwy gwpan ar ei phen hi, a'r sinc leia yn y byd y drws nesa iddi. Llenwodd un o'r cwpanau â dŵr a'i dywallt i mewn i'r teciall, gan fod y teciall yn rhy fawr i ffitio o dan y tap yn y sinc. Tywalltodd ail gwpanaid o ddŵr i'r teciall, a'i roi i ferwi.

Wrth iddo ddisgwyl i'r dŵr ferwi edrychodd yn fanwl ar y calendr mawr oedd ar y wal. Doedd dim byd wedi digwydd na chael ei recordio ar y peiriannau ers rhai misoedd bellach, a oedd chydig yn rhyfedd a deud y gwir, yn enwedig o ystyried o faint o bethau roedden nhw wedi dod ar eu traws ym misoedd cyntaf y flwyddyn. Roedd hwnnw wedi bod, heb os, yn un o'r cyfnodau mwyaf cyffrous ers iddo ddechrau hyn i gyd, ond yn ddiweddar, dim byd. Dim byd o gwbwl. Ar ôl yr holl gyffro ar ddarganfod gwybodaeth a synau, dim byd. Roedd fel petai rhywun wedi troi rhyw switsh i ffwrdd. Am wythnosau roedd o'n meddwl mai ei offer o oedd yn chwarae i fyny, bod rhyw anifail wedi styrbio rwbath y tu allan, neu bod dŵr wedi llifo i mewn i'r offer neu i un o'r cyfrifiaduron, ond ar ôl iddo gysylltu â nifer o safleoedd eraill, roedd hi'n bosib gweld bod data pawb yn cyd-fynd. Roedd pawb wedi recordio llwyth o weithgaredd dros ddechrau'r flwyddyn, ac wedyn doedd neb wedi clywed smic am fisoedd.

Roedd hynny'n troi a throi yn ei feddwl wrth iddo wneud ei banad. Gafaelodd mewn bag te a'i daflu i mewn i un o'r cwpanau, ac arllwys y dŵr berwedig ar ei ben. Cododd y gwpan – roedd ar fin rhoi llwy de ynddi pan ddechreuodd pob peiriant yn y stafell ruo, bipian a gwichian fel rhyw gerddorfa electronig. Gollyngodd y gwpan, ond wnaeth o mo'i chlywed yn chwalu ar y llawr teils dros sŵn y peiriannau.

* * *

'Ges di'r petha 'na o'r siop?'

Clywodd lais ei wraig yn gweiddi o'r stafell gefn pan gerddodd o i mewn drwy'r drws.

'O, damia, naddo! Sori. A' i'n ôl yna rŵan.'

'Ha! O'n i'n gwbod sa chdi'n anghofio. Dim probs, dwi'n mynd i dŷ Mam yn munud eniwe. Bicia i i'w nôl nhw bryd hynny.'

'Iawn. Dwin rîli sori – nes i anghofio. Fues i fyny yn y shed yn hirach nag o'n i 'di fwriadu.'

Cerddodd ei wraig ato a rhoi sws ar ei foch.

'O'n i'n sylwi 'i bod hi'n hwyrach nag arfar arna chdi'n dod i'r tŷ. Nes di ffeindio aliens?' Gwenodd arno wrth gerdded i'r stafell ffrynt.

'Na, dim heddiw,' atebodd yntau wrth wenu'n ôl yn blentynnaidd arni a'i dilyn hi i mewn i'r stafell. Eisteddodd yn ei gadair arferol yn y gornel. 'Ond ges i brofiad wiyrd, 'fyd. Ma' 'na ryw broblem efo'r grid letrig swn i'n deud – ges i uffar o power surge gynna. A'th y peirianna i gyd yn nyts am ryw ddeg munud...

o'n i'n meddwl bod petha am ddechra chwythu fyny ar un pwynt!'

'O, god! Gobeithio bod dy degana di i gyd yn iawn – dwi'm isio meddwl faint ma'r gêr i gyd wedi'i gostio i chdi!'

'Yndi, bob dim yn iawn... a dim tegana ydyn nhw...'

Roedd o'n gwybod mai tynnu coes oedd hi, fel roedd hi'n wneud bob tro, a chafodd ei atgoffa pa mor dda oedd hi efo fo. Pan mae un person mewn perthynas yn deud wrth y llall, 'dwi isio prynu darn o dir mewn coedwig ac adeiladu shed yno i drio gwrando ar sŵn yn dod o'r gofod', ymateb y partner arall fel arfar fysa rwbath tebyg i 'dos i chwara', ond roedd hi wedi nodio'i phen a gwenu, a deud 'os mai dyna ti isio neud...'.

'A beth bynnag, fel dwi 'di deud wrtha chdi filoedd o weithia o blaen, dim chwilio am aliens ydan ni!'

'Ia tad!'

'Naci! Chwilio am radiowaves a signals.'

'Gan aliens.'

'Ha ha! Naci. Ma' 'na lwyth o betha'n gyrru radiowaves naturiol allan i'r atmosffer: sêr, planedau, black holes... ma' petha 'dan ni wedi'u gyrru i fyny yn gyrru radiowaves yn ôl.'

'Ia, ti 'di deud o blaen bod petha fel'na yn eitha cyffredin, tydyn, a bo chdi'n chwilio am betha hollol wahanol, petha sy ddim yn naturiol, ia?'

'Wel, ia...'

'OK, 'lly os di'r radiowaves 'ma ddim yn cal 'u gyrru gan sêr a planeda a petha fel'na, a tydyn nhw ddim yn naturiol... pwy sy'n gyrru nhw?'

Chwarddodd, gan iddo gerdded i mewn i'w thrap mor hawdd.

'Paid â poeni, boi, dwi'n meddwl bod o'n *rîli* ciwt bo chdi'n trio neud ffrindia efo aliens bach.' Rhoddodd sws ar dop ei ben a cherdded allan o'r stafell fyw gan chwerthin yn ysgafn. 'O, a tra dwi'n cofio,' gwaeddodd arno o'r coridor, 'ddoth 'na blentyn i'r drws gynna efo llythyr i chdi.'

'Y? Plentyn?'

'Ia, tua wyth oed. Odd o'n wiyrd – nath o'm esbonio dim byd, jest deud bod gynno fo lythyr i chdi. Mae o ar y bwrdd bach yn y lobi.'

Cododd o'i gadair a mynd i nôl y llythyr: amlen wen a'i enw fo arni, ac roedd o'n nabod y llawysgrifen yn syth. Yn yr amlen roedd darn o bapur â neges arno:

'Get to my place. Proper petha weird yn mynd mlaen. Deud i neb. Burn After Reading. E.'

'Be oedd o?' gofynnodd ei wraig wrth edrych dros ei ysgwydd.

'Nodyn gan James.'

'Burn after reading? Ha, ha... pwy ydach chi, y CIA? A pam mae o'n galw'i hun yn "E"?'

Ochneidiodd. ''Dio'm yn licio iwsio'i enw iawn pan mae o'n gyrru negeseuon dros y radio a'r ffôn a ballu, rhag ofn bod rhywun yn 'u darllen nhw ne'u recordio nhw. So mae o'n iwsio enw smal.'

'Mai god, dach chi mor ciwt, ia! Be 'di enw smal fo?'

Rhoddodd ei ben i lawr a gwenu iddo'i hun.

'O, mae o'n wbath *rîli* geeky, yndi! Ha ha! Be 'dio?'

Cododd ei ben. 'Elliot.'

'Elliot? Pam Elliot? Ydi hwnna yn... O MAI GOD! Ar ôl y plentyn yn *E.T.*, de?' Dechreuodd hi chwerthin, ac ymunodd yntau.

'Dach chi moooor ciwt!'

'Starkiller odd o isio galw'i hun i ddechra, achos mai Luke Starkiller odd Luke Skywalker i fod yn wreiddiol yn *Star Wars*. Jest diolcha bo fi 'di perswadio fo i beidio!'

Chwarddodd ei wraig. 'Ha! Sa chi byth wedi gneud ffrindia efo aliens sa fo'n galw'i hyn yn Starkiller, siŵr!' Oedodd, wrth feddwl am rywbeth. 'Ooo, so be 'di enw chdi?'

'Dwi'm yn deud!' Plygodd i lawr i roi ei sgidiau'n ôl am ei draed.

'Garantîd bo chdi'n Goku, ne Riddick, ne rwbath felly, dwyt! O, *plis* deud na Superted w't ti!'

'No chance!' Cusanodd hi. 'Sa well i fi fynd i weld be mae o isio. Na i stopio yn y siop ar y ffor adra, sbario i chdi orfod mynd.'

'Oh, pliiis, achub fi, Superted!!" gwaeddodd hi yn llais uchel, camplyd Smotyn.

Mond chwerthin wnaeth o.

'Caru chdi.'

'Caru chdi.'

Trodd am y drws ffrynt, a throdd hithau i gyfeiriad y stafell gefn efo gwên anferth ar ei hwyneb.

Yn dechnegol, dim ond ar ochr arall y pentre roedd James yn byw, ond roedd hi'n cymryd hanner awr dda i gyrraedd yno oherwydd yr holl giatiau roedd o wedi'u codi ar hyd y lôn i'r tŷ. Hen dŷ ffarm wedi'i guddio mewn coedwig fechan ar gyrion y pentre oedd o, a wal gerrig fawr yr hen gastell yn amgylchynu un ochr o'r tir. Golygai hynny mai dim ond un ffordd oedd at y tŷ, a hynny i lawr dreif eitha hir, oedd â saith – ia, saith – giât ar ei hyd, i gyd â chloeon gwahanol i'w hagor nhw, pob un â chamera CCTV yn ei gwylio. 'Rhag ofn iddyn *nhw* ddod, aye,' oedd esboniad James pan fyddai rhywun yn gofyn iddo am y peth.

Mi fysa deud bod James chydig yn ecsentrig yn bod yn gynnil. Pan symudodd o i'r pentre yn wreiddiol doedd neb yn siŵr iawn be i wneud ohono fo. Roedd o'n teithio i bob man ar ei feic, yn mynnu galw pawb yn 'frawd' ac yn agored iawn am ei ddefnydd cyhoeddus o dôp. Mae o'n amlwg yn ddyn anhygoel o alluog – mae o wedi dysgu Cymraeg, ac mi symudodd o i'r ardal yn wreiddiol i weithio fel un o brif wyddonwyr y pwerdy lleol. Ond ar ôl blynyddoedd maith o daeru a ffraeo efo perchnogion y pwerdy – ac, yn ôl y sôn, ei dueddiad i smocio wîd tra oedd o yn ei waith – mi gytunodd o a'r cwmni ella y bysa'n well iddo fo ymddeol chydig yn gynnar. Ers hynny mae o wedi bod yn treulio'i ddyddiau yn gwneud y ddau beth mae o wir yn hoffi'u gwneud: troi rhannau o'i dŷ yn labordai a stafelloedd llawn peiriannau gwyddonol, a mynd i'r pyb gyda'r nos i siarad am bob syniad rhyfeddol dan haul, o'i gred bod y Llywodraeth yn gwylio pawb a defnyddio'u gwybodaeth bersonol nhw, i'r ddamcaniaeth fod Elvis yn fyw ac yn iach ac yn byw yn Bermo. Wrth gwrs, mi gafodd o'i brofi'n iawn ynglŷn â'r Llywodraeth yn gwylio a defnyddio gwybodaeth bersonol, ond am 'i fod o wedi mwydro pobol gymaint am y peth, a hynny ar ôl bod yn smocio wîd am oriau cynt, doedd pobol ddim yn dueddol o roi'r clod haeddiannol iddo fo.

Ond roedd rhywun fel James yn handi iawn i helpu i adeiladu

shed mewn cae a'i llenwi efo peiriannau i drio darganfod radiowaves.

Wrth iddo gloi'r giât olaf o'r saith ar ei ôl, daeth bloedd gan James o'r drws ffrynt.

'Grêt! Ty'd i mewn, ty'd i mewn! I've got some shit that will turn you religious!'

Cerddodd y ddau i mewn i'r tŷ a drwy'r stafell ffrynt llawn mwg.

'Tisho coffi?'

'Na, dwi'n iawn diolch. Ei, be odd y dîl efo'r hogyn bach?'

'Smôc?'

'Na, dwi'n iawn, yn enwedig os 'dio'n rwbath sy'n mynd i droi fi'n religious.'

'Ha, ha! Naaaa mêt, this isn't what's going to turn you to God!' meddai wrth ddal smôc wedi'i rolio i fyny. 'It's the data! THE DATA!'

'O. OK. Ond gynta, y plentyn. Pam gyrru plentyn efo'r nodyn?'

'Ah, yeah, I ditched my phone, so nes i roi tenner i boi bach 'na sy'n byw yn y butchers i mynd â'r llythyr i ti.'

'Pam ti 'di cal gwarad ar dy ffôn?'

'Ma' nhw'n gwrando arno fi, man. I swear, fi'n gwybod ti 'di dweud y math 'ma o beth o'r blaen, but it's for real this time. Tair gwaith wythnos 'ma fi 'di gweld rhywun yn tailo fi. Tair gwaith, man.'

'Dwi'm yn synnu bo 'na rywun yn dilyn chdi os ti'n mynd o gwmpas yn reid tenars i blant ti'm yn nabod!'

'Na, serious man, I knew something was going on for a while now, dim jest y tailo chwaith, bob single tro fi'n neud phone call ma' sŵn loads o clicks yn y cefndir, proper tapio ffôn fi lan, man, so it had to go. So yr unig ffordd i gal message draw i ti heb i neb dilyn, oedd y plentyn.'

'Sa chdi'n gallu jest dod draw i tŷ fi dy hun...'

'Man, forget about the kid... fi 'di bod yn wondro ers ages pam bod nhw'n amlwg yn rampio fyny'r surveillance, and today, I got my answer!'

Erbyn hyn roedd y ddau wedi cyrraedd stafell ymhell yng

nghefn y tŷ. Stafell oedd yn arfer, mi fysa rhywun yn tybio, bod yn stafell fyw gan bod hen le tân anferth ar y wal yng nghanol y stafell, ac ambell gadair yn cuddio o dan y mynyddoedd o wifrau a oedd lond y lle erbyn hyn. Cerddodd James draw at y sgrin fawr oedd yn llenwi'r wal bellaf, a chlicio chydig o fotymau i'w throi ymlaen.

'Voilà!' meddai, wrth droi rownd efo'i ddwylo allan fel cerflun Christ the Redeemer.

Ar y sgrin anferth roedd tua ugain o graffiau a thablau amrywiol, i gyd yn lliwiau gwahanol a'r data arnyn nhw'n newid yn gyson.

'Be yn union dwi i fod i sbio arno fo yn fama?'

'Fi 'di ffindo fe 'to!'

'Ffeindio be?'

'Hwn!'

Ar hynny pwysodd un botwm arall ar y cyfrifiadur, a llanwyd y stafell gan sŵn oedd yn chwalu drwy'r seinyddion surround sound ar y waliau – sŵn roedd y ddau yn ei nabod yn iawn.

BLEP... BLEP... BLEP... BLEP...

'Dim y Proxima Signal?'

'Y Myddy-ffycin Proxima Signal, baby!'

Ychydig fisoedd ynghynt, ar ddechrau'r flwyddyn, roedd y gymuned wyddonol (neu, yn fwy penodol, y garfan o'r gymuned wyddonol oedd yn treulio'i hamser mewn shediau a chytiau yn trio chwilio am bethau yn y gofod) wedi'i chynhyrfu. Roedd hyn am iddyn nhw ddarganfod signal yn dod o un lle penodol yn y gofod. I ddechrau roedd lot o amheuaeth gan sawl un, yn bennaf o ganlyniad i ddigwyddiad chydig flynyddoedd cynt lle bu i un aelod o'r gymuned, oedd yn byw yn Aberdaron, wneud camgymeriad a honni bod darlleniadau oedd yn dod allan o feicrowêf y ddynes drws nesa iddo yn negeseuon yn tarddu o'r lleuad. Ond roedd hyn yn wahanol: roedd nifer o bobol wedi canfod y signal wrth edrych i'r un lle. Yr hyn oedd yn gwneud y signal yma'n un gwirioneddol ddiddorol oedd bod patrwm i'w weld o ran y signal ei hun, ac yn fwy na hynny, roedd patrwm hefyd i'r ffordd roedd o'n cyrraedd y Ddaear. Roedd y signal wastad yn gyfres o synau un nodyn oedd yn chwarae bob eiliad, ar yr eiliad, ac yn para am union 47 eiliad – ond yn fwy diddorol byth, roedd y signal yn cyrraedd yn gynt bob tro. Ar ôl ei glywed am y tro cyntaf, chlywodd neb mohono wedyn am 17 diwrnod, pan glywyd yr un peth eto: cyfres o synau un nodyn yn chwarae bob eiliad am 47 eiliad. Bu bwlch o 15 diwrnod cyn i neb ei glywed wedyn, ac ar ôl hynny, bwlch o 13 diwrnod. Yna bwlch o 11 diwrnod. Ar ben hynny, bob tro y cyrhaeddai'r signal, roedd o wastad yn gryfach na'r tro cynt. Roedd y ffeithiau hyn yn arwain at un canfyddiad: roedd beth bynnag oedd yn gyrru'r signal yn dod yn nes.

Y rhesymeg amlwg, wrth gwrs, oedd bod rhyw fath o asteroid yn teithio tua'r Ddaear, sy'n digwydd yn amlach nag y bysa rhywun yn feddwl, a bod hwnnw, wrth amsugno golau a gwres yr haul, yn rhyddhau tonfeddi radio y mae'r Ddaear yn medru eu 'clywed'. Ond wrth gwrs, roedd sawl un â theorïau ychydig yn wahanol. Wrth gyfri'r amser rhwng y signalau, roedd rhywun clyfar ymysg y gymuned wedi gweithio allan bod y tarddiad yn teithio ar gyflymder o 19,900 milltir yr awr sydd, er ei fod yn boncyrs o gyflym a pheryg ar y Ddaear, yn gyflymder posib a saff i fod dynol neu unrhyw organebau byw eraill yn y gofod, yn ôl NASA. Hefyd, roedd rhywun wedi dilyn llwybr y signal gan olrhain y daith roedd o i'w weld wedi'i chymryd, a chyrraedd Proxima Centauri b. Ecsoblaned ydi Proxima Centauri b, sydd 4.2 blwyddyn olau i ffwrdd o'r Ddaear, ac sydd wedi cael ei rhoi ar restr swyddogol yr Habitable Exoplanet Catalog gan ddefnyddio gwybodaeth o'r NASA Exoplanet Archive. Yn syml, mae hi'n blaned fyddai, mwy na thebyg, yn medru cynnal bywyd. Ond, wrth gwrs, chwalwyd y theori hon pan ddiflannodd y sain yn llwyr ar ôl bwlch o ddim ond 5 diwrnod rhwng pob signal. Mae mwy o asteroids nag y bysa rhywun yn licio meddwl amdanyn nhw yn hedfan o gwmpas ein system solar ni, ond yn lwcus, gan fod y blaned Iau mor enfawr mae ei disgyrchiant hi wastad yn atynnu popeth tuag ati cyn iddo ddod yn agos aton ni, i'n gwarchod ni rhag i unrhyw beth rhy fawr wneud niwed go iawn i ni. Dyna, mwy na thebyg, oedd wedi digwydd y tro yma. Clywyd y signal diwethaf yn ôl ar ddechrau mis Mawrth, ond ers hynny, er gwaethaf oriau maith o chwilio a gwrando, doedd neb wedi ei glywed wedyn.

Tan rŵan.

'Sut nes di 'i ffeindio fo?'

'Oh, man, you're gonna be kicking yourself!'

Eisteddodd James i lawr wrth y cyfrifiadur a mynd ati i wneud i'r holl ffenestri ar y sgrin neidio a dawnsio o gwmpas.

'So, pnawn 'ma, reit, there was this energy surge, ac o'n i'n meddwl odd equipment fi am proper explodio!'

'Ia, gesh i'r un peth!'

'But it didn't make sense. That's not how electrical grids work. As in... os oes 'na ormod o bŵer neu ormod o electricity yn mynd drwy unrhyw system, be it the National Grid neu hyd yn oed system fi fan hyn, it just shuts down. Dyna sut mae popeth wedi'i programio, i stopio shit ti explodio.'

'Ia, erbyn meddwl, doedd be ddigwyddodd yn lle fi ddim yn surge normal o gwbwl, nath dim byd dorri, na chwalu... os rwbath, odd bob dim yn gweithio yn... wel, yn well nag arfar!'

'Exactly! And that's what got me thinking. Beth os mai hwnna odd yr holl pwynt?'

'Pwynt be?'

'Yn syth, nes i gysylltu 'da pawb arall o'r community, reit, as in our little community a pobol y pentref, a guess what? Nath e mond digwydd i ni! As in you, me, our boi in Aberdaron, nhw yn Dolgellau, Picard up in Amlwch, Leia draw yn Dinbych.'

'Sut sa rhywun yn neud hynna?'

'God knows, but they did! Es i draw i ganol y pentref a doedd neb arall wedi teimlo na gweld dim: dim y butchers, y siop, y pyb, nothing! Which only left two explanations, reit... Firstly, that someone is targeting us. Nawr, I easily threw that idea straight out the window achos ti a fi yn gwybod bod y government 'ma yn incompetent as hell, a no way y base nhw 'da'r technology i allu singlo ni i gyd allan fel'na a wedyn bod 'da'r capability to create a light show like that. Which leaves us with option number two... it was a message!'

'Y? Yn deud be?'

'TURN IT UP! TURN IT ON! TURN IT UP TO ELEVEN, MAN!' gwaeddodd James. 'Meddwl am y peth... fel nes di dweud, nath y surge 'na troi popeth mlân a neud popeth yn even gwell na'r arfer! Nhw'n dweud wrthyn ni am wrando allan oedd e!'

'Nhw...?'

'You know what I mean... whoever did it! So dyna nes i, nes i troi bob dim on, turned them up to the max.'

'A dyna sut nes di ffeindio'r Proxima Signal eto?'

'Yup! Be odd yn weird though, odd e fel bod rhwbeth yn trial blocio'r signal gwreiddiol, fel bod some kind of blanket numbness iddo fe, ond ar ôl fi droi popeth lan, ti'n gallu clywed e! A gwranda pa mor glir yw'r signal nawr!'

Gwthiodd fotwm ar ei gyfrifiadur i gael y sŵn yn ôl i fyny.

BLEP... BLEP... BLEP... BLEP...

'Be, ti'n mynd i ddeud wrtha fi rŵan bod o'n dod o rwla mor agos â Neptiwn ne rwla fel'na, wyt?'

'Aaaah! See, this is where your socks are going to be blown off, boy! Fe nes i feddwl, dodd dim pwynt gwrando allan i'r gofod, we've looked everywhere and heard nothing, and anyway, that surge... you can't control the electric grid of north Wales from Neptune! Felly nes i benderfynu newid tactics... listen down, not up!'

'Ti'n... ti'n trio deu'tha fi bod y signal 'na'n dod o rwla... lawr yn fama?' gofynnodd yn anghrediniol.

'Na, dim rhywle... alla i ddweud yn *union* o ble...'

Gwasgodd fotwm arall ar ei gyfrifiadur ac yn syth, neidiodd ffenest i fyny ar y sgrin fawr yn arddangos gwefan Google Earth. Yng nghanol y sgrin roedd saeth coch yn dangos y lleoliad roedd James wedi'i bennu fel tarddiad y signal. Roedd y saeth ar ochr mynydd yng nghanol darn mawr o dir gwyrdd a dim byd arall o'i gwmpas o. Reit wrth ochr y saeth roedd y geiriau 'Dinorwig Power Station'.

‘I told you there was something fishy going on with those bastards.’

Yn 1974 dechreuwyd ar y gwaith o adeiladu gorsaf bŵer Hydro yng ngogledd Cymru, ar gyfer darparu storfa ynni efo capasiti enfawr fyddai’n gallu ymateb yn hynod gyflym i amrywiadau yn y galw. Mewn geiriau eraill, roedd gridiau gogledd Cymru a gogledd Lloegr yn cael trafferth i gyflenwi digon o drydan i’r ardal pan oedd miliynau o bobol yn defnyddio trydan ar unwaith – er enghraifft i wneud panad yn ystod y brêc hysbysebion mewn rhaglenni poblogaidd fel *Coronation Street*, neu yn ystod hanner amser mewn gêm bwysig yng Nghwpan y Byd. Penderfynwyd adeiladu atomfa bwrpasol i ddelio efo’r sefyllfa hon, a’r broblem wedyn oedd darganfod lle digon mawr a gwledig i wneud hynny. Daethpwyd o hyd i le delfrydol: tu mewn i Chwarel Dinorwig yn Llanberis.

Dechreuodd y straeon rhyfedd bron yn syth. Eu camgymeriad cyntaf oedd cyflogi cwmnïau a gweithwyr lleol i ddechrau ar y gwaith o dyllu i mewn i’r mynydd. Sylweddolodd rhai o’r rheiny o fewn ychydig flynyddoedd i ddechrau’r gwaith eu bod yn cael cyfarwyddyd i dynnu bron i dair gwaith yn fwy o garreg allan o’r mynydd nag oedd yn y cynlluniau gwreiddiol, a phan na chawson nhw atebion dilys i’w cwestiynau gan benaethiaid y prosiect, mi aethon nhw, wrth gwrs, i’r unig le y bysa rhywun yn gwrando arnyn nhw... y dafarn. Cyn hir roedd y stori’n dew o gwmpas yr ardal leol fod rhywbeth ‘gwahanol’ yn mynd ymlaen yn Chwarel Dinorwig, ond wedi deud hynny roedd sawl theori eitha call i egluro’r gweithgarwch hefyd. Yn ystod yr Ail Ryfel Byd defnyddiwyd Chwarel Manod ym Mlaenau Ffestiniog i guddio rhai o weithiau celf mwyaf gwerthfawr Oriel Genedlaethol Llundain rhag cael eu difrodi neu eu dwyn. Roedd hi’n gwneud synnwyr felly y gallai rhywbeth tebyg fod yn digwydd fan hyn. Os oedden nhw’n tyllu i mewn i’r mynydd beth bynnag, pam ddim creu cuddfan newydd rhag ofn i’r wlad fynd i ryfel eto? Gellid cuddio cynnwys yr Oriel Genedlaethol yno eto, a chynnwys Amgueddfa Cymru... a’r teulu brenhinol, a Dafydd Iwan... Ond yna, dechreuodd rhai gweithwyr dderbyn llythyrau yn bygwth dwyn achos llys yn erbyn unrhyw un oedd yn rhannu cyfrinachau'r prosiect. Wedyn dechreuodd rhai teuluoedd lleol godi pac a symud i ffwrdd i fyw ar ôl derbyn swm enfawr o arian. Cafodd ambell berson lleol cegog ddamweiniau hynod ryfeddol. Yn fuan wedyn, collodd y cwmnïau lleol eu cytundebau a daeth cannoedd o weithwyr newydd i Ddinorwig – gweithwyr tramor nad oedden nhw'n siarad Saesneg ac a oedd yn gorfod aros ar y safle drwy'r amser rhag iddyn nhw gymdeithasu efo'r trigolion lleol. Gorffennwyd y gwaith yn 1985 ac agorwyd yr atomfa efo ffanffer, ond dros ddegawd cyntaf ei bodolaeth roedd cwestiynau mawr yn dal i gael eu gofyn. Be oedd y goleuadau rhyfedd oedd yn cael eu gweld yn yr awyr gyda'r nos? Pam fod sŵn peiriannau mawr i'w glywed yng nghrombil y ddaear yn oriau mân y bore? Be oedd y nwy gwenwynig gafodd ei ollwng ar drigolion y pentref ar ddamwain ddwywaith yn ystod y 90au? Ni chafwyd atebion, a bellach mae'r wasg a'r cyfryngau wedi stopio gofyn cwestiynau. Ond mae'r bobol leol yn dal i siarad, ac yn dal i gofio.

'Hei, ti'n iawn? Dwi'n ôl!'

'Hei! Dwi yn cefn.'

Cerddodd drwy'r drws i'r stafell gefn, gan roi'r bag siopa ar y bwrdd. Roedd ei wraig yn gorwedd ar y soffa efo'i thraed i fyny, yn darllen llyfr.

'Sut oedd dy fam?'

Dechreuodd godi pethau o'r bag a'u cario i'r ffrij yn y pantri.

'Es i ddim yn diwadd. Odd hi 'di cal diwrnod hir efo Linda lawr lôn – mond newydd gyrraedd adra odd hi pan nes i ffonio. A' i i'w gweld hi ben bora fory. Ond yn bwysicach, sut odd Elliot?' Rhoddodd ei llyfr i lawr, yn wên o glust i glust.

'O, paid.'

'Be? Dyna 'dan ni i fod i'w alw fo, de? Ti'm yn gwbod pwy sy'n gwrando!'

'Ha ha. Y diwrnod fydda i'n 'i alw fo'n hynna go iawn, fyddi di'n gwbod bod 'na rwbath mowr yn rong!'

‘Ond go iawn, be odd o isio, ’lly?’

‘Reit ddiddorol, actually. Mae o ’di ffeindio’r signal ’ma sy’n dod o ben Dinorwig ffor’cw, ac mae o awydd mynd i fyny yno rywbryd yn y dyddia nesa ’ma.’

‘Mae ’na fast radio fyny fanna, does? Be sgin hynny i neud efo sbês?’

‘O, stori hir. Oes, ma’ ’na fast yno, ond ma’r signal i weld yn dod o rwla arall – rwla yn ganol nunlla, rîli, so fydd o’n reit ddiddorol gweld o lle mae o’n dod go iawn.’

‘Www, trip ysgol Sul bach i’r ogia! Ciiiwt!’

Gwenodd yn sarcastig arni wrth dynnu mwy o bethau o’r bag neges ar y bwrdd.

‘Be ’di rheina?’

‘Rhein? Smarties chocolate gwyn... nes di ddeud bo chdi’n licio nhw tro dwytha, do ddim?’

‘Nes i ddeud bo fi’m yn meindio nhw, sy ddim cweit ’run peth. Dydyn nhw ddim cystal â Smarties normal, na?’

‘Wel, ma’ raid i chdi stopio siarad mewn cod ’lly, does? Sa rhai pobol yn y byd ’ma wrth ’u bodda’n cael Smarties chocolate gwyn yn bresant.’

Cododd hi i fyny a rhoi hyg fawr iddo, a sws ar ei foch.

‘Mi ydw i wrth fy modd, siŵr.’

Cerddodd yn ôl i mewn i’r pantri, ac edrych ar y silffoedd llawn er mwyn dechrau meddwl be i’w neud i swpar.

Cododd goler ei gôt am ei war wrth iddo gerdded dros y cae at ei shed, gan fod y gwynt yn filain. Cafodd drafferth i estyn y goriad o’i boced gan fod ei fysedd mor oer, ond wedi iddo lwyddo i agor y drws edrychodd ar sgriniau’r holl gyfrifiaduron, ac wedyn ar y print-owt yn y gornel, jest rhag ofn bod rhywbeth wedi digwydd ers iddo weld James ddoe. Doedd dim. Felly aeth ati i lenwi’r teciall.

Tra oedd o’n aros i’r dŵr ferwi, clywodd gnoc ar y drws. Ond nid cnoc arferol – roedd hwn yn gnocio sydyn, eitha ffrantig. Safodd yn stond am eiliad. Doedd neb byth yn dod i fyny yno heb ffonio gynta gan ei bod hi'n dipyn o daith i gyrraedd ar droed, felly symudodd draw at y drws a'i agor o'n araf ofnadwy. Yno'n sefyll efo amlen yn ei law roedd mab y bwtsiar, allan o wynt a golwg ofnus arno. Heb ddeud gair, taflodd yr amlen drwy'r drws a rhedeg oddi yno.

Plygodd i lawr i estyn yr amlen – doedd dim enw arni. Agorodd hi'n sydyn. Wedi'i sgriblo'n flêr ar bapur y tu mewn iddi roedd neges:

'They got to me. Ma' nhw wedi bod yn y tŷ. Dos at y ffôn yn y parc erbyn 19:15. PAID TRYSTIO NEB.'

Edrychodd ar ei ffôn: roedd yn dangos 19:00. Roedd hi'n o leia ugain munud o daith i'r parc o'r shed, a hynny i rywun a oedd mewn dipyn gwell siâp na fo. Rhedodd allan heb hyd yn oed gau'r drws ar ei ôl.

Erbyn iddo gyrraedd y ciosg ffôn yng nghornel maes parcio'r parc gallai glywed ei fod yn canu. Taflodd y drws yn agored, neidio i mewn a gafael yn y ffôn.

'Helô?' meddai, wrth drio cael ei wynt ato.

'My god, my god, man. Elliot yma, mam bach, my man, they came!'

'Pwy? Ac i lle?'

'I tŷ fi! Syth ar ôl i ti gadael, bron, they just came crashing through the gates, absolutely loads of them, odd helicopters 'da nhw a popeth! Nes i ddim cael cyfle i gafael yn dim byd mond mynd syth mewn i'r underground shelter a dilyn y twnnel o dan y castle walls. They've completely raided the place, man! They're going through everything right now!'

'OK, calm down... pwy oeddan nhw?'

'Dim clue! Government, CIA, MI6, GOD KNOWS! Ond o'n i'n gwybod bo nhw'n chaseio fi ers ages nawr! Ma' nhw'n gwybod bo ni 'di neud contact efo'r signal... we have to get there before them!'

'Be? O'n i'n meddwl bo chdi'n deud na nhw *ydi*'r signal!'

'Wel, obviously not! Os taw nhw yw y signal, yna fydden nhw

jest yn disgwyl i ni fynd at y blydi thing a cal ni fynna, but they didn't! They obviously wanted to know where it was themselves. Y power surge 'na, warning odd yr whole thing, guaranteed. Ma' rhaid i ni fynd yno heno!'

'Be? No wê! Gwranda, sgynnon ni ddim syniad be sy'n mynd mlaen – y peth calla i ni neud ydi jest lay low. Ty'd draw i tŷ fi a nawn ni gal think am hyn.'

'Tŷ ti? My man, if they're on to me then they're on to you! Ddim yn saff i dim un ohono ni fynd draw i tŷ ti nawr! Ti'n cofio be wnaeth y pobol 'na yn Bala yn y 70s? Dyna wneith nhw nawr, lockdown and take prisoners! Hide everything and hide everyone! Listen, yr unig ffordd i sortio hyn yw i fynd i'r signal 'na, mynd nawr, a ffeindio allan once and for all beth yw hyn i gyd.'

'Ond... fedran ni ddim... fydd...'

'Mate, ma'r ateb i popeth lan ar y mynydd 'na! Fi'n mynd. Bydde fe lot mwy saff i ti ddod hefyd.'

'Na, ma' raid i fi fynd adra, i jecio bod bob dim yn iawn. 'Di hyn ddim yn medru bod yn wir.'

'You do you, mate. Os ti'n newid meddwl ti, fi'n anelu i fynd rownd cefn y mynydd. I'll be at the gate leading up to Marchlyn Bach at 22:45. Ti'n gwybod ble mae hwnne, ie?'

'Yndw, ond dwi'm yn dod. Fedra i ddim.'

Distawrwydd.

'Fair enough. Bydd yn saff, frawd.'

Clywodd y ffôn yn cael ei roi i lawr yr ochr arall, wedyn y tôn i nodi bod y lein yn farw.

Rhoddodd y ffôn yn ôl yn ei le a chamu allan o'r ciosg. Safodd yn ei unfan am rai munudau yn mynd dros yr hyn oedd newydd ddigwydd. Fedrai o ddim bod yn wir. Yn amlwg, mi oedd stress y dyddiau a'r wythnosau dwytha 'di chwarae efo pen James, neu roedd o, o'r diwedd, wedi smocio'i hun i baranoia llwyr. Ia, dyna oedd yn gneud y mwya o sens.

Am 8:38 y nos ar 23 Ionawr, 1974, gwelodd rhai o drigolion tref y Bala, gogledd Cymru, andros o ffrwydrad mawr ar ochr mynydd

Cadair Berwyn. Dywedodd y rhai oedd yno ar y pryd iddyn nhw weld 'rhywbeth' yn disgyn allan o'r awyr a tharo ochr y mynydd. Roedd o'n gymaint o ffrwydrad nes i'r llawr grynu, a daeth nifer o drigolion eraill y dref allan o'u tai i weld be oedd yn digwydd. Dros yr ugain munud nesaf, gwyliodd pobol y dref mewn rhyfeddod wrth i nifer o oleuadau a pheli lliwgar chwyrlïo'n ôl ac ymlaen uwchben safle'r ddamwain. Yn ogystal, mi welson nhw dair pelen anferth oren llachar ar lethrau Cadair Berwyn a Chadair Bronwen. Edrychai'r peli hyn fel petaen nhw ar dân, ond eto doedd dim fflamau arnyn nhw, ac roedden nhw'n edrych fel petaen nhw'n tyfu ac yn lleihau bob hyn a hyn. Yng ngeiriau un o'r rhai a welodd y cwbwl, roedden nhw'n edrych fel tasen nhw'n anadlu. O fewn ugain munud i'r ffrwydrad, a chyn i unrhyw un gael cyfle i fynd i fyny'r mynydd i weld, cyrhaeddodd hofrenyddion y Fyddin. Caeodd y milwyr y rhan fwyaf o'r dref i lawr a gorfodi pobol i fynd yn ôl i'w cartrefi, a gosod rhwystrau ar y lonydd fferm oedd yn arwain i fyny i'r mynyddoedd. Am dri diwrnod wedyn roedd milwyr lond yr ardal, yn gwrthod gadael i unrhyw un fynd yn agos i safle'r 'ddamwain', dim hyd yn oed y ffermwyr oedd biau'r tir. Cafodd pawb a welodd y ffrwydrad a'r goleuadau eu holi a'u croesholi am ddyddiau. Pan adawodd y Fyddin dridiau yn ddiweddarach doedd dim hoel o fath yn byd ar ochr y mynydd, a chafodd cyhoeddiad swyddogol ei wneud gan wyddonwyr y Llywodraeth mai ffenomenon brin oedd wedi digwydd: roedd daeargryn wedi taro'r ardal ar union yr un pryd ag y gwelwyd comed yn yr awyr dros ardal Lerpwl. Problem fwyaf y Llywodraeth oedd bod cymaint o bobol wedi gweld y digwyddiad, yn rhannol oherwydd eu methiant i gyrraedd yr ardal ynghynt. Roedd eu tîm agosaf o swyddogion fyddai'n delio â 'sefyllfaoedd arbennig' fel hon wedi'u lleoli yn RAF Rudloe Manor, yr ochr arall i ddinas Bath, dros ugain munud i ffwrdd mewn hofrennydd.

Digwyddodd hyn yn y Bala ar 23 Ionawr, 1974.

Ym mis Mawrth 1974, dechreuwyd ar y gwaith o adeiladu Gorsaf Bŵer Dinorwig.

Ar ôl iddo ddechrau cerdded yn araf yn ôl adref, canodd ei ffôn. Heb sbio ar yr enw ar y sgrin, atebodd yr alwad.

'Helô?'

'Hei, ti'n iawn? Fi sy 'ma.'

'O, haia. Ym, sori, nes i'm ffonio gynna i ddeud bo fi'n mynd i'r shed, naddo.'

'Na, paid â poeni, jest ffonio i weld wyt ti'n iawn o'n i. Ti'n swnio allan o wynt.'

'Ia, yndw... o, stori hir. Ddeuda i wrtha chdi wedyn. Ges i neges, na, sori, blydi llythyr arall gan Ja...' Stopiodd siarad am eiliad. Roedd o'n siŵr iddo glywed sŵn clician ar y ffôn. 'Be odd hwnna?'

'Be odd be?'

Gwrandawodd eto, ond doedd y sŵn ddim yno.

'Pryd ti'n dod yn ôl i'r tŷ?'

Cymerodd ychydig eiliadau iddo allu canolbwyntio ar y cwestiwn.

'Y? Na, deud o'n i, cal llythyr arall nesh i...'

'Ia, lle wyt ti? Pryd ti'n dod yn ôl i'r tŷ?'

'Ym, am gychwyn rŵan.'

'O, OK...' Oedodd hi am chydig eiliadau cyn gofyn y cwestiwn nesa. 'Ydi James efo chdi?'

'Nac'di. Dwi ddim wedi'i weld o ers ddoe.'

'O, OK...' Oedodd am rai eiliadau eto. 'Be am Elliot? Ydi o efo chdi?'

Stopiodd gerdded, a sefyll yn ei unfan. Edrychodd o'i gwmpas yn frysiog, i drio gweld unrhyw siapiau yn y tywyllwch.

'Na... dydi Elliot ddim efo fi chwaith. Jest fi sy 'ma.' Doedd dim goleuadau ymlaen ar 'run o'r ceir ar y stryd, a doedd o ddim wedi sylwi ar berson na char yn symud ar y stryd ers iddo gyrraedd. 'Gwranda,' meddai wrthi, 'Sa'm pwynt i ni siarad ar y ffôn, sdi, dwi'n cychwyn yn ôl adra rŵan. Dwi ar ochor arall y pentra, 'lly mi neith hi gymryd o leia ugain munud i fi gyrraedd. Iawn?'

'Iawn... ym, gwna ffafr i fi ar y ffordd: dos i'r siop, i nôl mwy o'r Smarties gwyn 'na i fi. Rheina dwi'n licio...'

Oedodd cyn ei hateb. 'OK... iawn. Dwi'n caru chdi, sdi.'

'Caru chdi 'fyd.'

Gorffennodd yr alwad, a safodd yn llonydd am hanner munud cyfan cyn gweiddi,

'SHIT!'

Disgynnodd i lawr ar un ben-glin, efo'i fraich yn pwyso'n erbyn y wal fechan wrth ei ochr. Straffaglodd i dynnu ei fag oddi ar ei gefn, a brwydrodd am ei wynt. Erbyn hyn roedd yr holl adrenalin oedd wedi bod yn nofio drwy ei wythiennau wedi diflannu, ac roedd y gwymp yn ôl i normalrwydd, a'r ffaith ei fod newydd gerdded hanner ffordd i fyny mynydd, yn dechrau deud arno. Tyrchodd yn ei fag am ei botel ddŵr – roedd hi bron yn wag. Damiodd ei hun am beidio'i llenwi cyn gadael ei shed.

Cyn gadael y pentref roedd o wedi trio mynd mor agos i'w gartref â phosib, jest i weld oedd rhywun yno. Llwyddodd i fynd i mewn i un o erddi'r stryd oedd uwchben eu tŷ nhw, a hyd yn oed o bell, yn y tywyllwch, gallai weld bod degau o bobol yn chwilio drwy ei ardd a thrwy'r cypyrddau yn y lloftydd. Roedd pob un ohonynt yn gwisgo siacedi glas tywyll, menig, a masgiau tywyll dros y rhan fwyaf o'u hwynebau. Wrth iddo sleifio rownd at y brif lôn a basiai ffrynt y tŷ gallai weld eu bod yn cario bron bob dim i mewn i'r faniau mawr gwyn a oedd wedi'u parcio y tu allan i'w dŷ. Roedd logo du ar ochr pob un o'r faniau, a'r gair 'SALEM' oddi tano.

Roedd o wedi rhuthro wedyn i'w shed yn y goedwig ym mhen uchaf y pentref – doedd neb wedi cyrraedd yno eto, felly cafodd ddigon o amser i daflu potel o ddŵr hanner llawn, walkie-talkie, tortsh a morthwyl i'w fag cyn iddo glywed sŵn ceir yn y pellter, a'i heglu hi.

Y walkie-talkie oedd o ei angen yn fwy na dim. Roedd cyrhaeddiad o dros dair milltir arno ar draws tir agored, ac roedd o'n bendant y byddai James wedi mynd â'i un o efo fo hefyd. Ar ôl cerdded am dros awr, estynnodd y walkie-talkie o'r bag a'i droi ymlaen, gan drio nifer o sianelau gwahanol i weld a oedd James yn gwrando. Ar ôl ychydig funudau o holi ar sianelau gwahanol cafodd ymateb, ond nid gan James. Roedd aelod arall o'r gymuned yn digwydd bod yn gwrando: Captain Miller, yn ardal Bethesda. Roedd hyn yn beth da am ddau reswm: yn gyntaf, cafodd ofyn am lifft i Farchlyn Bach. Yn ail, tra oedd o yn y car, esboniodd bopeth oedd wedi digwydd, a'i gynllun am y noson honno, i Captain Miller, gan ofyn iddo fod yn barod ar ochr arall ei walkie-talkie ei hun am weddill y noson er mwyn recordio unrhyw beth a gâi ei ddarlledu arno. Doedd dim peryg iddyn Nhw allu dilyn unrhyw donfedd ar y walkie, felly fyddai dim modd i unrhyw un ddarganfod pwy oedd yn siarad, dim ond iddyn nhw beidio datgelu unrhyw wybodaeth bersonol.

Erbyn iddo gyrraedd giât Marchlyn Bach, doedd dim golwg o James. Doedd ganddo ddim ffordd o ddeud faint o'r gloch oedd hi, ond roedd o'n bendant ei bod hi ymhell ar ôl 22:45, felly ar ôl disgwyl am yr hyn oedd yn teimlo fel awr, rhag ofn, penderfynodd fynd i fyny ar ei ôl o.

A dyna sut y cyrhaeddodd o yma, yn pwyso yn erbyn wal ar ochr y mynydd. Roedd o'n siŵr ei fod o'n gallu gweld golau fflachlamp rhywun yn uwch i fyny na fo yn dod ymlaen ac yn diffodd bob ryw bymtheg eiliad. Mae'n rhaid mai James oedd o, achos dyna'n union roedd o'i hun wedi bod yn neud ar ei ffordd i fyny – rhoi'r golau ymlaen am chydig eiliadau er mwyn gweld y deng metr nesaf o'i flaen, wedyn cerdded hynny yn y tywyllwch cyn goleuo'r dortsh eto. Roedd cerdded yn y tywyllwch yn beryg, wrth gwrs, ond roedd y peryg o gael ei weld neu ei ddal gan.... wel, gan bwy bynnag oedden Nhw, yn ei ddychryn yn waeth.

Cymerodd swig o ddŵr o'i botel, ac ailddechrau cerdded. Ceisiodd gyflymu er mwyn dal i fyny efo'r golau, ac ar ôl rhyw ugain munud roedd o'n siŵr iddo glywed sŵn yn y tywyllwch o'i flaen. Rhewodd. Yn araf bach, trodd fel bod ei gefn yn erbyn y wal wrth ei ochr, a safodd yno'n stond. Clustfeiniodd am sbel ond doedd dim i'w glywed erbyn hyn. Penderfynodd gymryd camau araf i'r dde gan ddilyn wyneb y wal, a dal i wrando'n astud. Rhedodd ei law ar hyd y cerrig oer er mwyn gallu teimlo'i ffordd ymlaen, ond mwya sydyn, stopiodd y wal. Arhosodd yn ei unfan am eiliad i wneud yn siŵr eto nad oedd synau o'i gwmpas, yna rhoddodd y dortsh ymlaen. Yno o'i flaen, yng nghanol y wal enfawr ar ochr y mynydd, roedd twnnel. Ond nid twnnel i unrhyw gar na cherbyd oedd o – dim ond ryw wyth troedfedd o uchder a chwech ar draws oedd o. Yn amlwg, twnnel i bobol gerdded drwyddo oedd hwn.

Cymerodd ei amser i feddwl. Edrychodd i fyny at lle roedd o'n siŵr iddo weld golau tortsh James chydig ynghynt, ond doedd dim golwg o'r golau erbyn hyn. Fysa James wedi medru methu ceg y twnnel, tybed? Bysa, yn bendant. Ffliwc llwyr oedd iddo fo'i hun ei ddarganfod. Neu efallai nad James oedd biau'r golau roedd o wedi bod yn ei ddilyn. Roedd hi'n amhosib deud un ffordd neu'r llall, felly penderfynodd stopio drio meddwl. Estynnodd am y walkie-talkie o'i fag. Gwasgodd y botwm ar yr ochr i siarad.

'Reit, dechreua recordio,' meddai wrth Captain Miller.

Doedd dim byd y tu mewn i'r twnnel. Doedd dim posib deud pa mor hen neu newydd oedd o. Doedd dim golau na gwifrau, ond roedd dau beth yn rhyfedd amdano. Yn gyntaf, pa mor llyfn oedd y waliau. Roedd cannoedd o dwneli a thyllau chwareli yn y mynyddoedd cyfagos, ond roedd y rheiny i gyd, wrth gwrs, wedi'u torri a'u siapio dros ganrif a hanner yn ôl, a rhai, hyd yn oed, wedi'u creu efo ffrwydradau, a olygai bod y waliau yn garegog a garw ofnadwy. Roedd y waliau yma'n wahanol. A doedd dim byd yn gorchuddio'r garreg chwaith, dim haenen o sment na chalch na dim i wneud i'r waliau edrych yn esmwyth, dim ond carreg hollol lyfn. Yr ail beth rhyfedd – a heb os, roedd hyn yn achosi dipyn o banig iddo – oedd pa mor hir oedd y twnnel. Doedd o ddim i'w weld yn culhau, ac roedd o mor hir ac mor syth fel nad oedd golau ei dortsh yn cyrraedd ei ddiwedd. Y cwbwl a welai oedd cylch bychan du ymhell o'i flaen.

Cerddodd i mewn i'r düwch, ac wrth gerdded, disgrifiodd bopeth a welai ac a deimlai i mewn i'r walkie-talkie yn dawel, gan obeithio bod Captain Miller yn medru derbyn y signal a'i fod yn recordio. Ond ar ôl iddo fod yn cerdded am ddeng munud gwyddai fod hynny, mwy na thebyg, yn amhosib erbyn hyn. Roedd o'n ddwfn yn y mynydd, a doedd dim llawer o siawns i'r signal gyrraedd allan. Ond parhau i sibrwd wnaeth o, gan fod hynny'n dod â chydig o gysur iddo.

Ymhen sbel arhosodd yn ei unfan, gan ddisgyn ar un ben-glin a diffodd ei dortsh. O'i flaen, roedd be oedd yn edrych fel pen draw i'r twnnel. Cymerodd funud neu ddau i feddwl be i'w wneud nesa, cyn penderfynu mai defnyddio'r un dechneg ag a wnaeth o wrth fynd i fyny'r mynydd fyddai orau. Felly trodd y dortsh ymlaen am eiliad yn unig i weld o'i flaen, a cherdded am ryw ugain metr cyn ei throi ymlaen eto am eiliad, a cherdded eto yn y tywyllwch. Gwnaeth hyn bedair gwaith cyn iddo gyrraedd diwedd y twnnel. Aeth i lawr ar ei ben-glin unwaith eto, a chlicio ar fotwm siarad y walkie-talkie. Dechreuodd sibrwd.

'Reit, dwi 'di cyrraedd pen draw'r twnnel. Dwi ddim yn gallu gweld – ma' hi mor blydi dywyll yma. Dwi'n meddwl bo fi jest am roi'r dortsh mlaen er mwyn sbio o 'nghwmpas. Paid â stopio recordio – mi wna i drio esbonio bob dim dwi'n 'i weld fel dwi'n mynd.'

Cymerodd sawl anadl ddofn, a chyfri i dri yn ei ben cyn sefyll i fyny a throi ei dortsh ymlaen. Yr eiliad y gwnaeth o hynny, llenwodd y lle â golau. Llenwodd ei lygaid â golau. Llenwodd ei fyd â golau.

Allai o ddim prosesu'r peth yn iawn. Hwn oedd y golau mwyaf llachar iddo erioed ei weld na'i deimlo. Caeodd ei lygaid, ond hyd yn oed wedyn roedd y golau'n treiddio drwy ei amrannau felly cododd ei fraich ar draws ei wyneb. Rywsut, roedd y golau'n dal i lifo i mewn i'w benglog, ond allai o ddim esbonio pam. Mor sydyn ag y daeth y golau ymlaen, diffoddodd.

Safodd yno, ychydig yn benysgafn, yn trio rhoi trefn ar ei feddwl. Agorodd ei lygaid, ac er syndod iddo, dechreuodd allu gweld o'i gwmpas drwy'r smotiau o liw yn ei lygaid.

'O, god... os ti'n clywed hyn, os ti'n recordio hyn, dwi mewn... Blydi hel, odd 'na ola ridiculous. Dwi rioed 'di gweld dim byd fel'na o'r blaen... ond dwi'n gallu gweld rŵan. Dwi mewn ryw fath o stafell. Na, fedrith hynny ddim bod yn wir – does ’na’m walia, dwi’m yn meddwl, na to na llawr na dim byd. Hold on... O mai god. OK. O ’mlaen i ma’ ’na... wel, dwi’m yn gwbod be ydi o, ond mae o’n anfarth! As in, my god, mae o’n massive! Mae o fatha metal... Na. Fedrith o’m bod. Mae o’n newid lliw... Na, gwyrdd ydi o dwi’n meddwl, ryw wyrdd metallic. Ffyc, mae o’n massive!’

Rhoddodd ei ben i lawr am eiliad er mwyn rhwbio’i lygaid i drio cael gwared ar weddill y smotiau oedd yn nofio o’u blaenau.

‘Iawn. Mae’r peth ’ma’n hiwj – dwi’m yn gwbod sut arall i’w ddisgrifio fo. A does ’na’m sŵn. Dim sŵn o gwbwl. Hei, hold on... Ma’ ’na rywun arall yma efo fi dwi’n meddwl. HELÔ? HELÔ?... Ella ddim. O, hold on, oes! HELÔ? Ma’ rhywun yn dod ata fi, o bell... na, mwy nag un... Listen, sorry if I’m trespassing. I got lost! Ma’ nhw’n dod, a ma’ nhw’n... ma’ nhw’n...’

Gollyngodd ei fys oddi ar y botwm, ac un ar ôl y llall disgynnodd y walkie-talkie a’r dortsh o’i ddwylo, y ddau yn gwneud sŵn chwalu ar y llawr caled ond doedd dim math o eco chwaith.

Rhewodd ei lygaid arnynt, a daeth y mymryn lleiaf o wên i’w wefusau. Dim byd mawr, dim ond digon i droi corneli ei geg i fyny fymryn. Ond dim ond am eiliad, efallai dwy, y parodd hyn. Teimlodd y gwaed yn rhedeg i’w wyneb. Roedd ei galon fel petai’n trio neidio o’i frest, a gallai ei chlywed yn pwmpio yn ei glustiau. Teimlai fel petai ar fin llewygu. Ac wrth iddo sefyll yno, yn gwrando ar yr aer yn gwneud ei orau i wthio i mewn ac allan o’i gorff, roedd o’n ymwybodol ei fod o’n socian o chwys.

Yn rhyfedd, wnaeth o ddim ystyried rhedeg.

8. Hamilton

'Os 'di honna drws nesa ddim yn ffocin stopio efo'r ffocin canu 'na dwi'n mynd i grogi hi efo'i thafod 'i hun, cont.'

'Pa un o'r lliwiau yma sy'n wahanol i'r lleill?'

'Be?'

'Pa un o'r lliwiau yma sy'n wahanol i'r lleill?' gofynnodd y ddynes eto.

'Nes di glwad be udish i?'

'Do.'

'Dwi'n siriys, sdi, deu'thi ffocin stopio efo'r sŵn a'r canu 'na... ffocin Elvis Presley o bawb 'fyd... ne na i hollol cal hi yn ystod brêc nesa ni.'

'Pa un o'r lliwiau yma sy'n wahanol i'r lleill?'

'Ti'n sîriysli trio weindio fi fyny, dwyt...'

'Na, dydw i ddim. Yn hollol i'r gwrthwyneb, deud y gwir. Dwi'n trio niwtraleiddio'r sefyllfa drwy dy anwybyddu di, achos ti'n gwbod yn iawn be ydi rheolau'r lle 'ma, a be sy'n digwydd i ferched sy'n dangos agwedd neu deimladau treisgar at aelodau eraill y prosiect. Y gwir ydi, cymaint ag y byswn i wrth fy modd yn smasho dy ben di i mewn i'r wal 'na a dy lusgo di i un o'r celloedd tywyll, ffiaidd 'na yn y seler, sgin i ddim mynadd gwneud y gwaith papur fysa'n dilyn hynny. Felly, sbia ar y papur 'ma, a deuda wrtha i pa *ffocin* un o'r *ffocin* lliwiau 'ma sy'n wahanol i'r lleill.'

Odd llgada hi'n ddu, bron, wrth iddi stêrio arna fi. Odd hi hollol o ddifri pan ddeudodd hi y bysa hi wrth 'i bodd yn smasho 'mhen i mewn i'r wal 'na. Odd hi 'di neud hynny fwy nag unwaith o'r blaen – ac i fod yn deg, o'n i mwy na thebyg yn haeddu hynny ar y pryd – a dwi'n cofio'r wên ar 'i gwefusa hi a'r sglein yn 'i llygid hi wrth iddi neud. Wbath neis mewn gweld rhywun yn mwynhau ei job, deud y gwir, does? Dyma fi'n sbio i lawr ar y papur o'i blaen hi: 12 sgwâr gwyrdd ar bapur gwyn.

'Ma' nhw i gyd yn wyrdd.'

'Yr un math o wyrdd?'

'Be ti'n feddwl, "yr un math o wyrdd"? Ia, yr un math o ffocin wyrdd! Be w't ti, B&Q ne rwbath?'

Dyma hi'n sleidio'r darn papur yn ôl i mewn i ffeil odd ar 'i glin hi, a chodi i adael.

'Ooo, paid â deud bo fi 'di brifo dy deimlada di gymaint bo chdi'n rheid gif-yp ar y tests bach stiwpid 'ma'n barod?'

Odd hi'n neud yn dda iawn i anwybyddu fi, chwara teg, ond odd y sglein bach 'na dal yn 'i llygid hi, yn dangos sa hi wrth 'i bodd yn reid slap sydyn i fi. Ond fel ddudodd hi, sa'r gwaith papur yn hunlla iddi, so neith hi ddim.

'Dwi 'di cael be dwi angen allan ohonat ti am heddiw.'

'Be, bo fi'n gallu gweld sgwaria gwyrdd? Ground breaking science yn fanna i chdi.'

Dyma hi'n sefyll wrth y drws a troi ata i, y ffeil frown wedi'i lapio yn 'i breichia hi.

'Mae heddiw wedi bod yn eitha llwyddiannus, a deud y gwir. Ti o'r diwedd yn fy mhrofi fi'n gywir: dwyt ti ddim yn mynd i fod yn addas ar gyfer y treialon 'ma, ac mi wyt ti, fel ti 'di bod drwy dy fywyd, yn fethiant llwyr.'

'Awtsh... kitty got claws... so be ti'n ddeud ydi bod 'na actually point i'r holl tests bullshit 'ma 'dan ni'n neud bob dydd?'

'Gest ti'r wybodaeth berthnasol pan wnest ti gytuno i fod yn rhan o'r treialon.'

'Ymm... naddo. Cwbwl gesh i odd ryw ddynas bald yn dod mewn i cell fi a deud "os ti ddim isho cal dy fwrdro yn jêl, seinia fyny i'r thing 'ma", a dyna pam dwi'n fama.'

'Wel, does dim rhaid i chdi boeni am y peth. Fel o'n i'n deud, mae'n edrych yn debyg dy fod di am fethu with flying colours, so fyddi di o'ma o fewn yr wsnos, gobeithio.'

'A wedyn be?'

'Gei di fynd yn ôl i'r jêl, i gael dy fwrdro.'

Odd y sglein 'na yn 'i llygid hi eto. Ma' hi'n wirioneddol lyfio'i job, chwara teg. Y bitsh bach iddi.

I fod yn deg, o'n i'n deud clwydda pan nesh i ddeud bo fi ddim yn gwbod be o'n i'n seinio fyny amdano fo. Os rwbath, nathon nhw esbonio gymaint esh i'n eitha bôrd o'r holl beth. Lewis Stevens odd enw'r boi – wel, Dr Lewis Stevens. Odd o'n neud yn siŵr bo fi'n cofio galw fo'n Doctor, y pric pretenshys iddo fo. Ond pretenshys ne beidio, odd o'n blydi stynning o foi. Boi Du ifanc efo sbectol lliw gwahanol bob tro, yn rîli coci a confident. Bob tro mewn siwt smart ne un o'r cotia gwyn 'na ma' doctors ar y teli'n wisgo. Dyna'r unig reswm nesh i adael iddo fo ddod i mewn i fwydro fi i ddechra... odd sbio arno fo yn dipyn mwy diddorol na sbio ar wyneba calad, hyll y merchaid erill o'n i'n weld bob diwrnod.

Dwi'n cofio'r tro cynta ddoth o mewn, yn brolio am ryw waith odd o'n neud – deud bod o a'i gwmni 'di ffeindio ffor o altro rwbath yn y corff. Nesh i'm rîli gwrando i fod yn onast, ac er bod o'n llawn ohono fo'i hun, dodd o ddim yn grêt am ddeud stori, a ddim yn esbonio stwff yn dda iawn. Odd o'n adrodd lot o lythrenna a rhifa, siarad am waed a brên fi, a deud bo nhw am newid petha. Bullshit llwyr, dwi'n meddwl. Ond mi odd 'na un peth nesh i ddallt: 'Os wyt ti'n penderfynu arwyddo'r papur yma, a chytuno i ymuno â'r treialon, mi allwn ni dy symud di allan o'r carchar erchyll 'ma, i un o'n canolfannau arbrofi ni, lle fyddi di'n saff.'

Nesh i seinio'r basdad thing yn syth.

Odd lle o'n i cynt yn uffernol. Odd hi'n filthy yno, a pawb isho stabio ne throtlo fi. Dim bo fi'n beio nhw – o'n i 'di stabio a throtlo lôds ohonyn nhw yn ystod misoedd cynta fi yno. I ddechra o'n i'n goro neud o i protectio fy hun... odd 'na *gymaint* ohonyn nhw yn trio twtshiad gwallt fi ne breichia fi, hollol isho shagio fi, fatha bo nhw rioed 'di gweld neb efo gwallt blonde cyrliog a llgada glas o blaen. So odd rheina deffinet yn haeddu stab bach ne cut ar 'u wyneba. Ond os dwi'n bod yn onast, rhan fwya o'r amsar o'n i'n neud o achos o'n i'n bôrd ac isho rwbath i neud. Oddan nhw'n medru cal get awê efo cadw fi mewn lle mor sgym efo'r lesbians 'na i gyd 'fyd, jest achos yr holl wancars 'na nesh i 'eu harteithio a'u lladd' fel nath y Judge 'na alw fo. Fysa neb ar y tu allan yn poeni lot lle o'n i, dim hyd yn oed y bobol Human Rights 'na yn Ewrop. Dim bod fama yn Buckingham Palace na dim byd, ond ma'n lân, ma'r bwyd yn gymaint gwell, a dwi'm yn goro sbio dros ysgwydd fi drw dydd bob dydd rhag ofn i rywun sticio brwsh dannadd i mewn i gwddw fi.

Jest biti bod y bitsh drws nesa ddim yn stopio ffocin gweiddi.

* * *

Ma' cal dy ddeffro pan ti'n gwbod yn iawn bo chdi heb gysgu digon yn beth od iawn. Fel tasa dy gorff di'n deud wrth dy frên, 'dwi ddim yn siŵr bo hyn yn syniad da...', ond doedd gen i'n amlwg ddim dewis. Roedd drws y stafell wedi cael ei ddatgloi a'i agor, a'r golau wedi'i roi ymlaen, cyn i fi gael cyfle i react... na, ymateb.

A rŵan, a finna'n gorwedd yn hannar noeth ar fy ngwely, roedd Dr Stevens yn sefyll o 'mlaen i.

'O, sori,' medda fo, a troi ei gefn.

'Dim problem siŵr,' medda finna, wrth godi'n sydyn ac estyn am bâr o drowsus a chrys T oedd ar y gadair wrth waelod y gwely.

'Sori... ddylwn i fod wedi cnocio, ond ia, mi oedd raid i mi... ia, sori...'

Rodd hwn mor ddel a coci pan odd o'n siarad am ei waith, ond dodd o'n amlwg ddim yn treulio lot o'i amsar yn trafod unrhyw beth arall, yn enwedig o flaen merchaid hannar noeth.

'Ydi... ydi hi'n iawn i mi droi rŵan?'

'Yndi tad,' medda fi, wrth eistedd ar y gadair.

'Grêt.' Wrth iddo droi ro'n i'n medru gweld 'i fod o'n gafael mewn ffeil frown, yr un ffeil ag odd gan y sguthan 'na ddoe.

'Sori eto am ddod i mewn heb gnocio, a sori hefyd am dy styrbio di mor gynnar, ond roedd rhaid. Dwi newydd ddarllen dy ffeil ar ôl dy sesiwn ddoe.'

Gafaelodd Dr Stevens yn y gadair oedd o dan y ddesg, ei thynnu hi i ganol y stafell ac eistedd arni. Roedd ei lygaid yn sgleinio, ac roedd o'n gwenu fel plentyn oedd wedi cael gormod o hufen iâ.

'Dwi'n meddwl bod canlyniadau ddoe yn addawol... wel, yn addawol *iawn* a deud y gwir.'

'Be, canlyniada'r prawf pan o'n i'n sbio ar sgwariau gwyrdd am ddeg munud?'

'Na, dim cweit.'

'Ond mi ddudodd y sguthan 'na ddoe bod bob dim dwi'n neud yn fethiant llwyr, ac y bydda i o'ma o fewn yr wsnos.'

'Be, Beryl? Paid â gwrando arni hi. Dyna ma' hi'n ddeud wrth bawb... dydi hi ddim yn medru gweld y potensial sy yn rhai ohonoch chi... ma' hi'n ei chael hi'n anodd gwahaniaethu rhwng be sy'n wych a gwahanol am rai ohonoch chi a... wel...'

'Be naethon ni i gael ein gyrru yma.'

Nesh i edrych arno fo'n edrych ar y llawr, a gweld chydig o chwys ar 'i dalcian o.

'Wel... ia. Ond beth bynnag, fel ddeudis i, anwybydda hi! Dwi'n amau bod y newid wedi dechrau'n barod!'

'Pa newid?' medda fi, yn methu dallt be ar wyneb y ddaear roedd hwn yn trio'i ddeud.

Cododd Dr Stevens ei hun yn y gadair, ac mi allwn i weld bod ei hyder yn dechra dod yn ôl... roedd o'n amlwg am ddechra siarad am ei waith.

'Reit, esbonia i mi be 'dan ni'n neud yn fama,' meddai.

'Sori?' medda fi, ddim yn siŵr sut roedd o am i mi ateb.

'Yn union be wnes i ofyn: esbonia i mi be 'dan ni'n neud yn fama.'

'Ti'n bod chydig fel y llall 'na rŵan, yn ailadrodd cwestiynau nad oes posib i mi eu hateb nhw.'

'Ha! Dyna fo, yn union! Mi wyt ti newydd ddeud "cwestiynau nad oes posib i mi eu hateb nhw"!'

Edrychais yn syn arno.

'Fysat ti *byth* wedi siarad fel'na ddoe! Mi fysat ti wedi rhegi arna i neu 'mygwth i erbyn hyn!'

Meddyliais am eiliad. Oeddwn i'n siarad yn wahanol?

'Go on, tria ateb y cwestiwn rŵan... be 'dan ni'n neud yma?'

Eisteddais am chydig a thrio meddwl. Y gwir oedd nad oedd gen i syniad be oedd yn digwydd yma, a doeddwn i ddim wedi poeni am y peth, a deud y gwir, gan fod beth bynnag oedd yn digwydd wedi bod yn esgus i 'nghael i allan o'r twll arall 'na. Ond roedd o'n amlwg am gael rhyw fath o ateb, felly dyma fi'n dechrau siarad am yr hyn ro'n i'n ei wybod.

'Wel, rydach chi'n tynnu merched allan o garchardai gwahanol, ac yn eu cadw nhw mewn celloedd gwell a glanach, ond maen nhw'n dal i fod mewn celloedd.'

'Ydan, ond be 'dan ni'n neud i chdi?'

Meddyliais am eiliad eto, yn dal ddim yn siŵr o'r ateb roedd o'n chwilio amdano, felly penderfynais gadw pethau'n syml eto.

'Bob diwrnod, cyn amser cinio, mae aelod o'r tîm yn dod i mewn i fy stafell, ac yn rhoi nodwydd yng nghefn fy ngwddw. Wn i ddim be sy yn y nodwydd na pam fy mod i'n cael y pigiad. Yna, ar ôl cinio hynod faethlon a llawn protein, chwarae teg, mae rhywun yn dod i mewn bob pnawn am ryw hanner awr i awr i ofyn nifer o gwestiynau gwahanol i mi, a dangos nifer o luniau dwi ddim yn eu dallt i mi.'

Gallwn weld ei wyneb yn goleuo wrth i mi siarad am fy nhrefn ddyddiol, fel petai'n clywed yr hyn roedd o eisiau ei glywed am y tro cyntaf.

'Ia, mae bob dim ti'n ddeud yn wir, heblaw am un peth...'

Edrychais arno'n dawel, yn disgwyl yr ateb.

'I ddechra, dwi'n fodlon betio, a dwi *yn* berson betio, dy fod di'n gwybod yn *iawn* be mae cynnwys y nodwydd yn ei neud i chdi, er nad wyt ti'n gwybod yn union *be* sydd ynddi.'

'Sut hynny?'

'Oherwydd dwi wedi deud wrthat ti.'

Eisteddais yn dawel, gan fy mod yn gwybod y byddai'n ymhelaethu.

'Yn ystod un o dy ddyddiau cynta di yma, yn y stafell hon, mi wnes i esbonio i ti yn union be ydan ni'n wneud yma. Ti'n cofio?'

Ro'n i'n ymwybodol fy mod i'n ysgwyd fy mhen yn ysgafn i gyfleu nad oeddwn yn cofio, ond y gwir oedd, rywle yng nghefn fy meddwl, yn cuddio mewn niwl trwchus, roedd rhywbeth yn dechrau ymddangos.

'Llyfr...' atebais, heb wybod pam yn union roeddwn i'n deud hynny. 'Rhywbeth am ryw lyfr...'

'Ia!' meddai, bron â neidio o'i gadair. 'Nid llyfr, dim yn union, ond mi wnes i gymharu'r broses i greu llyfr, ti'n iawn! Ti'n cofio mwy?'

Ar ôl chydig eiliadau, gan na wnes i ateb, dechreuodd esbonio.

'Pan fydd rhywun yn ysgrifennu llyfr, boed o'n un ffeithiol neu'n ffuglennol, mae gan y llyfr hwnnw neges, neu ystyr. Ond gall amrywiadau bach, neu gamgymeriadau, ddigwydd i'r testun: rhai'n fwriadol, rhai'n ddamweiniol. Gall hyn ddigwydd cyn i'r llyfr gael ei argraffu, wrth i rywun ei deipio fo allan neu ei olygu o, neu'n ddiweddarach, yn y dyfodol pan fydd llyfr yn cael ei gopïo neu ei ailddosbarthu. Gall hyd yn oed newid bach, i'r testun cyfan neu i un gair, greu goblygiadau anferthol, yn fwriadol neu beidio, i ystyr neu neges y llyfr hwnnw....'

Wrth glywed y geiriau hyn, cliriodd y niwl yn llwyr o fy meddwl a gallwn weld ei esboniad yn hollol glir, fel ysgrifen mewn sialc ar fwrdd du. Heb sylweddoli fy mod yn gwneud hynny, gorffennais ei esboniad bron yn yr un llais a thôn â'r doctor, pan esboniodd y cyfan i mi wythnosau maith yn ôl.

'... Credwn y gall yr un peth ddigwydd gyda'r genom dynol. Mae newidiadau bach wedi digwydd drwy gydol hanes i genom rhai bodau dynol: cyfeirir at hynny fel mwtaniad, amrywiad, neu newid genetaidd. Gall hyn roi llygaid glas i rywun, neu roi'r gallu i rywun redeg neu nofio'n gyflymach na'r rhan fwyaf o fodau dynol eraill. Pan fydd newid genetaidd yn digwydd yn y boblogaeth, ar amlder o 1% neu fwy, gelwir hynny yn bolymorffedd. Yn union fel newid bychan mewn llyfr, gall mwtaniadau yn y corff fod yn ddiniwed neu'n niweidiol, ond mewn achosion prin, gall fod yn aruthrol o fuddiol.'

Tra oeddwn yn ceisio meddwl sut ar wyneb y ddaear roeddwn

i wedi cofio hyn i gyd air am air, roedd Dr Stevens yn byseddu drwy ffeil drwchus oedd ar ei lin, ac roedd papurau'n disgyn bob ochr iddo.

'Reit, aros funud, i mi gael gweld be wnes i esbonio nesa i ti...' Rhedodd ei fysedd drwy'r papurau nes iddo gyrraedd y dudalen roedd o'n chwilio amdani. 'Aha! Dyma ni, ro'n i'n gwybod 'mod i wedi cadw cofnod.' Daliodd y papur o'i flaen a rhoi gweddill y ffeil ar lawr yn flêr. 'Reit, efo chdi, gan fod y profion gwaed gwreiddiol wedi dod yn ôl yn eitha positif, ro'n i'n reit benodol wrth esbonio'r mathau o bethau rydan ni'n anelu amdanyn nhw. Gawn ni weld faint ti'n gofio rŵan.'

Roedd hyn yn deimlad hynod afreal. Rydw i'n cofio'r sgyrsiau gawson ni wythnosau yn ôl, ond yn gwybod yn iawn nad oeddwn yn deall gair oedd yn cael ei ddeud wrtha i ar y pryd. Eto, gwn yn union be mae Dr Stevens am ei ofyn, a gwn eisoes be ydi'r atebion.

'CSM 101,' dywedaf yn ddistaw.

'Sori, be?' gofynnodd y doctor.

'CSM 101. Rydach chi wedi creu CSM 101.'

Gwenodd y doctor wrth nodio. Edrychodd i lawr ar ei bapur.

'Gennyn ACTN3. deud wrtha i be ydi hwnnw.'

Unwaith eto dechreuais siarad, gan ailadrodd air am air, yn yr un tôn, yr hyn roedd Dr Stevens wedi'i egluro wythnosau ynghynt.

'Mae gan bob un ohonon ni ennyn o'r enw ACTN3 yn ein cyrff, sy'n rhoi cyfarwyddiadau ar gyfer creu protein sy'n gyfrifol am ysgytiad cyflym ffibrau'r cyhyrau, sy'n ein galluogi i redeg. Gall polymorffismau penodol i'r gennyn ACTN3 ddylanwadu ar ein gallu athletaidd a'n perfformiad mewn chwaraeon trwy reoli math a maint y ffibrau yn y cyhyrau.'

'Perffaith gywir. Caria mlaen...'

'Mae polymorffedd cyffredin, R577X, yn y gennyn ACTN3. Hwn sy'n penderfynu a yw unigolyn yn cario'r alel R, sy'n gysylltiedig â chynhyrchu'r protein, neu'r alel X, sy'n gysylltiedig ag absenoldeb y protein. Ar ôl gwneud astudiaethau ar grŵp o sbrintwyr elitaidd, mi wnaethoch chi ddarganfod mai'r genoteip mwyaf cyffredin ynddynt oedd RR, sy'n cadarnhau fod unigolion â'r alel R â'r gallu i sbrintio ar lefel elitaidd. Ond mewn astudiaeth o redwyr pellter hir, mae'r unigolion sydd â'r genoteip XX o'r alel X yn dangos dygnwch uwch wrth redeg pellteroedd hir.'

'Felly, be ydan ni wedi'i wneud efo'r wybodaeth yma?'

'Rydach chi wedi creu CSM 101 sydd, pan mae'n cael ei roi yng nghyrff rhai pobol, nid yn unig yn datblygu'r genoteip RR, ond hefyd yn datblygu'r genoteip XX, sy'n galluogi rhywun nid yn unig i redeg yn anhygoel o gyflym, ond hefyd yn eu galluogi i wneud hynny am amser hir.'

Nodiodd Dr Stevens, gan edrych arna i fel tad balch.

'Rŵan, deud wrtha i am y gennyn MSTN, neu yn fwy penodol, am K153R.'

'Mae polymorffedd K153R yn medru gweithredu fel "brêc" genetig ar gynhyrchu myostatin, sy'n chwarae rhan hanfodol wrth reoleiddio twf a datblygiad cyhyrau. Mae CSM 101 yn gallu atal K153R, neu wneud iddo "anghofio" gweithio, fel bod signal barhaus yn cael ei yrru i gelloedd cyhyrau gan wneud iddyn nhw dyfu ac atgynhyrchu. Mae hyn yn golygu twf aruthrol mewn datblygiad, maint a gwydnwch y cyhyrau.'

'Be am y gennyn LRP5?'

'Mae'r gennyn LRP5 yn cynhyrchu protein sy'n rheoleiddio dwysedd a chryfder esgyrn. Gall newidiadau yn y gennyn LRP5 gael effaith ar iechyd esgyrn unigolyn. Mae newidiadau yn y G171V o fewn yr LRP5 yn achosi cynnydd yn nwysedd y mwynau o fewn esgyrn, sy'n arwain at esgyrn anarferol o gryf a thrwchus sy'n gallu gwrthsefyll toriadau. Mae CSM 101 yn medru cynyddu cynhyrchiant G171V o fewn y corff i greu'r gwytnwch hwn.'

Gwenodd Dr Stevens. Erbyn hyn, doedd dim rhaid iddo fy annog i siarad.

'Mae CSM 101 yn medru newid y gennyn SCN9A fel ei fod yn amharu ar agoriad y sianel sodiwm NAV1.7. Mae hyn yn lleihau'r nifer o ionau sodiwm sy'n teithio drwy'r sianel, ac yn atal y sodiwm rhag cyrraedd y nosiganfyddwyr. Gan mai'r nosiganfyddwyr hyn sy'n gyrru signalau poen i'r ymennydd, mae hyn yn galluogi'r corff i barhau i symud a gweithredu heb deimlo poen o gwbwl.'

Tra oeddwn yn siarad, plygodd Dr Stevens i lawr yn araf i godi a threfnu'r papurau yn y ffeil oedd ar y llawr.

'Mae creu newid yn y P384R o fewn y gennyn DEC2 yn gallu rheoli lefelau orexin, hormon sy'n rheoleiddio cyffro, ac yn medru cadw rhywun yn effro. Mae newidiadau i'r ADRB1 hefyd yn galluogi rhywun i oroesi am ddyddiau os nad wythnosau ar ychydig iawn o gwsg, a gall warchod unigolion rhag problemau iechyd megis trawiadau ar y galon a chlefyd siwgr.'

Wrth i mi orffen siarad sylweddolais fod cadair Dr Stevens yn wag. Roedd o wedi camu allan o'r gell, ac erbyn hyn safai yn y coridor gyda'r ffeil frown flêr o dan ei fraich, a gwên gadarn ar ei wyneb.

Codais innau, a throi i'w wynebu. Roedd yn edrych arna i, yn amlwg yn disgwyl i mi ofyn rhywbeth iddo.

'Sut roeddech chi'n gwybod bod y CSM 101 wedi dechrau cymryd gafael ar fy nghorff i?'

Lledodd ei wên. 'Rwbath ddeudist ti ddoe wrth Beryl. Do'n i ddim yn gwybod yn iawn, wrth gwrs, ond daeth y cadarnhad y bore 'ma wrth i'r ffordd rwyt ti'n siarad newid yn hollol. Roedd hynny'n awgrymu bod y ffordd rwyt ti'n meddwl wedi newid hefyd. Y frawddeg gyntaf ddeudist ti ddoe oedd yn arwyddocaol.'

'Pa frawddeg?'

'Aros eiliad... mae o gen i'n fama...' Dechreuodd fyseddu'r papurau yn y ffeil eto.

'Dyma ni: "Os 'di honna drws nesa ddim yn ffocin stopio efo'r ffocin canu 'na dwi'n mynd i grogi hi efo'i thafod 'i hun, cont." Dyna i chdi ddeud!'

Yn syth, teimlais fy wyneb yn cochi, ac embaras llwyr yn treiddio drwy fy stumog. Roedd y geiriau erchyll hynny wedi dod o 'ngheg i. Dyna sut ro'n i'n arfer siarad. Ceisiais guddio fy ffieidd-dod.

'A pam y frawddeg hon?'

'Wel, edrycha...'

Cododd ei fraich i amneidio at y gell drws nesaf. Arhosais yn fy unfan am eiliad, gan nad oeddwn yn siŵr ai prawf oedd hwn i weld a fyddwn yn ceisio dianc, ond roedd yr olwg ar ei wyneb yn un hollol onest. Amneidiodd eto.

Yn araf, cymerais gam ymlaen, fy nhraed noeth yn mwytho'r llawr oer wrth i mi gamu drwy ddrws y gell ac i mewn i'r coridor. Troais fy mhen i edrych i mewn i'r gell nesaf: roedd hi'n hollol wag. Cerddais ymhellach i lawr y coridor ac edrych i mewn i'r gell nesaf. Roedd hon eto'n wag. Camais ymhellach a gweld cell wag arall, ac un arall, nes i mi gyrraedd diwedd y rhes.

'I ble ydach chi wedi'i symud hi?' gofynnais wrth gerdded yn ôl at fy nghell fy hun.

'I nunlla,' atebodd y doctor.

'Wel, tydi hynny'n amlwg ddim yn wir. Ble aethoch chi â hi? A pham?'

Chwarddodd Dr Stevens yn uchel, ond nid mewn ffordd filain na sbeitlyd. Roedd o wirioneddol yn hapus.

'Wir, wnaethon ni mo'i symud hi. Marian ydi enw'r ddynes sy'n canu caneuon Elvis yn ddi-stop, a dydi hi erioed wedi cael ei chadw yn y gell drws nesa i ti.'

Edrychais i mewn i'r gell wag unwaith eto. 'Ond mi oedd hi yna, ro'n i'n ei chlywed hi...'

'Mi wnest ti ei chlywed hi, do, ond doedd hi erioed yn y fan hyn. Mae Marian, fel chdi, mewn adain ar ei phen ei hun, sy bron i gan metr oddi yma, ac mae tua saith o waliau concrit rhwng y ddwy ohonoch chi.'

Cymerais un edrychiad arall ar draws y celloedd gwag o fy mlaen cyn troi i edrych arno.

'CSM 101?'

'CSM 101,' nodiodd.

* * *

Pasiodd y tri mis wedyn yn anhygoel o sydyn, gyda'r holl weithgareddau, y profion a'r arbrofion, ond erbyn hynny roedd gen i rwtîn gyson.

Bob bore cawn fy neffro am chwech, a byddwn yn yfed gwydraid anferth o rywbeth gwyrdd, afiach, oedd yn edrych fel uwd. Ond doeddwn i ddim yn cwestiynu'r peth nac yn ei wrthod.

Pwrpas y prosiect hwn oedd datblygu fy nghorff, ac yn enwedig fy meddwl, fel eu bod ar eu gorau, ac roedd yfed yr hylif ofnadwy yn rhan o hynny.

Wedyn deuai'r dos dyddiol o CSM 101 drwy nodwydd yng nghefn fy ngwddw. Roedd hynny'n anhygoel o anghyfforddus i ddechrau, ond erbyn hyn, gyda'r CSM 101 yn effeithio ar y nosiganfyddwyr, tydw i ddim hyd yn oed yn ei deimlo.

Wedyn mae'r holl arbrofion a phrofion yn cael eu cynnal, cyn i mi gael gwydraid arall o'r uwd gwyrdd i ginio, a mwy o brofion ac arbrofion wedyn cyn swper. I fod yn deg iddyn nhw, rydw i'n cael dewis unrhyw beth lecia i i swper. I ddechrau, ro'n i'n dewis y pethau gwirionaf bosib, dim ond i weld pryd fyddai rhywun yn camu i mewn i wrthod y cais, ond wnaethon nhw ddim. Cafodd pob dim y gwnes i erioed ofyn amdano ei weini i mi. Ond ar ôl i mi fod yma am chydig wythnosau, dechreuais sylweddoli fod fy nghorff yn dechrau gwneud y penderfyniadau drosta i. Roedd y syniad o gael byrgyr a sglodion, unrhyw beth wedi'i brosesu, neu fwyd â gormodedd o siwgr ynddo, yn dechrau gwneud i fy stumog droi, a dechreuais adael iddyn nhw ddewis fy mhrydau drosta i. Felly reis, brocoli a chyw iâr ydi hi bron bob nos.

Ar ôl y bythefnos gyntaf mi ddechreuon nhw adael i mi fynd allan i'r awyr agored ambell ddiwrnod er mwyn iddyn nhw allu cynnal arbrofion ar raddfa uwch: profi pa mor gyflym ro'n i'n medru rhedeg, pa mor uchel y gallwn i neidio, pa mor dda ro'n i'n gallu clywed synau o bell, faint o ergydion corfforol y gallwn eu cymryd. Am yr wythnosau cyntaf roedd yr holl beth yn sioc aruthrol, ond erbyn hyn, gan fod fy meddwl wedi esblygu i ddal i fyny â'r newidiadau yn fy nghorff, doedd neidio dros waliau, chwalu wal frics efo fy nwylo, medru codi'n syth ar ôl cael fy nharo i lawr gan gar a medru gwrando ar sgwrs rhywun oedd mewn adeilad bron i gan metr i ffwrdd ddim yn fy syfrdanu. Roedd y cyfan mor naturiol ag anadlu.

Ro'n i hefyd wedi cyfarfod nifer o'r merched eraill oedd ar yr un rhaglen â fi, er mwyn i ni allu hyfforddi efo'n gilydd a chynnal arbrofion ar y naill a'r llall. Roedden ni'n treulio oriau bob wythnos yn chwarae gemau gwyddbwyll, cael hyfforddiant Jujitsu, Taekwondo a Muay Thai, a hyfforddiant ar sut i ddelio ag ymosodiadau corfforol a sut i adnabod unigolion 'anarferol' mewn grŵp o bobol.

Yn ogystal, roedd oriau maith o waith astudio. Roeddwn i'n gorfod darllen hen ffeiliau MI6 am ddigwyddiadau llwyddiannus ac aflwyddiannus mewn nifer o wahanol wledydd dros y byd, darllen hanesion grwpiau terfysgol a sut y cafodd ymosodiadau eu hatal, a sut i dorri i mewn i systemau cyfrifiadurol rhai o'r grwpiau hyn yn ogystal â systemau amddiffynnol byddinoedd a llywodraethau gwledydd eraill.

Am yr wythnosau cyntaf roedd llawer o hyn wedi chwarae ar fy meddwl, yn enwedig wrth i mi orwedd yn fy ngwely, mewn cell unig ar fy mhen fy hun. Oedd y cyfan yn foesol? Pa mor bell fyddai gofyn i mi fynd petawn i'n gorfod defnyddio rhai o'r sgiliau newydd ro'n i'n eu datblygu? Oedd y system hon, yr arbrofion hyn, y cwmni oedd yn rhedeg y prosiect, yn gwneud hyn yn rhywle arall hefyd? Os oedden nhw, tybed faint o bobol fel fi oedd dan eu rheolaeth? O gymryd mai'r bwriad oedd eu rhyddhau er mwyn dilyn cyfarwyddiadau'r cwmni, beth yn y byd fyddai'n cael ei ofyn ohonyn nhw? A beth fyddai goblygiadau hynny i bobol gyffredin? Ac yn ehangach, oedd hyn yn digwydd mewn gwledydd eraill?

Bu'r cwestiynau hyn yn fy mhoeni'n aml yn ystod y mis cyntaf, ond bellach doedden nhw ddim – am ddau reswm.

Y cyntaf oedd fy mod yn eitha siŵr nad oedd prosiect tebyg i hwn yn cael ei gynnal mewn nifer o wledydd gwahanol... doeddwn i ddim hyd yn oed yn siŵr fod llywodraeth y wlad hon, hyd yn oed, yn gwybod beth oedd yn mynd ymlaen gan fod popeth i'w weld yn cael ei redeg gan un cwmni. Yr un logo â'r llythyren 'S' oedd i'w weld ar ddillad pob gweithiwr, ac ar dop pob darn o bapur neu lythyr, ac ar ochr pob fan ro'n i wedi'u gweld yn cyrraedd y giatiau. Fel arfer, gyda llywodraeth mor llwgr â'r un sy'n rhedeg y wlad hon, buasai nifer o gwmnïau gwahanol wedi cael siâr o'r gacen, i gyd yn berchen i deulu a ffrindiau'r rhai sy'n rheoli pwrs y wlad. Ond yma, roedd popeth yn cael ei redeg mor effeithlon, a phawb i'w gweld mor broffesiynol, oedd yn awgrymu'n eitha amlwg mai cwmni preifat, annibynnol o unrhyw graffu ac arian cyhoeddus, oedd wrth y llyw.

Yr ail beth wnaeth i mi stopio poeni oedd yr adeilad du.

Ar y diwrnod cyntaf hwnnw pan ges i fy ngadael allan o'm cell gan Dr Stevens, aeth â fi o gwmpas i weld y safle. Mi ges i wybod ble ro'n i'n cael mynd, a ble oedd wedi'i wahardd. Dangosodd Dr Stevens yr adeiladau lle byddwn i'n mynd ar gyfer yr arbrofion corfforol i mi, a lleoliadau'r arbrofion technegol a chyfrifiadurol, oedd mewn adeiladau gwahanol. Ar yr ail ddiwrnod, dechreuodd Dr Stevens fy nghyflwyno i rai o'r merched eraill oedd yn cymryd rhan yn y prosiect.

'Ti ddim wedi gofyn i mi pam mai merched yn unig sydd yma...'

Roedd ganddo ffordd o adael brawddeg yn agored er mwyn i mi ofyn cwestiwn iddo pan oedd o'n ysu i esbonio rhywbeth i mi, yn hytrach na gofyn y cwestiwn ei hun. Ro'n i'n teimlo'r ysfa fwyaf i'w anwybyddu'n llwyr, ond eto, ro'n i eisiau gwybod.

'Merched ydi pawb ar y prosiect oherwydd ein bod mewn carchar merched.'

Gwenodd Dr Stevens a rhwbio'i ên rhwng ei fys a'i fawd.

'Ti'n dal i feddwl dy fod di mewn carchar?'

'Dwi'n cysgu mewn cell ar adain saff, ac yn gorfod dilyn cyfarwyddiadau'r staff i gyd. Felly ydw, dwi'n teimlo fel 'mod i'n dal mewn carchar.'

'Dwi'n addo, mi fyddi di'n teimlo'n lot llai caeth fesul diwrnod o hyn ymlaen. Er, wedi deud hynny, allwn ni ddim gadael i ti fynd oddi yma chwaith, yn anffodus.' Gwenodd eto'n nerfus, yn amlwg yn ceisio gwneud y frawddeg yn llai negyddol, ond anwybyddais ei addewid cryptig.

'Pam bod pawb yma'n ferched?'

'A, ia, cwestiwn da!'

Estynnodd am ffeil o dan ei fraich, ond sylweddolodd nad oedd un yno.

'O, ym... wel, yn syml, oherwydd mai dim ond ar ferched mae CSM 101 yn gweithio. Ond, wedi deud hynny, dydi o ddim yn gweithio ar ferched am byth chwaith... dyna pam rydan ni'n gorfod ei chwistrellu o i dy wddw di'n ddyddiol, i gadw'r effaith.'

Cerddodd y ddau ohonom yn ein blaenau, ond wnaeth o ddim esbonio mwy.

'Pam dim ond merched?' gofynnais cyn hir.

Gwyrodd Dr Stevens ei ben fel petai wedi hanner gobeithio na fuaswn yn gofyn.

'I fod yn hollol onest, tydan ni ddim yn siŵr.'

Fel arfer byddai ateb fel hyn wedi fy ngwylltio, yn enwedig gan rywun oedd yn deall cymaint am y maes gwyddonol, ond roedd fy meddwl wedi hen ddechrau crwydro, yn bennaf oherwydd yr adeilad du.

Roedd yr adeilad du yn nghornel bellaf yr iard roedden ni ynddi. Adeilad tri llawr, oedd yn sefyll allan gan ei fod wedi ei beintio'n ddu i gyd, heb un ffenest na drws i'w weld yn unman arno, dim ond waliau llyfn, tywyll. Ond i mi, roedd o hefyd yn sefyll allan gan nad oedd yr un smic o sŵn i'w glywed yn dod ohono.

Sylwodd Dr Stevens fod fy nghamau'n arafu, a 'mod i'n syllu draw at yr adeilad.

'O, ia, y ganolfan brofi...' meddai. 'Mae o'n edrych fel rwbath allan o raglen Sci-Fi, dydi,' ychwanegodd gan chwerthin.

'Be ydach chi'n brofi yno?'

'Lot o bethau: peiriannau, arfau, cyfrifiaduron... beth bynnag fedri di feddwl amdano fo.'

'Pam na fedra i glywed i mewn yno?'

'Mae'r arbrofion yn medru bod yn... wel, yn eitha swnllyd ar brydiau...' Gwasgodd ei ên rhwng ei fys a'i fawd unwaith eto. 'Nid i'r cyhoedd, wrth gwrs, dim ond i'r rhai ohonoch chi sydd ar CSM 101. Roedden ni'n cael cwynion dyddiol gan yr asedau fod yr holl synau – y ffrwydradau ac ati – yn mynd ar eu nerfau nhw, felly mi wnaethon ni adeiladu hwn. Does dim un smic o sŵn yn medru mynd i mewn nac allan drwy'r waliau, a wneith sŵn yr arbrofion byth amharu arnoch chi eto.'

Roedd rhywbeth am yr esboniad yn gwneud i mi deimlo'n anghyfforddus, efallai am nad oedd y geiriau wedi llifo allan o'i geg o'n esmwyth iawn. Ond penderfynais beidio dangos hynny.

'Asedau?' gofynnais, a throi i edrych arno.

'O... gair anffodus mae rhai pobol yn ei ddefnyddio i sôn amdanoch chi weithiau. Dwi ddim yn ei licio fo fy hun... beth bynnag, be am i mi fynd â chdi draw i'r cantîn, i ddangos i ti lle fyddi di'n cael dy swper bob nos.'

Dangosodd y ffordd gyda'i fraich a dilynais innau, yn gwrando'n astud ar y ciwb gwag o sain a safai yng nghanol y môr o synau eraill.

Am ddau fis mi fues i'n gwrando a chanolbwyntio ar yr adeilad du. Ro'n i'n gwybod o'r dechrau fod rhywbeth mawr o'i le – er bod y stori 'atal sain y ffrwydradau' yn gwneud synnwyr ar lefel arferol, doedd o ddim yn gwneud synnwyr o gwbwl i mi nac i unrhyw un arall a oedd yn cymryd CSM 101. Er ei fod yn wir fy mod i'n medru clywed popeth ymhell ac agos, doedd lefel y sain ddim wir yn amharu arna i yn y ffordd roedd Dr Stevens yn ei honni yn ei esboniad am yr adeilad du. Waeth pa mor uchel ydi unrhyw sŵn, dwi'n gallu dewis ei anwybyddu'n llwyr. Petai ffrwydrad enfawr yn digwydd chydig fetrau oddi wrtha i, neu unrhyw un sy'n derbyn CSM 101, fuasai fy nghroen ddim yn rhwygo, byddai cyhyrau fy nghoesau yn ddigon cryf i fy atal rhag cael fy nhaflu i'r llawr, a byddai fy nerbynyddion poen yn gwrthod gyrru negeseuon i fy ymennydd. Yn ogystal, byddai fy llygaid a fy nghlustiau yn eu gwarchod eu hunain rhag niwed. Felly, er bod esgus Dr Stephens yn gwneud synnwyr i rywun normal fel fo, i mi, dyna yn union oedd o. Esgus.

Felly, bob diwrnod, yn ystod pob sesiwn ymarfer, pob taith gerdded a phob amser egwyl, ro'n i'n gwrando. Doeddwn i ddim yn credu ei bod yn bosib i'r holl adeilad fod yn hollol wrthsain, ond i fod yn deg i'r cwmni, roedd o bron yn berffaith. Bron.

Mae'n rhaid cael mynedfa i bob adeilad, a dyna lle roedd y gwendid yn yr adeilad du. Roedd ganddyn nhw system oedd yn gorfodi pawb i fynd i mewn ac allan o'r adeilad drwy dri drws gwahanol. Roedd hynny, wrth gwrs, yn syniad gwych, ond roedd cynllunydd y drysau hollbwysig wedi canolbwyntio ar gadw'r safle'n ddiogel yn hytrach na chadw'r sain i mewn. O ganlyniad, os oeddwn i'n pasio'r adeilad pan oedd rhywun yn mynd drwy'r drysau, roedd modd i mi glywed i mewn am ychydig eiliadau wrth i'r drysau gwahanol agor a chau. Roedd y sain yn amlwg wedi cael ei feddalu rywfaint, ond gallwn adnabod sŵn traed ac ati, a synau curo. Ond dridiau yn ôl, clywais y sŵn wnaeth newid popeth.

A dyna pam fy mod i wedi penderfynu chwythu'r holl adeilad i fyny.

* * *

'Plis, plis paid â gwneud hyn!'

Llais Dr Stevens odd hwnna, yn blêrio ar y sound system dros y lle i gyd. Odd o obviously mewn building arall yn rwla, yn gallu siarad drwy intercom.

'Y cwbwl 'dan ni'n trio'i wneud ydi achub y byd! Trio gwneud y lle yn saff! A fedri di ein helpu ni i wneud hynny!'

Nesh i godi un bys at un o'r cameras CCTV.

'Trio gwella bob dim 'dan ni... trio...'

Ar y pwynt yna nesh i dynnu esgid fi off a llechio fo i smasho'r speaker odd yn hongian off y to. O'n i dal yn gry... ac odd hi'n dda bod yn fi eto.

Tara. Dyna odd enw hi. Dodd hi ddim mwy na tua chwech oed. Pan nesh i smasho mewn drw ddrws massive metal un o'r labs 'na, dyna lle odd hi, 'di cal 'i chlymu i ryw gadar efo peips yn dod allan ohoni yn bob man fatha ryw Frankenstein. Odd hi'n hollol unconscious.

Naw munud. Dyna faint gymodd hi i fi chwalu drw'r holl building du 'ma. Naw munud. 17: dyna faint o bobol odd 'di goro marw i fi gyrradd fama. Chwara teg i fi, nesh i reid dewis iddyn nhw symud o ffor, i ollwng weapons nhw a gorfadd ar lawr ne i even troi rownd a reid hand i fi gyrradd lle o'n i isho mynd. Ond na, fair play iddyn nhw, odda nhw'n hollol loyal i bosses nhw, ia. A fair play 'fyd i'r 24 arall sy heb farw eto, ond sy ar hyn o bryd yn crio a sgrechian ar hyd y coridors tu ôl i fi.

Swn i'n lyfio cal mwy o'r stwff super CSM 101 'na i mewn yndda fi ŵan, ia, achos ma'r basdad gola coch emergency 'na sy'n troi a troi flat out yn y coridor 'ma yn chwalu pen rhywun, ond dwi dal jest yn gallu neud allan y geiria 'Server Room' ar y drws reit o flaen fi... sy'n handi, achos dwi 'di hollol laru dragio'r cont 'ma o gwmpas. O leia mae o 'di stopio crio ŵan.

'Lle ma'r keycard?' medda fi wrtho fo, ond nath o jest gorfadd yna yn smalio bod yn unconscious eto.

'OI, DIC'ED, LLE MA'R KEYCARD 'NA?' medda fi eto, a restio gwaelod esgid fi ar gwddw fo. Nath hynna neud iddo fo stopio smalio. Dyma fo'n estyn am y keycard odd rownd gwddw fo, a nesh i dragio fo fyny i ista ar 'i din i fi gal reid y basdad thing yn y slot i agor y drws. Dodd dim pwynt i fi drio smasho drysa lawr dim mwy – odd powers fi hollol 'di mynd. Swn i jest yn smasho dwylo fi.

'Dos mewn i fanna'r pric bach,' medda fi, a cicio fo yn 'i din i gal o i symud.

Ar ôl cau'r drws dyma fi'n mynd ati strêt awê i reid y boms bach du 'ma yn lle odd brên clyfar fi 'di deud oddan nhw i fod i fynd. Da odd y brên clyfar 'na weithia – o'n i'n gallu cofio bob blydi dim ac o'n i'n gwbod shitloads o betha. Ond ffyc mi, odd o'n gallu bod yn knackering, ia.

'Plis, plis, dwi 'di neud bob dim nes di ofyn... jest plis, gad i fi fynd...'

'Ha, ha. As if, cont,' medda fi. 'Torture-io kids bach a ballu: ti'n aros yn fanna.'

'Dim torture odd o! Ti 'di gweld be 'dan ni'n medru neud i bobol fel chdi! Gwella chi! Odd hi jest yn sbeshal! Nes di weld be odd hi'n medru neud!'

Ffoc, do, nesh i weld be odd hi'n medru neud. Odd o'n ffocin mental! Pan esh i mewn i'r lab 'na efo'r drws massive metal, a gweld hi wedi'i strapio lawr, esh i mewn i ryw mental mode a dechra smasho petha fyny. Odd gwyneba'r tri scientist yn hollol priceless. Esh i wedyn at y gwely a ripio bob dim odd'arni hi, y straps, y peips, y weiars, bob dim. Nesh i godi hi off y gwely a reid hi ar lawr, a wedyn nesh i droi i sortio'r tri bell-end 'ma odd yn trio cuddiad yn gornal. Nesh i gal nhw i sefyll fyny, a fel o'n i am twatio nhw nath cyrff nhw kind of mynd yn stiff i gyd, a wedyn nath veins gwddw a gwyneba nhw droi yn ffwc o las, a wedyn, I swear to God, nathon nhw ecsplodio. Ffocin ecsplodio. Odd o'n hollol class. Nesh i droi rownd a dyna lle odd yr hogan bach 'na jest yn sefyll tu ôl i fi efo llgada flashy gwyn a braich hi allan, yn sgrechian.

Nesh i ddeud swn i'n helpu hi escapio, ond nath hi ddeud bod hi'n iawn, bod hi'n gwbod lle i fynd a lle odd brawd hi. Be o'n i am neud, ia, stopio hi? No chance. O'n i ddim yn y mood i gal fy ecsplodio.

'So, pam odda chdi'n torture-io plentyn, ta?' Odd hwn 'di dechra neud ryw sŵn crio eto ar lawr, a gas gynno fi sŵn crio fel'na. 'Ei, ateba fi. Pam odda chdi'n torture-io plentyn?'

'Ti 'di torture-io a lladd mwy o bobol na neb ohonan ni,' medda llais Dr Stevens drost y lle eto. Gyted. Ma' raid bod 'na basdad speaker arall yn y room yma.

'Ha, ha. As if! Wel, actually... do. Ond oddan nhw'n haeddu fo! Pobol 'tha chdi a hwn yn neud o i blant... OK, dwi'n mental, yndw... ond dwi'm yn neud petha i blant, ia...'

Ar hynna dyma fi'n reid cic arall i hwn ar lawr.

'Gad lonydd iddo fo,' medda llais Dr Stevens drwy'r speaker eto.

'Gad lonydd iddo fo? Da chi 'di bod yn iwsho ni fatha ffocin anifeiliaid yn fama ers oes, a ti isho fi adal llonydd iddo fo?'

'Dim ond gwyddonydd ydi o. Efo fi ti'n flin go iawn.'

'Ffocin reit, chdi dwi'n flin efo go iawn!'

Bullshit llwyr odd hynna. Do'n i'm yn flin efo fo o gwbwl... ma'n wiyrd sut ti'm yn rîli gallu bod yn flin efo rhywun ti isho bangio. Ond do'n i'm am ddeud hynna wrtho fo, ddo.

'Plis, tro'r teimars ar y boms 'na i ffwrdd!'

'Pa foms?' medda fi gan wenu.

'Plis, sdim angen i chdi neud hyn!'

'Mêt, hyd yn oed swn i rîli isho switsho nhw off swn i methu. Ma' be bynnag nesh i i setio fo fyny pan o'n i dal yn genius 'di hen fynd o brên fi ŵan.'

'Gad i'r gwyddonydd fynd, ta.'

'Pam odd yr hogan bach 'na yn fanna? Pwy odd hi?'

'Gad iddo fo fynd, plis, a na i ddeud bob dim.'

Nesh i neud uffar o wynab actio fatha bo fi'n meddwl am y peth, a wedyn nodio a reid cic i'r boi at y drws. Off â fo ar 'i bedwar fatha ryw rat bach, ond nesh i smasho gymaint o walia i lawr ar y ffor i mewn dwi'n eitha siŵr bod gynno fo ddim hôps o ffeindio'i ffor allan. Ac eniwe, ma' gynno fo lai na dau funud i neud o, os di'r stopwatch nath y fi clyfar 'i setio yn iawn.

'Mae o 'di mynd. So go on ta, deud bob dim...'

'Mi oedd hi yna oherwydd chdi.'

'Achos fi? Neu ni, yr... be nes di alw ni o blaen? Asedau?'

'Dim fi sy...' Ochneidiodd. 'Ia.'

'Paid di â beio fi am hyn i gyd, mêt.'

'Na, dwi ddim yn beio chdi. I fod yn deg, sgin ti ddim syniad be sy'n mynd mlaen ddim mwy, nagoes.'

'Dwi'm mor thic â hynna, y basdad cheeky! Ond os ti isho trio explainio, na i'm stopio chdi, ia...'

'Os wna i esbonio, nei di stopio beth bynnag ti wedi'i osod i fyny yn fanna?'

'Na i gal think am y peth...'

Ochneidiodd Dr Stevens drwy'r seinydd.

'Be am i chdi ddechra esbonio am yr hogan, ac ella na i gofio sut i stopio'r boms 'na.'

'Mam bach! OK... Y CSM 101. Roeddan ni'n barod i ddechra'r treialon ac angen grŵp o ferched i fod yn rhan o'r peth. Mae pob merch sy'n mynd i'r carchar yn gorfod cael prawf gwaed, felly roeddan ni'n medru gweld pwy oedd yn addas ar gyfer y treialon.

'Sut gatho chi'r results gwaed...? O mai god, gynno chi cops a judges a bob dim yn gweithio i chi, does! Basdads doji!'

'Pobol sydd â'u bryd ar wella petha!' medda Dr Stevens, yn amddiffynnol.

'Go on...' medda fi.

'Ar ôl ffeindio rhestr o bobol roedd eu gwaed nhw'n addas, mi wnaethon ni greu rhestr fer o bobol efo'r sgiliau roeddan ni am eu gwella...'

'Pa skills odd gynno fi, 'lly?'

'Delio efo llwyth o wybodaeth, hel gwybodaeth gudd, tracio, delio efo gelynion...'

'Stalkio, manslaughter a murder nath y Judge alw heina...'

'Mae 'na fwy nag un ffordd o edrych ar bob sefyllfa. Fel nes i esbonio i chdi fisoedd yn ôl, 'dan ni'm yn gwybod yn union pam mai dim ond ar ferched mae o i weld yn gweithio, ond erbyn hyn rydan ni wedi ffeindio nad ydi o'n gweithio ar ferched am byth. Mae'r effeithiau i weld yn diflannu ymhen amser, ac rydan ni'n gorfod rhoi dos cryfach a chryfach bob wythnos, bron iawn, i gadw'r effaith i fynd. Dyna pam rwyt ti fel hyn rŵan... dim ond pedair awr sydd ers i chdi gael y dos dwytha, a ti i weld wedi colli pob elfen o'r galluoedd oedd gen ti.'

'God, do. Teimlo 'tha bechdan, mêt.'

'Oeddat ti'n gallu teimlo bod hynny am ddigwydd?'

'Nope. Nesh i'm rîli sylwi tan o'n i'n swingio ryw foi efo trwsus gwyrdd rownd a rownd cyn slamio pen fo mewn i un o'r fridges yn y lab massive 'na. Gesh i twinge bach yn hamstring fi, a nesh i feddwl, hold on, 'di hynna ddim i fod i ddigwydd.'

'Felly... pam wnest ti hyn?'

'Nesh i glwad yr hogan bach 'na'n sgrechian.'

Aeth Dr Stevens yn ddistaw am chydig ar ôl i fi ddeud hynna.

'Sut?'

'Yyyyymmm.... o'n i fatha ffocin Superman, mêt!' Odd raid i fi ista lawr, achos odd yr holl injuries ar ôl cwffio yn dechra brifo. Odd gynno fi fasdad o boen yn gwaelod cefn ochor dde fi, odd yn mynd syth drwadd i bol fi. 'Chop chop, Dr Secsi, pam yr hogan bach 'na?'

'Roeddan ni'n testio theori newydd... tasan ni'n rhoi'r fformiwla i ferch yn ddigon ifanc, ella y bysa fo'n datblygu wrth iddi dyfu ac aeddfedu...'

'Wel, nath hi ddatblygu rwbath, cont. Welis di be nath hi gynna? Odd hynna'n class!' Dyma fi'n dechra teimlo blas gwaed yn cefn gwddw fi, fatha bo fi 'di llyncu loads o coins 2p. 'Da chi 'di neud hynna i fwy o genod bach fel honna?'

Nath o ddim atab yn ôl.

'Do 'fyd, y basdads drwg! W, da chi'n mynd i fod yn ffycd pan ma' nhw i gyd yn denig.'

'Reit, plis, dwi 'di deud bob dim. Tro'r bomiau i gyd off rŵan.'

'Naaa, mêt. Os dwi'n cofio'n iawn, pan o'n i'n glyfar i gyd nesh i weld plans y building ar un o'r computers 'na a fama da chi'n neud y stwff 101 'na i gyd, de? So ma' hwnna'n goro mynd, yndi.'

A'th o'n ddistaw eto. Gytted bo 'na ddim sgrins mewn yn fama i fi gal gweld gwynab del fo yn flin i gyd!

'Felly, ti jest am ista yn fanna i farw?'

'Sgynno fi ddim lot o ddewis, rîli. Hyd yn oed os 'di'r lle 'ma ddim yn chwythu fyny ma' tu mewn fi'n gone, eniwe. Ma'n iawn, ddo, nesh i safio'r hogan bach 'na.'

Ffoc, swn i'n gallu cysgu ŵan. Sa chdi byth yn meddwl sa llawr concrit yn gallu bod yn comfy. Ac ma' hi'n anodd siarad ŵan...

'Oi, Dr Secsi... be ddigwyddodd i honna odd yn canu Elvis? Well bo' hi 'di marw, ia...'

9. Springfield

Nesh i agor fy llygaid a'u cau nhw bron yn syth gan fod y gola'n eu llosgi nhw. Mi godish i fy llaw i fyny bron yn awtomatig i drio'u harbed nhw, ond roedd hynny bron i dair eiliad yn rhy hwyr. Mi o'n i'n medru teimlo bod fy ngheg yn anhygoel o sych, a blas od ynddi... blas meddygol, bron, fatha'r ffisig dolur gwddw 'na ti'n gorfod gymryd pan ti'n rhy hen i gal yr un melys neis. Nesh i hannar trio ista i fyny ond roedd 'y nghefn i'n brifo gan 'mod i'n gorwedd ar rwbath uffernol o galad. Nid ar fy soffa o'n i, felly. A 'mhen i... mam bach, mi oedd 'y mhen i fatha bo fi 'di bod ar y lash am y pedwerydd diwrnod yn olynol, ond eto, do'n i'm yn cofio bod ar sesh chwaith.

Dyma fi'n ryw hannar troi ar fy ochor a symud fy llaw i fyny ac i lawr i drio chwilio am fy ffôn, ond doedd o ddim yno. Wedyn, nesh i estyn i'r ochor, i weld oedd o ar y bwrdd bach wrth ochor y gwely, ond doedd 'na ddim byd yno chwaith. Hold on, medda fi wrtha i fy hun, dim fy ngwely fi ydi hwn. Yn bendant dim matras o'n i'n gorwedd arni, na'r llawr chwaith... roedd o'n teimlo'n galad a llyfn, fel tasa fo wedi'i beintio. Dyma fi'n trio agor fy llygaid eto, a llwyddo i gadw cil un yn gorad tu ôl i fy llaw. Drwy 'mysedd, dyma fi'n trio sbio o 'nghwmpas i weld lle yn union o'n i. Doedd gin i ddim clem. Mi oedd o'n rhyfadd – er bo fi'n medru gweld yn glir, neu'n meddwl bo fi'n medru gweld yn glir, drwy fy llygad dde, do'n i'm yn medru gweld dim byd go iawn. Yr unig beth o'n i'n weld oedd gwyn. Jest y lliw gwyn. Dim byd arall o gwbwl. Ar ôl ryw ddeg eiliad arall o drio sbio rownd bob man dyma fi'n agor fy llygad chwith hefyd, yn slo bach, ac yn iwsio fy llaw dde i ffeindio ochor beth bynnag o'n i'n gorwedd arno fo. Efo fy mhenelin mi nesh i lwyddo i wthio fy hun i fyny, a gollwng fy nghoes dde dros yr ochor er mwyn ista i fyny. Roedd y gola yn dal yn ofnadwy o gry, yn hurt o gry, ond dim yr haul oedd o. Doedd 'na ddim gwres yn fy nharo efo'r gola, ac mi o'n i'n medru deud mai i mewn yn rwla o'n i, nid tu allan, achos roedd 'na ogla meddygol o 'nghwmpas i, fatha'r jel 'na oeddat ti'n goro iwsio ar dy ddwylo adag Covid. Yn slo bach dyma fy llygaid i'n dechra gweld amball beth... mi oedd bob dim yn dal yn wyn, ond ro'n i'n dechra gweld gwahanol siapia yn y gwyn. Lawr i'r dde mi oedd 'na rwbath petryal mawr, fatha top bwrdd heb goesa, ond do'n i'm yn gallu gweld lle oedd y llawr yn gorffan a'r walia'n dechra, na lle oedd y walia'n gorffan a'r to yn dechra. Yn amlwg mi o'n i mewn rhyw fath o stafall hollol wyn.

Yn sydyn, yn ganol yr holl wyn, dyma rwbath yn dal fy llygad, fel tasa fo'n sefyll allan rwsut. Ar ôl syllu arno fo am chydig o eiliada, a canolbwyntio go iawn, dyma fi'n sylwi mai handlan drws oedd o. Ar ôl trio gweithio allan pa mor bell i lawr oedd y llawr, dyma fi'n camu oddi ar beth bynnag o'n i'n ista arno fo; ac ar ôl chydig eiliada o drio sefyll ar goesa gwan, dyma fi'n mynd at y drws a trio'i agor o. Ond doedd dim pwynt – doedd yr handlan ddim hyd yn oed yn troi.

Ro'n i mewn stafell wen oedd fatha cell carchar, a doedd 'na ddim byd arall – dim silffoedd na dodrefn na sinc na chypyrddau na droriau – yno. Dim byd. Edrychais i lawr arna i fy hun: mi o'n inna hefyd wedi fy ngwisgo mewn gwyn. Mi oedd gin i grys T gwyn, oedd o leia un maint yn rhy fawr, amdanaf, trowsus oedd yn teimlo fel rhai pyjamas, eto yn rhy fawr i fi, pâr o sanau gwyn a rhyw fath o sgidia ne slipers slip-on, i gyd yn wyn. Lle ar wynab y ddaear o'n i? Lle o'n i 'di bod neithiwr? Efo pwy o'n i? Y peth dwytha o'n i'n gofio oedd bod adra, ar ben fy hun yn gwatshad y teli. Doedd 'na neb arall yno a ddoth 'na neb i 'ngweld i chwaith. Felly sut uffar nesh i gyrraedd fama?

Ar hynny, dyma'r stafall i gyd yn troi yn goch.

'GERAINT IWAN, EISTEDDWCH I LAWR AR Y GWELY.'
'GERAINT IWAN, EISTEDDWCH I LAWR AR Y GWELY.'

Mi oedd y llais yn boncyrs o uchal, ond hefyd roedd o'n swnio fel tasa fo'n dod o'r tu mewn i 'nghlust i. Roedd y stafall yn newid bob dwy eiliad o fod yn hollol wyn i fod yn hollol goch, yna yn ôl i wyn, ac yn ôl i goch.

'GERAINT IWAN, EISTEDDWCH I LAWR AR Y GWELY.'
'GERAINT IWAN, EISTEDDWCH I LAWR AR Y GWELY.'

Jest er mwyn cael y llais i stopio, ac i stopio'r fflachio, nesh i ista i lawr ar y gwely. Dyma'r llais yn stopio, ac arhosodd y stafall i gyd yn wyn. Agorodd y drws.

Yn sefyll yn y drws efo gola anhygoel o lachar y tu ôl iddo fo, roedd Bryn Fôn.

'Ti'n iawn, mêt?' gofynnodd.

Dyma fi'n rhoi ochenaid o ryddhad. 'Na, dim felly. Ma' 'mhen i'n bowndian.'

Gwenodd Bryn, a cherddad i mewn i'r stafall efo gwydraid o ddŵr a dwy dabled.

'Hwda, cymra rheina. Mi wnân nhw sortio chdi allan.'

Dyma fi'n cymryd y ddwy dabled a'u lluchio nhw i mewn i 'ngheg, ac yfad y gwydraid cyfa o ddŵr ar 'u hola nhw.

'Ty'd, awn ni allan,' medda fo, a doedd dim rhaid iddo fo ofyn ddwywaith. Esh i ar 'i ôl o.

Wrth gamu allan o'r stafall mi deimlis i wair o dan fy nhraed. Do'n i ddim mewn stafall mewn adeilad, felly. O 'mlaen i roedd llyn anfarth efo bryniau mawr yn 'i amgylchynu o. Nesh i stopio am eiliad a throi rownd. Y tu ôl i fi, mewn coedwig eitha trwchus, mi oedd be oedd yn edrach fel bocs mawr neu shed fetal – yn amlwg, o hwnnw o'n i newydd ddod. Dyma fi'n troi yn fy ôl.

'Ei, Bryn, pam uffar natho chi roi fi yn shed chi? A lle ma' 'nillad i?'

Taflodd Bryn wên i 'nghyfeiriad.

'Dim fy shed i ydi hwnna... ti'n meddwl 'mod i'n byw mewn coedwig?'

'Lle ydan ni ta?'

Cadwodd Bryn y wên ar ei wyneb a throi i ddechrau cerdded at y llyn.

'Ty'd efo fi. Gawn ni sit down bach yn fama, ac mi wna i esbonio bob dim i chdi.'

Cerddodd yn ei flaen at fainc ar gyrion y coed oedd yn wynebu'r llyn. Roedd bag ar y fainc, ac erbyn i mi gyrraedd roedd Bryn wedi estyn potal o Magners allan ohono, tywallt y seidar i mewn i wydr a'i osod wrth ei ymyl ar y fainc. Roedd o wrthi'n tywallt can o Guinness i mewn i wydr arall.

'Magners ti'n yfad, ia?' medda fo, a heb ddeud dim dyma fi'n gafael yn y gwydr a chymryd swig yn y gobaith sa fo'n helpu i gael gwarad o'r cur pen 'ma. Ar ôl gorffan tollti'r Guinness, rhoddodd Bryn y can a'r botal wag yn ôl yn y bag a rhoi'r bag i lawr wrth ochor y fainc. 'Stedda,' medda fo. A dyma fi'n gwneud. Trodd i 'ngwynebu fi, ac estyn ei law allan.

'Reit, cyn i ni ddechra, sa well i mi gyflwyno fy hun. Bryn Fôn dwi.'

Dyma fi'n sbio arno fo'n syn, o'i lygaid i'w law ac yn ôl.

'Ia... dwi'n gwbod.'

Gwenodd eto. 'Ia, dwi'n dallt dy fod di'n gwbod be 'di f'enw fi, ond coelia fi, tydan ni rioed wedi cyfarfod.'

Dyma fi'n cymryd swig arall o'r Magners a sbio'n ôl arno fo.

'O, god, peidiwch â deud na ryw born-again crap 'di hyn? Dach chi 'di joinio ryw gapal newydd ne rwbath?'

Chwarddodd yn ddistaw. 'Dim eto, beth bynnag! Na, mi wn i dy fod di'n nabod Bryn Fôn, ond dim fi ydi hwnnw. Bryn Fôn arall ydw i.'

Fy nhro fi i chwerthin oedd hi rŵan, a dyma fi'n cymryd swig arall o'r Magners a throi i wynebu'r llyn.

'O, o'n i'n gwbod sa byw yn Pen Llŷn rhy hir yn neud rwbath i chi!'

Fel ro'n i'n gorffan siarad dyma fi'n clywad rhywun yn cerddad dros y cerrig mân ar y llwybr i'r dde i mi. Dyma fi'n sbio i fyny ac yno, yn sefyll reit o 'mlaen i, yn gwenu fel giât, roedd Bryn Fôn yn sefyll. Dwi rioed 'di neidio i fyny mor sydyn yn fy mywyd. Ar fy chwith, yn ista ar y fainc efo Guinness yn 'i law, roedd Bryn; ac ar y dde i fi, yn sefyll ar ganol y llwybr, roedd Bryn. Camodd yr un ar y dde ymlaen ata fi efo'i law allan.

'Hei, ti'n iawn?' medda fo. 'Bryn Fôn dwi, un arall, a na, 'dan ni ddim 'di cyfarfod o'r blaen chwaith.'

Nesh i jest sefyll yno, yn sbio'n ôl a mlaen o un i'r llall heb ddeud dim. Cododd y Bryn cynta i fyny oddi ar y fainc a nodio ar yr ail i fynd o'na. Trodd hwnnw yn syth a cherddad i ffwrdd.

'Ro'n i'n gwbod na fysa chdi'n fy nghoelio fi'n syth, 'lly o'n i'n meddwl y byswn i'n dangos i chdi. Ty'd, stedda i lawr, ac mi esbonia i bob dim i chdi.'

Nesh i glecio gweddill y seidar.

'Sgynno chi botal arall?'

'Felly, ia, does 'na ddim ffordd haws o'i ddeud o. Dyna 'di'r gwir,' medda Bryn, wrth orffan tywallt yr ail gan o Guinness i mewn i'w wydr. O'n i bron â gorffan fy nhrydydd Magners.

''Di hynna... jest ddim yn medru bod yn wir,' medda fi.

'Wel, mae o,' medda Bryn wrth roi'r can gwag yn ôl yn y bag.

'So, jest i gadarnhau yn union be dach chi newydd ddeud wrtha fi rŵan... Dach chi'n trio deud bo ni mewn ryw fath o bentra sy wedi cael 'i adeiladu gan BBC Cymru, S4C a'r Llywodraeth ar y cyd, lle ma' nhw basically yn cidnapio pawb sy'n achosi niwad neu ddrwg i'r cyfrynga Cymraeg, ac yn 'u cadw nhw'n fama fel carcharorion?' O'n i'n edrach arno fo'n eitha blin wrth ddeud hyn.

'Ma' hynna'n ffordd chydig yn gry o'i esbonio fo...'

'Ers pryd ma' hyn yn mynd mlaen?'

'Ddechreuodd o'n ôl yn 1993. Doedd lot o raglenni a stwff Cymraeg ddim yn neud yn grêt ar y pryd, ond wedyn ddoth y ffilm *Hedd Wyn* allan yn '92 a chael sylw yn yr Oscars. Mwya sydyn mi oedd actorion a cherddorion a chyflwynwyr Cymraeg yn cael lot o sylw gan gynhyrchwyr a ballu o wledydd erill. Dim ond ar S4C a

Radio Cymru oedd y rhan fwya ohonyn nhw wedi gweithio cyn hynny, oedd yn golygu 'u bod nhw lot rhatach i'w cyflogi mewn rhaglenni a ffilmia Saesnag ne Americanaidd na'r actorion a'r cyflwynwyr oedd 'di arfar gweithio ar y BBC a Channel 4. Mi oedd S4C yn enwedig yn gweld hyn fel problem anferthol. Os oedd y talent gora i gyd yn mynd i ddiflannu dros y ffin, ac yn bellach na hynny, i weithio, yna doedd 'na ddim hôps yn y byd 'u bod nhw am fedru dal i gynhyrchu rhaglenni o safon, na chyfiawnhau'r pres mawr oeddan nhw'n gael bob blwyddyn gan lywodraeth Lloegr. Mi oedd yr un peth yn wir am BBC Cymru. Felly mi ddoth prif weithredwyr S4C a'r BBC at 'i gilydd a dod i fyny efo cynllun. Mi roddon nhw lot o bres i un ochor a sefydlu grŵp annibynnol o'r enw SALEM. Mi wnaeth SALEM dalu cwmni preifat nid yn unig i adeiladu pentra cudd, ond hefyd i ddyfeisio ffordd o greu clôns o'u talentau gorau. Felly, os oedd unrhyw actor neu gyflwynydd neu ganwr talentog Cymraeg yn ystyried gadael Cymru, neu adael rhaglen neu fand roeddan nhw'n hanfodol iddyn nhw, mi oeddan nhw'n dod â'r seléb i fama, ac yn creu clôn ohonyn nhw i fyw yn y byd tu allan. Ond dydi'r clôns ddim gant y cant yr un fath â'r bobol go iawn – mae eu DNA nhw wedi ei newid chydig i'w gneud nhw'n llai uchelgeisiol.'

'Ocê... os mai chi ydi'r Bryn Fôn gwreiddiol, Bryn Ni go iawn, 'lly, pwy 'di'r un dwi'n nabod adra ta?'

'Clôn ohona fi ydi hwnnw... wel, un ohonyn nhw. Ma' 'na dipyn go lew ohonan ni yn fama.'

Nesh i ista yno am dros bum munud wedyn, yn hollol ddistaw, cyn deud,

'Ma' hyn yn mind-ffyc. Sut uffar ma' nhw'n cal get-awê efo'r holl beth? Mae o chydig yn evil, yndi ddim?'

'Mae o'n gneud sens os ti'n meddwl pa mor bwysig ydi'r cyfryngau Cymraeg i'n hiaith ni, dydi,' rhesymodd Bryn.

'Wel, yndi... ond siŵr bo 'na well ffordd o achub yr iaith na creu'r cwmni SALEM 'ma, oes? Ma'n swnio fatha rwbath o ffilm James Bond.'

''Di SALEM ddim yn ddrwg i gyd, sdi. Nid yn unig ma' nhw'n

edrach ar ôl yr iaith a'r cyfryngau, ond ma' nhw hefyd yn adeiladu ysbytai, gweithio ar brosiectau yn y gofod, gweithio i helpu plant a phobol ifanc, ac ma' bron pawb sy'n rhedag cymdeithasau a sefydliadau Cymru yn 'u cefnogi nhw.'

'Tenar yn deud na cidnapio plant a iwsho alien mind control tactics ar bobol ma' nhw go iawn,' medda fi.

Chwarddodd Bryn. 'Ma' dy feddwl di'n mynd i lefydd rhyfadd, dydi.'

Dyma fi'n gorffan fy niod a rhoi'r gwydr gwag yn ôl i Bryn. 'So pam naethon nhw roi chi yma ta?'

Gwenodd Bryn a chodi oddi ar y fainc.

'Ty'd, awn ni i mewn i'r pentra, a na i esbonio ar y ffordd.' Gafaelodd yn y bag a'i roi ar ei gefn cyn dechrau cerdded i'r dde rownd y llyn.

Ryw hanner can metr o'r llyn ro'n i'n dechra gweld topiau adeiladau ymysg y coed oddi tanon ni, a llwybr troellog yn arwain i lawr i'r cyfeiriad hwnnw.

'Fi oedd yr ail un i gyrraedd yma. Dewi Rhys, oedd ar y pryd yn actio Dyff ar *Pobol y Cwm*, oedd y cynta. Roedd o wedi bod ar hwnnw ers chydig flynyddoedd, ac mi oedd Eastenders yn chwilio am rywun i actio rhan cefnder i'r brodyr Mitchell. Rhan fawr. No wê oedd S4C am adael i'r ffasiwn beth ddigwydd, felly mi naethon nhw agor y prosiect 'ma yn swyddogol ac i mewn â fo. Nes inna landio yma chydig wsnosa wedyn.'

'*Eastenders* nath drio cael chi 'fyd?'

'Na. Sori, nes i ddim esbonio'r cwbwl gynna. Dim jest talent sy'n trio gadael Cymru sy'n dod yma, ond hefyd talent sy'n achosi embaras i SALEM, neu i'r wlad, neu i'r iaith. A dyna, yn ôl SALEM, nes i.' Rhoddodd ei ben i lawr wrth orffen ei frawddeg.

'Be? Nathoch chi godi gymaint o gwilydd ar y wlad nes bo chi 'di cael eich gyrru i fama? Ha ha!'

'Wel, do... a naddo. Nes i ennill *Cân i Gymru* yn 1990 efo "Gwlad y Rasta Gwyn". Pawb wrth 'u bodda. Cân Gymraeg cŵl a ballu... Nath hi gymryd bron i bedair blynedd i bobol S4C weithio allan mai canabis oedd "reu"! Munud y sylweddolon nhw... game over i mi.'

‘Y? Dach chi’n siriys?’

‘Hollol siriys. Yn eironig iawn, dydi S4C ddim yn licio i chdi drafod cyffuria.’

‘So dodd o ddim byd i neud efo boms a llosgi tai ha’ a ballu, ’lly?’

‘Nag oedd siŵr... ond dyna pam ma’r Bryn arall ’na yma.’

‘Be? No wê! Stitch-up llwyr oedd ffeindio’r weiars a ballu yn wal tŷ chi!’

‘Wel ia siŵr, stitch-up llwyr *oedd* hynny... na, ryw flwyddyn neu ddwy wedyn mi gath y Bryn arall ’na ’i arestio tu allan i Buckingham Palace efo llond bŵt car o explosives.’

‘O. O wel... fair enough ’lly, rîli.’

Wrth i ni gerddad lawr nesh i sbio o ’nghwmpas. Yn torri gwair yn un o’r gerddi roedd Hywel Gwynfryn.

‘Nath Hywel ddim nabod fi,’ medda fi wrth Bryn wrth i ni gerdded i mewn i’r pyb. ‘Weloch chi awkward odd o’n codi llaw yn ôl arna fi.’

Pwyntiodd Bryn at fwrdd wrth y ffenast a nodio arna i i eistedd i lawr.

‘Ma’ hynny’n gneud synnwyr,’ atebodd. ‘Ma’r Hywel yna yma ers blynyddoedd maith, chydig ar f’ôl i, felly fysach chi ddim wedi cyfarfod. A hefyd, ddylwn i fod wedi deud wrthat ti: tydan ni ddim yn gofyn i bobol erill pam ’u bod nhw yma. Os ydyn nhw’n dewis deud, grêt, ond fel arall tydan ni byth yn gofyn.’

Mi oedd y ddau ohonon ni’n ista wrth y bwrdd yn wynebu’n gilydd erbyn hyn.

‘Pam ddim?’ medda fi.

‘Wel, nid pawb sy’n falch o be ma’ nhw wedi’i neud i gael eu gyrru yma. Fel ro’n i’n deud, nid jest talentau mawr sy ’ma, ond hefyd pobol sydd wedi, neu sydd efo’r potensial i, greu embaras. Mae ’na fwy na jest y Bryn arall ’na yma oherwydd ’u bod nhw wedi torri’r gyfraith.’

‘No wê! Pwy?’

‘Na, dwi ddim am ddeud. Os ydyn nhw’n penderfynu deud wrtha chdi, ma’ hynny fyny iddyn nhw, ond fel arall, i safio embaras iddyn nhw ac i chdi, jest *paid* â gofyn. Er enghraifft, ti'n nabod Tudur Owen yn dda, dwyt? So heads up, pan ti'n 'i weld o paid â gofyn iddo fo pam bod o yma.'

'PC Leslie Wynne?' medda fi'n syth. Nodiodd Bryn wrth godi i fynd i'r bar.

Wrth i fy llygaid ddilyn Bryn draw at y bar ar ochor arall y stafell, dyma fi'n sylwi mai Geraint Løvgreen oedd yn tynnu'r peintiau.

'Ger!' gwaeddais, wrth neidio ar fy nhraed, ond yn syth dyma Bryn yn troi rownd efo wynab blin a deud wrtha i am fynd yn ôl i ista i lawr. Dyma fi'n mynd.

Dros yr awr nesa, esboniodd Bryn fwy o'r rheolau, gan gynnwys pam nad oedd hi'n syniad da i fi fynd at bobol ro'n i'n meddwl bo fi'n eu nabod, fel nesh i efo Ger.

'Cofia, ma' rhai o'r bobol 'ma wedi bod yma ers degawda...'

'Ia, ond,' torrais ar ei draws, 'os dwi'n ffrindia efo'r clôns, fedra i fod yn ffrindia efo rhein 'fyd, medraf?'

'Yn dechnegol, medri, ond ti'n mynd i'w hatgoffa nhw o be ma' nhw'n hiraethu amdano fo. Er enghraifft, y Ger yna tu ôl i'r bar – mae o yma ers y dechra, bron, sy'n golygu nad ydi o wedi gweld 'i wraig na'i blant ers bron i dri degawd. Felly mi wyt ti, sy'n eu nabod nhw ar y tu allan, yn mynd i neud iddo fo deimlo'n waeth am y peth,' meddai Bryn yn dyner.

'Blydi hel, ma'r lle 'ma'n torture, yndi ddim?' Ro'n i'n dechra mynd yn flin am yr holl beth. 'A peidiwch â deud bo nhw 'di dod â Ger i mewn yma am ryw reswm bwlshit!'

Ysgydwodd Bryn ei ben. 'Na. Mae o yma achos 'dio ddim yn medru canu go iawn – jest siarad mewn tiwn mae o.'

'O... digon teg.'

Edrychodd Bryn ar ei watsh. 'Ro'n i 'di clwad ella bysa chdi'n eitha negatif am hyn i gyd, felly dwi 'di trefnu i rywun i ddod yma i siarad efo chdi.'

Agorodd drws y pyb a cherddodd Gwion Tegid i mewn.

'Heeei! Ger 'di hwn, ylwch!' Dyma fo'n cerdded draw, gwneud i fi godi a rhoi un o'r hygs 'na ma' pawb sy 'di bod yn Ysgol

Glanaethwy yn roi i chdi, hyd yn oed os ydyn nhw wedi dy weld di awran yn ôl. 'Sut mae o? Dal yn yfad Magners? A' i i nôl un bob un i ni!'

Trodd Gwion at y bar, a safodd Bryn ar ei draed.

'Reit, ma' gin i betha i neud, 'lly wna i dy adal di efo Gwion. Geith o ddrinc ne ddau efo chdi'n fama, wedyn mynd â chdi i lawr i dy gartra newydd.' Ar hynny dyma fo'n ysgwyd fy llaw a cherddad allan.

'So, be ti'n feddwl o'r lle 'ma ta? Pyb neis, yndi!' medda Gwion wrth osod dwy botal ar y bwrdd.

'Ym, yndi.... so dwi'n cymryd bo fi'n nabod chdi...?'

'Ha, ha, wyt! Dwi mond yma ers llynadd.'

'Gwbo dwi'm i fod i ofyn, ond pam bo chdi yma? Am adal *Rownd a Rownd*?'

'Naaa,' medda Gwion wrth ysgwyd 'i ben, 'doeddan nhw'm yn hapus am hynna, ond yn syth wedyn nesh i neud y rhaglen ddogfen *Emyr Ddrwg* 'na am y gweinidog odd yn torri cocs pobol 'di marw off. Pobol capal *rîli* ddim yn hapus am hynna!' medda fo efo gwên fawr.

'Be, 'di capal yn rhan o hyn i gyd 'fyd?'

'Yndi siŵr,' medda Gwion. 'Capal yn rhan o bob dim, dydi!'

Wrth iddo fo ddeud hynny dyma fi'n nodio helô sydyn wrth i Rhys Ifans gerddad heibio.

'Hei, un peth dwi 'di sylwi arno fo... pam bod pawb yma yn Gogs?'

Llyncodd Gwion lond ceg o seidar a nodio wrth roi ei wydr i lawr.

'Ia, Gogs 'dan ni i gyd yn fama! Yn wreiddiol dim ond un pentra odd 'na, yn ôl y sôn, lawr yn ochra Caerfyrddin, ac mi odd pawb yng Nghymru yn mynd i hwnnw. Ond efo poblogaeth y pentra'n tyfu rodd 'na *lot* o drafferthion medda nhw, felly mi naethon nhw benderfynu adeiladu un arall yn y gogledd. So rŵan ma' 'na ddau.'

'Pa fath o drafferthion?'

'Wel, fel o'n i'n deud, maint odd y broblam gynta. Dwi'm yn

meddwl bod yr un Caerfyrddin dal yn gorad erbyn hyn... ma' nhw wedi'i symud o jest tu allan i Gaerdydd i un o'r ardaloedd posh 'na. Ond y broblam fawr arall odd... wel, 'di Gogs a Hwntws jest ddim yn licio'i gilydd nacdyn? So pan odd Bryn Terfel a Huw Chiswell yn dechra waldio'i gilydd, odd hi'n chydig o nightmare i'r bobol SALEM 'ma.'

'Ia, fedra i weld y bysa hynna'n gallu bod yn broblam... rhoi Gogs a Hwntws yn 'run lle, 'lly, dim y peth Terfel a Chiswell, er y bysa gweld hynny'n eitha class. Pa broblema erill odd 'na?' medda fi, yn gobeithio clywad mwy am selébs yn ffraeo.

'Wel, y final straw, fel petai, odd y "cludo". Ma' nhw'n rhoi pawb i gysgu i ddod â ni yma, ond apparently 'di'r sedative ddim yn para'n hir iawn. Y broblem ydi bod y stwff yn cutting edge, a tydyn nhw ddim yn gwbod be fysa effaith injectio rhywun fwy nag unwaith. So odd rhai pobol o'r gogledd yn deffro ar y ffordd lawr i Gaerfyrddin ac yn panicio am bo nhw 'di cael 'u cipio, ac yn cwffio efo'r cludwyr a ballu. Nath un o'r Rhys Gwynfors sy 'ma achosi i'r fan odd o ynddi gael damwain, a nath o allu denig! Fuodd o'n byw yn wyllt ac yn hannar noeth mewn coedwig rownd ochra Machynlleth am dros bythefnos cyn iddyn nhw'i ddal o.'

'No wê!'

'Aye! So ia, odd o'n haws yn y diwadd jest cal ail le. Er, o be dwi'n glywad ma'r un yn Gaerdydd lot neisiach a mwy moethus na fama.'

'Yndi, ma' siŵr.'

'Eniwe, gorffenna hwnna ac a' i â chdi lawr i dy dŷ di.'

Cyn gadael y pyb, nesh i bicio i'r toiled. Wrth gerddad heibio'r bar ges i gip ar Griff Lynch a Hywel Pitts yn chwara chess mewn cornal dywyll, a rhoi nòd sydyn i Geraint tu ôl i'r bar, er 'i bod hi'n amlwg nad odd gynno fo syniad pwy o'n i. Dyma fi'n cyrraedd y toiled, ond cyn i fi agor fy zip dyma fi'n clywad y drws yn hedfan yn gorad tu ôl i mi. Cyn i fi gael cyfle i feddwl dyma Gwion yn gafael yn 'y nghrys i efo dau ddwrn a 'ngwthio fi i mewn i un o'r ciwbicyls.

'Ffycin hel! Be ti'n neud?' gwaeddais yn flin.

'Sshhh, paid â gweiddi! Paid â gweiddi!' Dyma fo'n sbio o'i gwmpas yn sydyn i neud yn siŵr nad oedd neb arall yno. 'Reit, fedran nhw'm ein clywad ni yn fama. Tydyn nhw'm yn cal recordio mewn toileda cyhoeddus am ryw reswm. Ger, ma' hi'n NIGHTMARE yma!'

'Y? Nes di ddim deud hynny allan yn fanna. Oddat ti'n swnio fel bo chdi'n cal amsar reit braf yma.'

'Ma' raid i ni i gyd fod yn bositif am y lle 'ma... ma' nhw'n gwrando a recordio bob dim, ac os ti'n deud rwbath negatif ma' nhw'n dy gosbi di!'

'Cosbi? Sut?'

'Dwi'm yn hollol siŵr, ond Ger, ma' hi seriously yn nightmare yma! Ma' pawb ofn drwy'r amsar, a fedri di ddim trystio neb, so ma' pawb jest yn actio a smalio bod bob dim yn iawn.'

Ro'n i'n gallu deud ar 'i wynab o 'i fod o wirioneddol ofn tra oedd o'n siarad – mi oedd dagrau yn 'i lygaid o ac mi oedd o'n cynnu drosto.

'Jîsys! O'n i'n gwbod bod y lle 'ma'n mental!'

'Gwranda, ma' gin i gynllun i ddenig. Dwi, Dafydd Iwan a Mici Plwm 'di bod yn planio fo i gyd ers tri mis... mae o'n foolproof! Oddan ni i fod i fynd chydig ddyddia'n ôl ond glywis i bo chdi ar dy ffor mewn, ac ideally 'dan ni isio pedwerydd person. Dwi'm yn medru trystio neb arall yma,' medda fo, yn 'i ddagra.

'Ffycin reit dwi'n dod!'

'Grêt! Reit, gwranda, achos sgin i'm amsar i ddeud hyn ddwywaith. Dwi am gerddad efo chdi i lawr i dy dŷ di. Dau adeilad i lawr o lle chdi ma' 'na gapal. Am hannar nos heno...'

'Hold on,' medda fi ar 'i draws o.

'Be?'

'Pam bod Dafydd Iwan yma?'

Cymerodd Gwion eiliad ne ddwy i feddwl am y cwestiwn, felly dyma fi'n gofyn eto.

'Pam bod Dafydd Iwan yma? 'Dio'm yn Gog.'

'Y?'

'Wel, chdi ddudodd na mond Gogs odd...'

'O, ma' Dafydd 'di bod yn byw yma mor hir mae o'n cyfri fel... TI'N HOLLOL CANOLBWYNTIO AR Y PETH RONG YN FAMA!' Dechreuodd Gwion fy ysgwyd i wrth weiddi yn 'y ngwynab i.

'Jîsys! Iawn, sori, fel odda chdi'n ddeud, ma' 'na gapal...'

'Oes, dau adeilad i lawr o tŷ chdi. Am union hannar nos 'dan ni am gyfarfod tu ôl i'r capal. Paid â dod â dim byd efo chdi: dim tortsh, dim ffôn, dim cannwyll... dim bag, dim byd. Jest be ti'n wisgo. Na i esbonio mwy i chdi ar ôl i ni gyrraedd yno.'

'Cannwyll?' chwarddais. 'Ha ha – pwy sa'n iwsio cannwyll?' Nath o ddim atab, mond edrach arna fi'n eitha blin. 'Ocê, hannar nos, tu ôl i'r capal, got it.'

Gollyngodd Gwion ei afael ar fy nghrys a trio rhwbio'r crychau roedd o wedi 'u creu allan ohono fo.

'Reit, pan ydan ni'n gadael fama rŵan, ma' raid i chdi actio fatha bod bob dim yn normal – ac ma' hyn mor, *mor* bwysig... paid â trystio NEB!'

'Blaw chdi, yn amlwg... a Mici Plwm a Dafydd Iwan...'

'NA! Ma' 'na fwy nag un Mici a Dafydd, felly fyddi di no wê yn gallu deud pa un 'di pa un. O rŵan nes ti'n gweld fi tu ôl i'r capal heno, paid â trystio NEB! DALLT?'

'Jîsys, yndw, calm down.'

Ar hynny dyma ni'n clywad y drws allanol i'r toiled yn agor, felly cerddodd y ddau ohonan ni allan.

Doedd fy nhŷ fi ddim yn bell iawn o'r pyb – fysa fo 'di bod yn blydi briliant taswn i'n planio aros yn y lle 'ma – ac yn ista ar fy stepan drws pan gyrhaeddon ni roedd Manon Steffan.

'Dyma nhw, ylwch!' medda Manon. 'Diolch, Gwion, na i ddangos y tŷ iddo fo.'

Nodiodd Gwion arni. 'O, ocê, cŵl, wela i chi wedyn,' medda fo, a cherddad i lawr y lôn gan godi llaw arnon ni wrth fynd.

Cododd Manon ar 'i thraed a dod ata i. Unwaith eto do'n i ddim yn gwbod o'n i'n nabod y Manon yma, a do'n i ddim i fod i ofyn, nago'n, felly nesh i'm deud dim.

‘Sut w’t ti ta, y twat?’ gofynnodd Manon.

Aye, o’n i’n nabod hon.

Ryw ddeg munud gymrodd hi i fynd â fi rownd y tŷ. Doedd na’m byd i’w ddangos rîli – odd bob dim yn basic iawn – ond mi eglurodd Manon bod ’na siop anfarth yma i mi allu prynu stwff ar gyfer y lle. Wedyn, mi aethon ni i ista yn yr haul yn yr ardd gefn.

Roedd hi wrthi’n deud wrtha fi pam ’i bod hi yma (mi oedd hi a’i chwaer wedi sgwennu cân i *Cân i Gymru* efo’i gilydd oedd yn cynnwys negeseuon cudd am y diafol) pan nesh i ei stopio hi’n sydyn.

‘Hold on... ’mond rŵan dwi’n meddwl am y peth.... Pam FFWC bo FI yma ta?’

Rhoddodd Manon ei phanad i lawr yn ara deg wrth weld y sylweddoliad yn taro fy wyneb.

‘Wwww, awkward. Sa neb ’di deutha chdi?’

O’n i’n dal i syllu arni. ‘Nagoes!’

Rhoddodd ei dwy law efo’i gilydd ar ei phengliniau. ‘A, ia, ocê... wel... a dim fi sy’n deud hyn, cofia, dwi jest yn deud be dwi ’di glywad. Fydd raid i chdi gadarnhau efo Bryn, mae o’n gwbod dipyn mwy na fi am betha fel’ma... Ond ia, o be dwi’n glywad...’ Cymerodd chydig eiliadau i feddwl sut i ddeud wrtha i.

‘Go on...’

‘Wel, ti newydd gyhoeddi nofel, do?’

‘Do! Wel... ti’n cal galw llyfr o straeon byrion yn nofel?’

‘Wyt.’

‘Wyt?’ medda fi efo gwên. ‘Class. Na i ddeud wrth pawb bo fi ’di sgwennu nofel ’lly!’ Cofiais yn sydyn am bwynt y sgwrs. ‘Ond ia, be amdano fo?’

‘Wel... dodd yr adolygiada ddim yn grêt...’

Dyma fi’n cymryd eiliad i feddwl. ‘Dwi yma achos bo fi’n sgwennu’n shit?’

Ryw hannar ysgwyd ei phen nath hi.

‘Dim jest y sgwennu ydi o, dwi’m yn meddwl... y cynnwys hefyd... dwi’n meddwl bod *Golwg* ’di deud rwbath fel “amaturaidd, babïaidd a hurt"... ac os dwi'n cofio'n iawn, nath *Nation.Cymru* ddeud "it's like the ramblings of a ten year old" amdano fo. Nath *Barn* ddim hyd yn oed boddro adolygu.'

Dyma fi'n ista yno am chydig eiliadau jest yn syllu arni'n wag.

'Wel, am rŵd,' medda fi o'r diwedd, 'er, fedra i weld pwynt yr un *Nation.Cymru* i fod yn deg.'

'Ond paid â cymryd sylw,' cysurodd Manon fi. 'Dy lyfr cynta di odd o, 'de?'

Nesh i anwybyddu'r ymdrech wael i neud i mi deimlo'n well.

'So go iawn, achos bod 'na ddau berson ddim yn licio'r llyfr, a'u bod nhw'n digwydd bod yn sgwennu i bapura a cylchgrona does 'na neb yn ddarllan, dwi 'di gorfod dod i fama?'

'Wel, fedri di ddallt rîli, medri, achos ma'r lle 'ma 'di cal 'i greu er mwyn cadw hygrededd a lefel aruthrol o uchel i safon diwylliant yr iaith a'r wlad... fedran nhw ddim jest gadal i rywun rywun sgwennu nofelau, nafdran?'

Nath hynna ypsetio fi.

'Blydi hel, ma' Tudur Owen 'di sgwennu nofel!'

'Do, ond Tudur Owen 'dio 'de, odd un fo yn llawn straeon doniol a hiwmor...'

Fedrwn i neud dim ond nodio 'mhen.

'Low blow, ond ocê, gei di honna... Ond be am Al Hughes 'ta? Aled Blydi Hughes o Radio Cymru! Ma' hwnnw, hyd yn oed, 'di sgwennu nofel!'

'Do, ti'n iawn... a fo sy'n byw yn y tŷ gwyrdd 'na fyny fanna.'

Dyma fi'n sbio fyny i lle oedd hi'n pwyntio, a gweld y tŷ gwyrdd ar dop yr allt. Tŷ oedd, dim 'mod i isio'i rwbio fo mewn, 'lly, yn llai na f'un i.

Mi oedd hi'n tynnu am ddeg erbyn i Manon adael. Roedd hi wedi meddwl mynd yn gynt, gan fod SALEM yn deud bod pawb yn gorfod bod yn 'u tai 'u hunain rhwng deg y nos ac wyth y bore, ond ro'n i wedi gofyn iddi lle oedd y merchaid erill i gyd, gan na mond dynion o'n i wedi'u gweld yn y lle 'ma heblaw amdani hi. Mi oedd yr ateb yn un hir, ac mi oedd o wedi 'nychryn i dipyn bach.

Yn ôl Manon, mae'r pentra 'ma wedi cael ei rannu yn dri. Mewn un ma'r dynion, ac yn yr ail ma'r merched – ma' nhw'n cael eu gwahanu'n fwriadol oherwydd be oedd Manon yn 'i alw'n 'rhesymau amlwg'. Basically, ma'r cwmni SALEM 'ma'n hapus i ddrygio, cidnapio a charcharu pobol, ond ma' gorfod poeni am gal plant yn rhedag rownd y lle yn creu cur pen iddyn nhw. Ond dydyn nhw ddim ar wahân drwy'r amsar chwaith – yn ôl Manon roedd hi 'di cael dod i 'nghroesawu fi gan 'u bod nhw'n meddwl y bysa gweld wynab cyfarwydd yn esmwytho'r broses i mi. Yn wreiddiol, medda hi, mi oeddan nhw jest yn rhoi jabs atal cenhedlu i bawb, ond mi achosodd hynny broblemau gan fod pawb wrthi fel cwningod wedyn, ac mi oedd 'na lot fawr iawn o gwffio a ffraeo yn y pyb ar benwsnosa. Felly gwahanu amdani. Ond ar nosweithiau Mercher a Sadwrn, dan lygad barcud staff SALEM, roedd y merched a'r dynion yn cael cyfarfod am nosweithiau speed-dating neu wersi salsa a ballu. Os oedd petha'n mynd yn dda rhwng cwpwl mi oeddan nhw'n cael gwneud cais i gyfarfod ar nos Wener hefyd er mwyn mynd i un o'r bwytai yng nghanol y pentra, ac yn y diwedd, os oeddan nhw'n bihafio, mi oeddan nhw'n cael symud i mewn efo'i gilydd yn nhrydydd rhan y pentra, a dechra teulu. Mi fu bron i Manon berswadio fi i aros yma ar un pwynt, pan nath hi esbonio bod 'na bedair Amanda Protheroe-Thomas yn 'u hochor nhw o'r pentra (mi oedd 'na wyth i gyd drwy Gymru, gan bod cymaint o sianeli teledu America wedi bod isio iddi weithio iddyn nhw dros y blynyddoedd, ond mi oedd cadw'r wyth mewn un lle yn dechra mynd yn wirion), ond ar ôl dallt faint o ffurflenni fysa raid i fi lenwi cyn hyd yn oed mynd ar speed-date, nesh i benderfynu sticio at y plan o adael y noson honno.

Ro'n i'n cadw llygad ar y cloc ar wal y gegin, a phan oedd hi'n bum munud i hanner nos mi rois i fy slip-ons am fy nhraed ac agor y drws cefn mor ddistaw ag y medrwn i. Wrth gamu oddi ar fy mhatio ar y gwair, mi nesh i'n siŵr na fyddai goleuadau'r stryd na'r tai cyfagos yn goleuo fy nillad gwyn llachar. Ro'n i wedi gweithio allan y bysa hi'n eitha hawdd cyrraedd y capal – mi oedd y tŷ drws nesa i fi'n wag, ac yn ôl y sôn, Gerallt Pennant oedd yn byw yn y tŷ nesa wedyn, ac ma' pawb yn gwbod 'i fod o'n mynd i'w wely erbyn wyth. Felly mi ddylia'r ddwy ardd rhyngdda i a'r capal fod yn hollol dywyll a distaw. Dyma fi'n dringo dros y ffens gynta a drwy'r ardd wag, wedyn defnyddio mainc oedd wedi'i gosod wrth y ffens ar yr ochor arall i neidio drosodd i ardd Gerallt. Dringo dros 'i gwt ieir o wedyn er mwyn mynd dros y ffens olaf. A dyna ni – mi o'n i ar dir y capal mewn chydig llai na munud, ac wedi cadw oddi ar y stryd yn llwyr.

Dyma fi'n cerddad ar flaenau 'nhraed rownd ochor yr adeilad ac i'r cefn, a swatio wrth ymyl y gasgan ddŵr oedd efo tap bach arni i roi dŵr i'r blodau. Do'n i ddim yn medru gweld dim byd, gan 'i bod hi'n ddu fel y fagddu. O'n i'n meddwl 'mod i'n clywad synau o 'nghwmpas i, ond nesh i gymryd mai wiwerod neu ddail yn symud yn y gwynt oedd hynny. Pan oedd pum munud wedi pasio, dyma fi'n dechra sibrwd ar y tri oedd i fod i 'nghyfarfod i yno.

'Helô? Gwion, ti yma? Gwion... chdi 'di hwnna, ta cath?... Mr D.I.? Dach chi yna?... Mr Plwm?... Helô?'

Mwya sydyn dyma 'na olau llachar yn fy nharo fi, a nesh i orfod codi fy llaw dros fy llygaid am yr ail waith y diwrnod hwnnw. Yn ara bach dyma'r golau'n gostwng i lefel eitha call, ac wrth dynnu fy llaw i lawr ro'n i'n gallu gweld bod criw o bobol yn sefyll mewn hanner cylch o 'mlaen i: pump Manon Steffan a pump Bryn Fôn. Nesh i drio meddwl am rwbath ffyni i'w ddeud i drio ysgafnu'r sefyllfa pan gamodd un o'r Manons ymlaen efo pastwn anferth yn 'i llaw.

'Ddudis i wrthyn nhw y bysa chdi'n broblam,' medda hi, ac efo un swing sydyn dyma hi'n fy nharo fi ar draws cefn fy mhengliniau gan neud i mi ddisgyn i'r llawr.

'Aw, y bitsh bach!' medda fi. O fewn eiliadau roedd pedwar ohonyn nhw – dau Bryn a dwy Fanon – yn fy ngharioo, un ar bob braich ac un ar bob coes, rownd ochor y capal. Wedyn, ar ôl iddyn nhw glymu fy nwylo a 'nhraed i efo'i gilydd a rhoi mwgwd dros 'y mhen i, ges i fy nhaflu i gefn fan.

Do'n i ddim yn y fan am hir, chydig funudau, ma' siŵr, wedyn ges i fy nghario i mewn i ryw stafell a 'nghlymu i beiriant oedd wedi'i osod yn erbyn wal. Roedd y mwgwd yn dal dros fy ngwyneb felly fedrwn i ddim gweld, ond mi nesh i deimlo ryw ugain o blasteri gwahanol yn cael eu sticio ar hyd fy nghorff tra o'n i'n sefyll yno, yn methu symud. Yna, nesh i ddechra teimlo'r boen. Poen drydanol oedd yn dechra ar dop fy mhen ac yn rhedeg i lawr drwy fy ngwddw a fy sgwyddau, yn syth drwy fy mrest i fy nghluniau ac i 'nghoesau a 'nhraed. Roedd y boen yn dod bob ugain eiliad ac yn para am tua deg eiliad ar y tro. Nesh i drio gweiddi a phledio arnyn nhw i stopio, ond roedd 'na ryw fath o gumshield yn fy ngheg.

Ar ôl pum munud cyfa dyma un Bryn yn tynnu'r mwgwd oddi ar fy mhen. Ro'n i mewn stafell debyg i'r un ro'n i wedi deffro ynddi y bore hwnnw, ond y tro yma roedd y waliau a'r llawr i gyd yn ddu, a dau fylb golau bychan un bob pen i'r stafell. Safai dau Fryn o 'mlaen i efo dwy Fanon.

'Chwara teg,' medda un Bryn, 'ma' cal dy hun yn fama ar dy ddiwrnod cynta yn eitha impressive. Ond gobeithio neith hyn ddysgu chdi i fihafio, ac i beidio gwrando ar y rafins erill 'na.'

Wrth iddo fo ddeud hynny camodd y pedwar ohonyn nhw i'r ochor. Ar y wal gyferbyn gallwn weld bod tri chorff wedi'u clymu i'r wal, yn union fel fi, y tri yn crynu am ddeg eiliad bob ugain eiliad. Gwion oedd yn y gornel ar y chwith, Dafydd ar y dde, a Mici reit o 'mlaen i.

'Rown ni ryw deirawr iddyn nhw... siŵr neith hynny les i'r pedwar,' meddai'r Manon oedd agosa ata fi, a dyma nhw i gyd yn cerdded allan a'n gadael ni yno.

Wrth sefyll yno yn y tywyllwch, yn crynu wrth i'r cerrynt trydan lifo drwydda i ac yn syllu i fyw llygaid glas sgleiniog Mici Plwm, yr unig beth ro'n i'n gallu meddwl amdano fo oedd faint o'n i'n difaru sgwennu'r blydi llyfr 'na.

Monsters are real and ghosts are real too.
They live inside us, and sometimes, they win.

Stephen King

Epilog

Gafaelodd Steven Parker yn ei oriadau oddi ar ei ddesg cyn plygu i lawr i godi ei friffcês oddi ar y llawr. Dechreuodd y ffôn ar ei ddesg ganu, ond gwenodd. Doedd dim ffiars o beryg ei fod o am ei ateb. Roedd 34 awr heb gwsg yn hen ddigon, ac efo bob dim oedd wedi digwydd dros y pythefnos diwetha, roedd ganddo fo werth wythnosau o gyfweliadau i'w cynnal a hyd yn oed mwy na hynny o waith papur i'w wneud yn y misoedd i ddod.

Cerddodd i lawr y coridor gan ryw hanner codi llaw ar bawb oedd yn dal yno mor gynnar yn y bore. Gwthiodd fotwm y lifft a gwylio'r rhif uwch ei ben yn newid wrth i hwnnw godi i'r trydydd llawr.

Roedd o'n ystyried y lifft yn lle da i feddwl fel arfer – roedd o wedi datrys sawl problem wrth sefyll ynddo – ond nid heddiw. Roedd o'n llawer rhy flinedig i feddwl na datrys dim byd. Wrth wthio'r botwm i fynd i'r llawr isaf, caeodd ei lygaid a cheisio gwagio'i feddwl yn llwyr. Wrth fynd heibio'r ail lawr sylwodd ar olau bach coch yn fflachio wrth ymyl y ffôn argyfwng coch. Oedd o wedi'i weld o'n fflachio o'r blaen? Doedd o ddim yn cofio... ond doedd dim ots ganddo heddiw chwaith. Ar ôl gweithio drwy'r nos roedd o jest isio dianc o'r lle.

Wrth iddo groesi trothwy'r lifft llenwodd ei glustiau â bwrlwm ben bore derbynfa swyddfa'r heddlu. Roedd y sŵn wastad yn gwneud i'w war oeri: sŵn pobol flin ac anhapus, neb yn siarad mewn tôn gall na distaw. Ond problem rhywun arall oedd honno rŵan.

Pan oedd yn gwthio'r drws ffrynt yn agored clywodd y derbynnydd yn gweiddi ar ei ôl.

'DS Parker, mae 'na rywun ar y ffôn i chi...'

Diflannodd y frawddeg i ganol y sŵn – doedd o'n bendant ddim am droi'n ôl i weld pwy oedd yno. Dechreuodd wisgo'i siaced gan ei bod hi'n bwrw'n ysgafn, ac wrth iddo wneud hynny sylweddolodd fod y ffôn yn y ciosg wrth ei ymyl wedi dechrau canu. Cerddodd yn ei flaen i ben draw'r maes parcio; dechreuodd ei ffôn symudol ganu yn ei boced. Tynnodd y ffôn o'i boced: 'Unknown number' oedd ar y sgrin. Wfftiodd iddo'i hun a'i ollwng yn syth yn ôl i'w boced. Cyrhaeddodd ei gar, ac wrth iddo roi'r goriad i mewn yn nhwll y clo teimlodd nodwydd yn mynd i mewn i ochr dde ei wddw. Cyn iddo allu prosesu'r hyn oedd yn digwydd iddo, teimlodd y düwch yn lapio amdano.

Pan ddeffrodd, roedd o'n gorwedd ar ryw fath o stepen galed mewn stafell dywyll. Am eiliad neu ddwy wnaeth o ddim symud, dim ond gorwedd yno'n trio gweithio allan be yn union oedd newydd ddigwydd iddo. Yna, ar ôl dechrau dod ato'i hun, cymerodd gipolwg o'i gwmpas, a neidio ar ei draed. Roedd o mewn stafell fechan iawn... na, roedd o mewn cell – cell wedi'i pheintio'n hollol ddu, a gallai ddweud bod hynny wedi digwydd yn eitha diweddar gan fod arogl y paent yn dal yn gryf yn yr aer. Doedd dim byd yn y gell heblaw'r stepen roedd o wedi bod yn gorwedd arni. Roedd y drws wedi'i greu o fariau mawr metal, ac roedd o'n chwerthinllyd o debyg i rywbeth o ffilm Americanaidd o'r 1950au. Ond yn fwy rhyfedd byth, roedd o'n llydan agored.

Camodd allan drwy'r drws i goridor cul, a gwelodd fod tair cell arall, i gyd yr un maint â'r un roedd o newydd ddod ohoni, i gyd newydd gael eu peintio, ac i gyd yn wag. Ar ddiwedd y coridor, ar y wal bellaf, roedd lifft. Roedd drysau'r lifft yn agored a'r golau ymlaen y tu mewn iddo, ond doedd neb ynddo.

Edrychodd o'i gwmpas, gan feddwl tybed oedd offer ffilmio neu recordio yno, ond allai o ddim gweld dim byd i awgrymu hynny. Gwnaeth ei ffordd at y lifft, oedd â drych mawr ar y wal gefn.

Dim ond tri botwm oedd ynddo, ac roedd yr un isaf wedi'i

oleuo i ddangos mai dyna lle'r oedd o rŵan. Wrth y botwm canol roedd arwydd yn dweud 'Y Llawr', ac roedd arwydd 'Allan' wrth yr un uchaf. Safodd am rai munudau yn meddwl am y dewis: doedd o ddim yn siŵr pam, ond penderfynodd beidio â gwthio'r botwm 'Allan'. Gwthiodd y botwm canol, a chaeodd drysau'r lifft. Dechreuodd godi.

Pan agorodd y drysau, gwelodd stafell fawr wen wedi'i boddi mewn golau llachar. Roedd pedair merch yn eistedd tu ôl i ddesgiau oedd yn chwerthinllyd o bell oddi wrth ei gilydd, ond wnaeth 'run ohonyn nhw dalu unrhyw sylw iddo. Ar y waliau o gwmpas y stafell roedd sgriniau anferth yn dangos lluniau o nifer o wahanol gamerâu CCTV, fideos YouTube, fideos oddi ar ffonau symudol, fideos o dimau fforensig yr heddlu wrth eu gwaith a fideos o aelodau o'r Fyddin yn cymryd rhan mewn ymarferion. Safodd yno am rai munudau yn syllu ar y cwbwl.

'DS Parker, croeso i'r Llawr.'

Ar y dde iddo roedd dynes mewn siwt smart, yn ei phedwardegau hwyr, yn cerdded tuag ato efo'i llaw allan. Heb feddwl ddwywaith, estynnodd Parker ei law allan hefyd.

'F'enw i yw Dana.'

Nodiodd cyn ateb, 'Parker.'

Safodd Dana yn dawel, yn dal i ysgwyd ei law ac yn edrych arno heb fawr o emosiwn, cyn codi un o'i haeliau a throi ei phen ryw chydig – roedd hi'n amlwg yn disgwyl iddo ofyn rhywbeth iddi.

'O, ia... be uffar dwi'n da yma? Naethoch chi drygio fi! Dwi'n blisman, chi!'

Nodiodd Dana, heb ollwng ei law.

'DS Parker, ry'n ni'n gwybod yn iawn pwy y'ch chi, ac yn ymwybodol o'ch swydd chi. Dyna'n union pam rydych chi 'ma.'

Rhewodd. Doedd o ddim cweit yn siŵr be oedd yn mynd ymlaen. Cipiodd ei law yn ôl, ac edrychai Dana fel petai'n eitha hapus ynglŷn â hynny.

'Be ydi hyn – ryw underground drug cartel? Ydach chi am drio breibio fi i gael get-awê efo rwbath? Ydach chi'n flin efo fi am arestio un ohonoch chi neu un o'ch mamau chi am werthu drygs? O, hold on... 'di hyn ddim achos y myrdyr 'na dwi 'di bod yn gweithio arno fo, nac'di? Fyddwch chi'n cael eich gyrru i'r carchar am *flynyddoedd* am drio ymyrryd yn rwbath fel'na...'

Torrodd Dana ar ei draws. 'DS Parker, does 'da fi mo'r amser na'r amynedd i lusgo hyn mas yn hirach nag sydd raid. Na, nid drug cartel y'n ni – wy'n eitha siŵr nad yw pethe o'r fath yn bodoli yn y rhan hon o'r byd. Na, 'dyn ni ddim yn flin eich bod chi wedi arestio un ohonon ni, a wy'n eitha siŵr 'fyd nad y'ch chi wedi arestio un o'n mamau. Ond i fod yn onest, ydi, mae hyn yn ymwneud i raddau â'r farwolaeth ry'ch chi wedi bod yn gweithio arni. Ond nid yn y ffordd ry'ch chi'n tybio.'

Edrychodd Parker o'i gwmpas unwaith eto, ar yr holl sgriniau ac ar y pentyrrau anferth o bapurau a ffeiliau oedd wrth bob desg.

'Be uffar sy'n mynd ymlaen yma?'

Cymerodd Dana anadl ddofn a rhoi ei dwylo wrth ei hochrau.

'Wel, DS Parker, yn syml ac yn onest, ry'n ni yn y fan hyn yn meddwl fod democratiaeth y wlad, diniweidrwydd yr unigolion sy'n byw ynddi, ac i fod yn fanwl gywir, eu rhyddid a'u bywydau nhw hefyd, o dan fygythiad.'

Wnaeth Parker ddim ateb yn syth, a gwenodd rhyw hanner gwên er mwyn gweld oedd hi'n jocian, ond roedd wyneb Dana yn gadarn a difrifol. Dechreuodd Dana gamu ymlaen i ganol y stafell, a dilynodd Parker hi.

'Chydig dros ddwy flynedd yn ôl, fe ddaeth ffrind agos i mi, a oedd yn gweithio o fewn y Gwasanaeth Diogelwch, ar draws yr hyn roedd e'n ei ystyried fel cynllwyn i gymryd drosodd. Nid adeilad na sefydliad penodol oedd mewn perygl, ond popeth. Y wlad, y bobol... popeth.'

Gadawodd Parker iddo'i hun chwerthin.

''Dan ni'n clywed straeon tebyg bob wsnos lawr yn y Cop Shop... ond fel arfar ma'r bobol sy'n 'u deud nhw yn drewi o alcohol a piso, a tydyn nhw ddim yn gwisgo siwt ddrud fel honna.'

'Mae'r ffrind hwnnw bellach wedi cael ei lofruddio.'

'O... sori.'

Dechreuodd Dana gerdded eto.

'Wrth gwrs, doedd neb yn ei gredu – doeddwn i fy hunan ddim hyd yn oed yn siŵr, i fod yn onest 'da chi. Fe basiodd e'r holl wybodaeth ymlaen i swyddogion uwch o fewn y Gwasanaeth Diogelwch, a daeth pob ymchwiliad i ben. Case Closed, fel petai.'

'Ond...?' meddai Parker.

'Ond roedd grŵp ohonon ni'n meddwl fod hynny'n rhyfedd. Ar yr un pryd, daeth nifer o adrannau gwahanol â phob ymchwiliad i ben. Dim mwy o chwilio, dim mwy o gwestiynau. Nid yn unig hynny – fe wnaeth un neu ddau, gan gynnwys fy ffrind, geisio'u gorau i ddal mlân i wthio... ac mae pob un o'r rheiny bellach wedi marw.'

'Dwi'n teimlo bod 'na "ond" arall yn dod fyny yn fama...'

Stopiodd Dana gerdded, a throi i wynebu Parker.

'Ond...' cododd ei braich i fyny i bwyntio at un o'r sgriniau mawr oedd ar y wal, '... doedd fy ffrind ddim yn ddigon ffôl i beidio â gadael rhyw fath o dystiolaeth i rywun ei ddarganfod.'

Edrychodd Parker i fyny a gweld sgrin oedd â naw dogfen electronig arni:

1. California
2. Pepsi Cola
3. MKU
4. Artemis
5. Arcadia
6. Hashima
7. Tiberius
8. Hamilton
9. Springfield

'Be 'di'r rheina?' gofynnodd.

'Code names. Dyma'r cliwiau a adawodd fy ffrind ar ei ôl. Mae'r rhain i gyd yn cyfeirio at naw prosiect, digwyddiad neu lofruddiaeth y maen nhw'n rhan ohono.'

'Pwy 'di'r "nhw" 'ma?'

'Maen nhw'n galw'u hunain yn SALEM.'

Trodd Parker yn syth i edrych ar Dana.

'Ie, SALEM. Rwyt ti'n gyfarwydd 'da'r enw... yn dy't ti?'

'Sut ydach chi'n gwbod hynna?'

'Oherwydd ry'n ni wedi bod yn dy ddilyn di, mewn ffordd. Yn anffodus mae SALEM wedi treiddio i mewn i gymaint o adrannau, swyddfeydd a chartrefi... a tydi swyddfeydd yr Heddlu ddim yn eithriadau. Felly, ry'n ninne wedi bod yn cadw golwg ar systeme'r Heddlu. Wrth wneud hynny, fe ffindion ni rywun ar y tu mewn oedd yn chwilota yn yr un llefydd â ni...' Cododd ei llais a siarad i gyfeiriad y to, 'Madryn, agora ffeil rhif un, California, i ni...' Gwrandawodd y cyfrifiadur arni a newidiodd y llun ar y sgrin fawr o'u blaenau. 'Hwn oedd un o'r darnau cyntaf o dystiolaeth i fy ffrind ddod ar ei draws. Ysbyty uwch-dechnoleg sydd nid yn unig yn profi technoleg a dulliau newydd o reoli pobol, ond sydd hefyd yn lle perffaith i lanhau arian budur. Mae'r...'

'Hold on... hold on... dwi'n gwbod am yr ysbyty yna! 'Di'r ffaith bo nhw'n delio efo pres budur ddim yn syndod i fi, ond ma'r stwff arall 'na'n chydig o stretch, yndi ddim?'

'Madryn, agor ffeil rhif pump. Arcadia...' gorchmynnodd Dana.

Gwibiodd llygaid Parker dros y ddogfen oedd erbyn hyn ar y sgrin, a theimlodd ias yn mynd i lawr ei gefn.

'Swnio'n gyfarwydd?' gofynnodd Dana.

'Ia, ond odd y cwynion 'na i gyd am stad gyfa yn troi... yn troi'n ryw fath o... hysteria odd y cwbwl...'

'Rhif tri plis, Madryn...'

Darllenodd Parker eto.

'Wel, ia, hysteria odd hyn hefyd – adroddiada am ryw hogan bach yn cuddio mewn coedwigoedd odd yn gallu... wel, dwi'n teimlo'n wirion yn 'i ddeud o, hyd yn oed... yn gallu codi petha, a rhoi petha ar dân...'

'A rhif pedwar plis, Madryn...'

'... mi odd 'na hyd yn oed honiadau am bobol yn cael eu chwythu i fyny...' Stopiodd Parker siarad. Caeodd ei geg yn dynn a disgynnodd ei ben i lawr wrth iddo drio meddwl yn gall.

'A'r ffeil hon?' gofynnodd Dana. Cododd Parker ei ben yn araf ac edrych ar y sgrin unwaith eto. 'Dyma roeddet ti'n gweithio arno fe, yndife? Y gŵr o SALEM gafodd ei roi yn yr ysbyty, y ddau ŵr arall a gafodd eu llofruddio, y ferch â gwallt melyn ddaeth i gyfadde popeth wrthot ti yn dy swyddfa....'

Doedd Parker ddim yn gwybod be i'w ddeud.

'Beth ddigwyddodd i'r ferch gwallt melyn? Beth ddigwyddodd i gyrff y rhai gafodd eu lladd?' gofynnodd Dana.

'Diflannu,' meddai Parker yn ddistaw.

'Pa atebion gefest ti gan yr uwch-swyddogion pan ofynnest ti beth oedd wedi digwydd?'

'Dim... dim byd.'

'Pam wnest ti benderfynu cario mlân i ymchwilio i'r ffeiliau 'ma?'

'O'n i 'di clywad sôn bod yr un peth wedi digwydd i ambell achos arall ag a ddigwyddodd i fy achos i. Bod 'na betha, a hyd yn oed pobol, jest yn diflannu...'

'Fe ofynnon nhw i ti beidio ymchwilio?'

'Do, ond... odd raid i fi drio ffeindio'r gwir.'

'Odw i'n iawn i ddweud dy fod di'n DCI pan ddigwyddodd hyn, a dy fod bellach wedi cael dy israddio i DS?' Nodiodd Parker. 'A hynny am na wnest ti wrando, a dy fod wedi cario mlân i chwilio?' Nodiodd Parker eto. 'Ry'n ni wedi gallu cadarnhau fod pob un achos ry't ti wedi bod yn edrych mewn iddyn nhw yn dy amser dy hun yn gysylltiedig 'da SALEM mewn rhyw ffordd. Ond dim ond pedwar achos yw hynny, a fel ti'n gweld, mae naw achos ar y rhestr 'na.'

'Ydach chi'n gwbod be ydi'r rheina i gyd?'

'Ydyn. Yn anffodus, ry'n ni wedi gorfod darllen drwy bob un. Ac ry'n ni'n poeni fod mwy ar y gweill.'

'Mam bach.'

'Yn union, a dyna pam ry'n ni isie dy help di. Ry'n ni angen rhywun ar y tu mewn, rhywun 'da'r un nod â ni.'

Trodd Parker i wynebu'r stafell. 'A pwy yn union ydach chi, 'lly?'

'Alla i ddim dweud yn union wrthot ti, dim cweit 'to. Ond fe alla i ddweud ein bod ni i gyd wedi bod yn yr un sefyllfa â ti. Ry'n ni i gyd wedi sylwi ar beth sy'n digwydd, i gyd wedi teimlo ar un adeg nad o's unman i droi na neb i helpu. Ond dyw hynny ddim yn wir.'

'Sut dwi i fod i wbod bo hyn ddim yn ryw fath o drap? Os ydi be dach chi'n ddeud yn wir, ma' pawb sydd mewn pŵer yn lle dwi'n gweithio... blydi hel, hyd yn oed pawb sydd efo unrhyw fath o awdurdod ar hyd yr ardal, i gyd yn rhan o hyn!'

'Ydyn.'

'A dwi jest i fod i drystio chi?'

'Mae hynny lan i ti. Os ei di 'nôl mewn i'r lifft a dewis gadael, mae croeso i ti wneud hynny.'

Trodd Parker i edrych ar y lifft.

'Os dwi'n aros ydach chi'n mynd i esbonio i fi pam bod gynnoch chi ryw fath o garchar yn y selar?'

Dim ond syllu arno wnaeth Dana.

'So dach chi mwy neu lai yn cadarnhau bod bywyd unrhyw un sy'n mynd yn groes i'r SALEM 'ma, a'r bobol sy'n 'u cefnogi nhw, mewn peryg.'

'Heb os.'

'A dwi'n cymryd bod 'na ryw arth o foi yn barod i injectio rwbath i 'ngwddw i eto taswn i'n trio gadael y lle 'ma, fel bo fi ddim yn gwbod yn union lle ydw i, na sut i'ch ffeindio chi eto?'

'Yn sicr.'

'Grêt o ddewis rîli, dydi.'

Rhoddodd Dana ei dwylo y tu ôl i'w chefn, a gostwng ei phen ryw chydig i edrych ar y llawr. Safodd yno, yn amlwg yn disgwyl am ateb.

'So, jest i neud yn siŵr bo fi 'di dallt hyn yn iawn... Mae 'na ryw fath o secret, evil corporation ar waith yn rhedag petha yn y wlad 'ma, sy nid yn unig yn fodlon defnyddio, coryptio a dinistrio'r rhai mwya bregus yn y wlad, ond sy hefyd yn barod i ladd unrhyw un sy'n sefyll yn 'u ffordd nhw? A dwi ddim jest wedi rhoi fy hun reit yn ganol hyn i gyd, ond dwi hefyd wedi dod ar draws tîm o fully functioning resistance fighters tanddaearol, sy'n amlwg wedi cael 'u hariannu'n dda, sy'n gweithio i'w tynnu nhw i gyd i lawr?'

'Cywir,' atebodd Dana. Yn araf bach, dechreuodd gamu tuag ato, cyn stopio reit o'i flaen. 'Felly, yr unig gwestiwn i ti ei ateb, DS Parker, yw hwn. Wyt ti gyda ni?'

CEFNOGWCH EICH SIOP LYFRAU LEOL